돈 까밀로와
지옥의 천사들

Don Camillo E Don Chichi
by Giovannino Guareschi

*신부님 우리들의 신부님 9

돈 까밀로와 지옥의 천사들

9

G. 과레스키 연작소설

윤소영 옮김

서교출판사

차례

COOPERATIVA SOCIALISTA

들어가기 전에

돈 까밀로 연작소설의 창조자 조반니노 과레스키가 걸출한 두 인물, 돈 까밀로와 뻬뽀네를 세상에 내놓은 것은 1946년의 일이었다. 아주 우연한 계기로 태어난 이 유별난 이야기가 그의 대표작이자, 남은 생애 동안 계속해서 써내려갈 작품이 될 것이라고는 작가 자신도 당시에는 상상조차 못했을 것이다.

이후 약 15년여에 걸쳐 연재된 이 연작은 대략 300여 편에 이르며, 미술에도 재능이 있었던 그는 자신이 직접 삽화를 그려넣는 등 이 시리즈에 대해 강한 애착을 보였다.

《돈 까밀로와 오늘의 젊은이들》(Don Camillo e i giovani d'oggi)이라는 제목으로 1969년 초판 발행된 이 소설은 그의 유작임과 동시에, 돈 까밀로 시리즈의 후반부에 해당하는 작품이다.

말년에 건강문제로 체르비아에서 칩거 중이던 과레스끼가 마지막까지 이 작품의 교정 작업에서 손을 놓지 않았다는 뒷이야기에서, 이 작품에 그가 기울였던 열정과 사랑을 조금이나마 엿볼 수 있으리라.

1960년대의 이탈리아는 돈 까밀로와 뻬뽀네가 처음 등장했던 1940년대 중반과는 많은 면에서 달라져 있었다. 사람들은 점차 전쟁 중에 겪은 궁핍의 기억에서 벗어나 경제적 풍요를 누리며 더 많은 부를 향한 욕심에 사로잡혔고, 새로운 세대는 탐욕에 가득 찬 기성세대를 비판하며 자신들만의 색깔을 찾으려 몸부림쳤다. 현실의 이탈리아와 마찬가지로, 돈 까밀로와 뻬뽀네가 살고 있는 작은 세상도 같은 변화를 겪고 있었다.

부르주아를 경멸하던 뻬뽀네는 이제 자동차 정비소와 모든 종류의 전자제품을 판매하는 큰 가게의 주인이 되어 있다. 그가 공산주의 이념을 버리고 사리사욕만을 추구한다고 믿는 몇몇 공산주의자들은 그에게 반기를 들고 당에서 나가 버린다. 뻬뽀네의 골칫거리는 이것만이 아니다. 그의 머리를 가장 아프게 하는 것은 벨레노(독약)라는 무시무시한 별명을 가진 막내아들, 미켈레이다.

한편 돈 까밀로가 겪는 갈등 역시 만만치 않다. 그는 새로 부임한 보좌 신부 돈 키키로부터 시대에 뒤떨어진 늙은이 취급을 당하고 있다. 게다가 한 수 더 뜨는 악마 같은 조카 캣 문제에 이르면 그야말로 두 손 두 발 다 들고 도망가 버리고 싶은 심정이지만, 고집불통인 그답게 참된 성직자로서의 역할을 결코 포기하지 않으려고 한다.

과레스끼는 이러한 시대의 변화를 때로는 담담하게, 때로는 특유의 유머를 섞어서 유쾌하게 그려내고 있다. 그동안 이 시리즈로 이념 사이의 갈등을 통렬하게 풍자하며, 화해와 타협의 메시지를 전해왔던 그가 이번에는 《돈 까밀로와 지옥의 천사들》을 통해 세대 간의 갈등에 대한 해법을 제시하고 있는 것이다.

흥청망청거리는 소비의 시대, 신앙을 잃어버린 사람들, 진보라는 이름 아래 모든 것을 뜯어 고쳐야 한다고 주장하는 젊은이들…. 이 모두는 시대의 변화를 알리는 징표일지도 모른다. 과레스끼는 이러한 변화의 흐름 속에서도 결코 변하지 않는 것이 있으며, 그 변하지 않는 무엇–아마도 인간에 대한 사랑–만이 우리가 현실에서 맞닥뜨리는 문제를 해결할 수 있는 유일한 방안이라고 굳게 믿었던 것이 아닐까.

이 책은 《돈 까밀로와 오늘의 젊은이들》이라는 제목으로 소개되었던 초판본에서 누락된 에피소드를 추가하여 《돈 까밀로와 돈 키키》(Don Camillo e Don Chichi)라는 제목으로 리졸리(Rizzoli) 출판사가 재간한 완전판을 번역한 것임을 밝힌다.

– 옮긴이

지금부터 돈 까밀로와 뻬뽀네, 그리고 예수님의
재미있는 이야기가 펼쳐집니다.

돈 까밀로와 길 잃은 양

우리의 용감한 읍장 뻬뽀네에게도 아킬레스건이 하나 있었다. 그건 바로 막내아들 미켈레였다. 녀석은 매번 아비의 체면에 먹칠을 하고 돌아다녔다. 지독하게 성질이 난폭한데다 손바닥은 솥뚜껑만 했고, 머리는 먼지떨이개처럼 길어 장발치고도 유별난 장발이었다. 그의 흐트러진 장발을 보고 있노라면 마치 기다란 줄기를 우스꽝스럽게 늘어뜨린 채 흔들리는 아카시아 나무가 떠오를 지경이었다.

미켈레는 또 묘하게 생긴 오토바이를 타고 다녔다. 카우보이용 수술들로 장식된 주머니가 달린 괴상한 오토바이였다. 거기다가 검정 가죽 재킷을 걸쳐입었다. 재킷에는 '벨레노(독약)' 라는 글씨와 해골이 그려져 있었다.

미켈레는 본명보다 벨레노라고 불리는 것을 좋아했고, 이 마을의 유일한 장발족이었다. 하지만 녀석은 꽤나 영향력이 있는 편이었다. 힘이 들소처럼 센 데다 나쁜 짓을 하는 데 도사였기 때문이다. 벨레노는 뽀 강 유역의 몇 안 되는 장발족의 우두머리로, 그가 패거리들을 이끌고 나타났다 하면 마을에는 한바탕 난리가 나곤 했다.

이 무렵 돈 까밀로의 마을에는 몇 가지 중대한 변화가 생겼다. 필레티 노인이 죽자, 도시에서 온 젊은 약사가 그 약국을 인수한 것이다. 그녀는 의사 일을 하는 남편과 함께 진작부터 강둑 뒤편 마을로 이사했었다.

그리고 뻬뽀네는 자신의 자동차 정비소를 전자제품 파는 가게로 만들었다. 그곳에서 각종 자동차와 오토바이, 가전제품들을 할부로 팔기 시작했다.

사업자금은 대부분 뻬뽀네의 동지들이 투자했다.

"오늘날 노동자 계급이 자동차, 세탁기, 텔레비전, 냉장고 같은 것들을 찾게 된 이상 우리가 이런 것들을 팔아야 한다. 그 판매 이익은 투자자들에게 돌아갈 테니 결국 이익은 우리 노동자들에게 돌아오는 것이 된다."

뻬뽀네는 이렇게 설득했다.

의사 보뇨니와 그의 아내인 약사 졸리 동지는 이 사업이 아주 못마땅했다. 이들 부부는 공산당 지구당에 '유능한 행동당원' 으로 알려져 압도적인 지지로 그 지역 간부가 되어 있었다. 보뇨니 부부가 보기에 뻬뽀네의 사업은 노동자들의 혁명적 열성을 모두 빼앗아 그들을 부르주아로 만드는 달콤한 독약과도 같았다.

보뇨니는 뻬뽀네에게 따졌다.

"이봐요, 보타치 동지. 당신은 인민들에게 잘살게 되었다는 환상을 심어주고 있소. 혁명은 오직 인민들의 고난을 통해서만 달성될 수 있다는 사실을 잊지 마시오!"

뻬뽀네는 이런 말을 듣고 잠자코 있을 인물이 아니었다.

"인민들이 피아트 승용차를 타게 되고 집안에 텔레비전과 냉장고와 세탁기를 들여놨다고 해서 금세 편안해지고 나태해지는 것은 아닐세. 그들은 지금도 열악한 환경 속에서 일하고 있지 않은가?"

뻬뽀네야말로 프롤레타리아 출신이어서 그들의 속사정을 누구보다 더 상세히 알고 있는 사람이었다.

보뇨니 부부는 말문이 막혀 벌레 씹은 표정으로 일단 물러날 수밖에 없었다. 그러나 기회를 보면서 반격을 하리라 맹세하고 있었다.

그러던 어느 날, 좋은 기회가 찾아왔다.

벨레노와 그 일당이 카스텔로토 댄스장에 들어가려다 주인의 제재를 받았다. 그러자 벨레노 패거리가 난동을 부렸다. 난동 끝에 보관실에 벗어둔 손님들의 바지를 깡그리 가지고 나와

버렸다. 그 일로 마을 전체가 떠들썩해졌다.

그날 밤 벨레노는 뽀 강 너머 고압선이 흐르는 가장 높은 철탑에 올라가 고압선에다 전리품인 쉰일곱 벌의 바지들을 걸어 놓았다. 때마침 불어온 바람에 바지들이 여객선의 만국기처럼 펄럭였다. 날이 새자 마을 사람들은 강가로 몰려와 펄럭이는 바지들을 보고 배꼽을 잡았다. 벨레노의 악명은 하늘 높은 줄 모르고 올라만 갔다.

보뇨니 부부는 기회는 이때다 싶어 당장 마을 회의를 소집했다. 벨레노의 행위야말로 부르주아 사회의 전형적인 건달의 짓이요, 마을의 수치라면서 신랄한 공세를 펼쳤다. 그리고 마지막에 가서 가시 돋친 한마디 말도 잊지 않았다.

"자식을 이따위로 형편없이 키우는 보타치 동지가 어떻게 우리 당의 젊고 새로운 당원들을 제대로 양성할 수 있겠소?"

또 이들 부부는 가게에 쭈그리고 앉아서 쓸데없이 전자제품이나 팔고 있어서는 노동자들의 이익에 도움되는 일은 아무것도 할 수 없을 거라고 덧붙였다.

처음에 뻬뽀네는 보뇨니 부부를 쫓아내 버릴 생각이었다. 그러나 마음을 고쳐먹고 지구당에 사건 전말을 상세히 보고하고 즉각적인 회답을 요구하기로 했다.

돈 까밀로는 이러한 움직임을 보며 기쁨을 감추지 못했다. 그는 의기양양하게 성당으로 달려가 제대 위의 예수님에게 보고 드렸다.

"예수님, 하느님의 적들 사이에 혼란과 불화의 씨앗을 심어 주셔서 정말 감사합니다."

"그게 무슨 말이냐? 나는 어둠과 불화를 가져다주지 않는다. 오직 빛과 평화를 줄 뿐이지. 돈 까밀로, 너의 적도 네 이웃이고, 네 이웃의 고통은 너의 고통이 아니더냐."

예수님이 충고하셨다.

"용서하십시오, 예수님. 하지만 뻬뽀네에게 장발족 아들이 있다는 사실이 저는 기쁘기만 합니다."

예수님이 빙그레 웃으며 대답하셨다.

"나도 짧은 공생활* 시절에 장발이었다는 사실을 잊지 말아 다오, 돈 까밀로야."

돈 까밀로는 분통이 터지는 듯 목소리를 높였다.

"예수님! 그 녀석은 장발에다 괴상한 옷을 입고 다니는 것뿐만이 아니고요, 폭력을 밥 먹듯이 행사하는 개망나니란 말입니다."

그러자 예수님이 돈 까밀로를 나무라셨다.

"돈 까밀로야, 너는 너의 양들을 너무 쉽게 늑대에게 넘겨 주는구나."

"그 악당은 저의 양이 아닙니다!"

"네가 하느님의 이름으로 그 아이에게 세례를 주었느니라.

* 예수가 십자가에 못 박힐 때까지의 3년간. 즉 구원자 예수로서의 시절을 일컬음.

그러니 그 아이는 바로 나의 양이 아니더냐?"

돈 까밀로가 뭐라고 대답을 하려 했지만, 바로 그 순간 뻬뽀네가 성당으로 들어왔다. 붉으락푸르락 화난 얼굴이 금방 폭발할 기세였다. 돈 까밀로는 뻬뽀네를 사제관으로 데려갔다.

사제관 식당에서 뻬뽀네와 마주 앉은 돈 까밀로가 신이 나서 말했다.

"읍장 동지, 드디어 당신의 죄를 참회하러 오셨는가? 솔직히 말해보게. 내 집에는 보뇨니 따위는 없고 오직 하느님만 계실 뿐이니까."

"빌어먹을 놈의 라틴어! '쿰 그라노 살리스*' 라는 말이 대체 무슨 뜻이오?"

뻬뽀네가 씩씩거리며 물었다.

"그야 쓰인 상황에 따라 뜻이 다르지."

돈 까밀로가 대답했다.

"그 말이 쓰인 상황이라는 게 이렇소. 나는 저 두 명의 시골뜨기가 공식 석상에서 내게 퍼부었던 자초지종을 지구당에 보고했소. 그랬더니 지구당에서 쿰 그라노 살리스하게 행동하라는 메시지를 보내왔단 말이오."

돈 까밀로는 씩씩거리며 소리를 질러대는 뻬뽀네를 골려줄 심산으로 너털웃음을 터뜨렸다.

---

* 쿰 그라노 살리스(cum grano salis)는 '소금 알갱이를 가지고' 라는 뜻으로 '분별력 있게' 라는 의미를 지닌다.

"빌어먹을 지식인들이 당을 깡그리 말아먹는구먼! 그자들은 알기 쉬운 이탈리아어를 할 줄 모르는 모양이지? 요즘은 신부들도 라틴어를 쓰지 않는데, 되지 못한 공산당 연맹 간부들이 라틴어를 사용하고 있다니 말일세!

"…."

돈 까밀로는 느긋하게 설명을 시작했다.

"경애하는 뻬뽀네 동지, 아마 그들은 자네에게 좀 더 재치 있고 신중하게, 외교적인 능력을 발휘해 분별력 있는 행동을 해 달라는 뜻에서 그랬을 것이네. 자네가 신중이니 외교니 하는 것과 담을 쌓았다는 것은 천하가 다 알지만 말이야. 즉 '살리스' 라는 건 소금이라는 뜻이 아닌가? 그러니까 자네의 머릿속에 이런 소금이 조금이라도 들어 있다면 이를 적극 활용해서 사람값 좀 해 보라는 충고 아니겠는가?"

드디어 뻬뽀네가 악을 썼다.

"이런 멍청한 자식들! 내가 소금 알갱이 맛이 어떤 건지 보여주지. 나는, 저 훌륭한 그 의사 놈 머리통 속에 고추 알갱이를 가득 채워 매운맛이 어떤 건지 보여주겠소! 그러면 정신이 번쩍 들 테지. 내 아들놈이 망나니로 낙인찍힌 이상 난들 참을 수가 있겠소? 그건 그렇고, 이 깡패 같은 놈이 뻔뻔스럽게 집에 들어오기만 하면 아예 끝장을 내버릴 작정이오!"

"옳으신 말씀. 애들은 교육하느니 죽여 버리는 편이 훨씬 더 쉽다네."

돈 까밀로가 빼뽀네의 화를 돋우었다.

"죽이다니요! 내 말은 녀석을 잡기만 하면 실컷 몽둥이 타작을 한다는 거지요!"

"아니야, 녀석을 죽여 버리는 편이 자네 신상에 더 나을 걸세, 동지. 잘 먹고 잘살게 된 것이 자네를 배에 기름기만 가득 찬 멍청이로 만들어 놓았어. 만약 녀석이 자네에게 주먹을 휘두른다면 자네는 죽도록 맞을 수밖에 없을걸."

"신부님은 내가 아들놈을 때리면 녀석이 대들 거란 말이오?"

"녀석이 정말로 자네 아들이라면, 그러고도 남을 걸세."

"불행히도 그놈은 내 아들이오."

빼뽀네는 풀이 죽어 탄식하듯 말했다.

바로 그때 스미르초가 허겁지겁 달려왔다. 그는 숨이 턱에 차 있었다.

돈 까밀로는 이때다 싶어 으름장을 놓았다.

"여긴 내 집일세. 도대체 신성한 사제관에서 무슨 작당을 꾸미려고 이렇게 꾸역꾸역 모여드는가? 설마 공산당 바싸 지부 회의라도 하려는 건 아니겠지?"

"흥, 러시아 외무부 장관이 바티칸을 방문해도 교황이 친히 영접하는 세상입니다. 보잘것없는 시골 신부가 자기 성당을 찾아온 교구 공산당 손님을 영접하는 게 대수요? 혹시 신부님은 자신이 교황보다 더 높은 성직자라고 착각하는 건 아니시겠죠?"

스미르초가 신랄하게 빈정거렸다. 그러자 뻬뽀네는 돈 까밀로가 화를 낼까 봐 은근히 겁을 집어먹고 말을 가로챘다.

"무슨 일이야?"

"대장, 미켈레가 약국을 덮쳐 졸리에게 피마자기름을 반병이나 강제로 마시게 했답니다. 그리고 나서 병원으로 달려가 나머지를 보뇨니 의사에게 먹였고요."

스미르초의 보고를 들은 뻬뽀네가 얼굴이 하얗게 질려 의자에 털썩 주저앉았다.

"휴, 그놈이 날 아주 망쳐놓는구나. 피마자기름을 먹였다고! 이제 그놈들은 내가 아들을 파시스트로 키우고 있다고 욕할 거야. 망할 놈의 자식! 다른 것도 많은데 하필이면 피마자기름이라니!"

뻬뽀네가 한숨을 쉬며 탄식했다.

이때 브루스코가 사제관으로 달려오며 소리쳤다.

"대장, 피마자기름이 아니라 간유랍니다!"

"아이쿠, 하느님 감사합니다."

뻬뽀네는 안도의 한숨을 내쉬었다.

"그렇다면 놈들은 이번 일을 정치적으로 이용하진 못할 거야. 하지만 내 장담컨대 그 건달 같은 놈을 붙잡아 몽둥이 타작을 해 버릴 테다! 자네들은 날 따라오되 녀석이 반항해서 나 혼자 감당할 수 없어 보이면 그때 도와주게. 그전까지는 이 뻬뽀네 동지가 어떻게 일을 해치우는지 보기만 하라고!"

세 명의 공산당원이 뛰어 나가 버리자 혼자 남은 돈 까밀로는 비탄에 잠겨 팔을 벌리고 하늘을 올려다보았다.

"주님, 당신의 어린양 한 마리가 길을 잃고 있습니다. 그런데 늑대들이 이 양을 노리고 있습니다. 저는 어디로 가서 이 양을 찾아야 할지 모르겠습니다. 제가 어떻게 하면 좋겠나이까?"

"'두드려라, 그러면 열릴 것이다.' 라는 말씀이 성경에 씌어 있지 않느냐…. 어서 가서 두드려 보려무나."

예수님의 목소리가 멀리서 들려 왔다.

돈 까밀로는 예수님이 말씀하시는 게 무슨 뜻인지 통 알 수가 없었다. 그래서 방 안을 왔다 갔다 하고 있었다. 바로 그때 누군가 방문을 두드리는 소리가 들려왔다. 돈 까밀로는 재빨리 달려가 문을 열었다.

뜻밖에도 문밖에는 벨레노가 서 있었다. 머리카락이 헝클어져 얼굴이 안 보일 지경이었다. 이 젊은 건달은 몹시 격앙된 음성으로 외쳤다.

"신부님, 우리 아버지가 나를 찾고 있어요. 내 뼈를 분질러버릴 작정이래요."

돈 까밀로는 벨레노를 못마땅한 눈초리로 쳐다보았다.

"너처럼 우악스러운 녀석이 고작 배에 기름기나 낀 네 아버지가 그렇게 무서우냐?"

"물론이죠! 하지만 아버지에게 붙잡히는 날에는 저도 두 손 놓고 가만히 당할 수만은 없어요. 설마 제가 아버지와 싸우길 바라는 건 아니시겠죠?"

돈 까밀로는 누그러진 마음으로 그 건달을 바라보았다.

"너 때문에 네 아버지가 얼마나 난처하게 됐는지 아느냐? 왜 보뇨니 부부를 그렇게 골탕먹였지?"

"제가 그 사람들을 손봐준 건 그들이 아버지에 대한 험담을 하고 다녔기 때문이에요. 제발 좀 도와주세요, 신부님."

"하느님의 집은 죄를 뉘우치는 모든 죄인에게 활짝 열려 있느니라."

벨레노는 우람한 가슴을 쓱 펴고 주먹을 움켜쥐더니 고함을 질렀다.

"내가 미쳤다고 회개를 해요? 죄를 지은 건 그 두 명의 시골뜨기들이지 제가 아니란 말이에요!"

"네가 그렇게 생각한다면 당장 여기에서 나가라. 만일 여기 머물고 싶다면 뭔가 대가를 지불해야 한다."

돈 까밀로가 위엄 있게 말했다.

"그런 거라면 지금이라도 지불할게요!"

벨레노가 외치듯 대답했다.

하지만 돈 까밀로가 지불해야 할 그 '대가'란 것을 알려 주자 벨라노는 차라리 목이 잘려나가는 한이 있더라도 그건 안 된다며 펄쩍 뛰었다.

"그럼 나가거라!"

돈 까밀로가 명령했다.

벨레노는 현관 쪽으로 걸어가다 멈춰 서서 돈 까밀로를 돌아보며 소리쳤다.

"신부님이 제게 요구하신 건 지나친 처사예요!"

"내 말을 받아들이든지 아니면 말든지. 여기는 정찰제이니 깎아주는 법은 없다."

벨레노는 돌아와 의자에 앉더니 이를 악물고 대가를 지불했다. 그러고 나서 이렇게 말했다.

"신부님, 신부님 때문에 완전히 망했어요!"

"그래, 내 직업이 원래 머리 깎아주는 일이 아니라 완벽하지는 않을 거다. 하지만 머리를 빡빡 깎아 놓고 보니 훨씬 미남이야. 아비보다 훨씬 낫구나."

돈 까밀로가 머리 깎는 기계를 제자리에 갖다 두는 동안 벨레노는 빗자루로 잘려나간 머리카락을 쓸어 담았다. 그는 호주머니에서 거울을 꺼내 얼굴을 비춰보며 괴로운 듯 신음을 냈다.

"진짜 망했다, 망했어. 난 이제 시체나 다름없어!"

정말 벨레노는 데릴라가 머리카락을 잘라 버리는 바람에 마치 힘을 잃어버린 삼손 같았다. 그 힘의 비밀이 긴 머리카락에 있었던 것처럼 말이다.

"난 이제 사람들 앞에서 머리를 쳐들 수도 없게 됐어요. 차라리 마을을 떠나야지."

"그래, 어디로 갈 작정이냐?"

"갈 곳은 정해져 있어요. 징집영장을 받았으니 군대나 가야죠, 뭐."

돈 까밀로는 벨레노의 말에 깜짝 놀랐다.

"하지만 너는 병역을 기피하는 건달들의 우두머리였잖냐?"

"그건 그래요. 하지만 내가 군대 가는 걸 반대했던 까닭은 머리를 잘라야 하니까 그랬던 거예요. 그런데 머리가 이렇게 짧아졌으니 더 이상 징집을 반대할 이유가 없어졌단 말이에요."

"알겠다. 그럼 부엌에 가서 요기를 하고 잠을 자려무나. 침실은 맨 위층에 있다. 푹 자거라. 방해할 사람은 아무도 없으니까."

돈 까밀로는 예수님에게 이 사실을 알리러 단숨에 성당으로 달려갔다.

"주님, 감사합니다. 당신의 말씀대로 이 훌륭한 목자는 길 잃은 어린양을 찾아냈습니다."

"그래 안다, 돈 까밀로. 하지만 나는 길 잃은 어린양을 찾자마자 털부터 깎는 것이 훌륭한 목자라고 말한 적은 없느니라."

"그건 어디까지나 목자의 재량권에 해당하는 사소하고 기술적인 사항이지 예수님이 관여하실 문제는 아닙니다. '하느님의 것은 하느님에게, 카이사르의 것은 카이사르에게' 라는 말씀은 바로 예수님이 정하신 율법이 아니던가요?"

"그래, 그 말도 맞는구나."

예수님이 피식 웃으며 대답하셨다.

벨레노는 일주일 동안 돈 까밀로의 사제관에 숨어 지냈다. 어찌나 시간이 남아돌았는지 거기서 소일거리로 패놓은 장작이 겨울을 나고도 남을 정도였다.

여드레째 되는 날, 뻬뽀네가 허겁지겁 찾아왔다.

"군대에서 입영 통지서가 날라 왔는데 이 망할 자식이 도대체 어디에 틀어박혀 있는지 통 모르겠소. 녀석이 제때에 입영하지 않으면 병역기피자로 고소당할 텐데 말입니다. 미켈레를 찾지 못하면 나는 또다시 곤경에 빠질 거요!"

뻬뽀네의 말은 차라리 절규에 가까웠다.

돈 까밀로는 뻬뽀네를 데리고 부엌을 지나 앞마당이 내려다보이는 작은 창가로 갔다. 뻬뽀네는 마당에서 장작을 패고 있는 아들을 보자 입이 쩍 벌어졌다.

"아니, 저 녀석이 까까중이 되었네!"

"그래 맞았네. 내가 저 애를 설득해서 신부 수업을 시키고 있는 중일세."

돈 까밀로가 능글거리며 말했다.

뻬뽀네는 펄쩍 뛰며 소리 질렀다.

"말도 안 되는 소리! 그따위 짓으로 허송세월하게 하느니 차라리 집으로 데려가겠소. 저 녀석이 저지른 실수로 망할 놈의 보뇨니 부부가 '마오쩌둥 주의' 당 조직을 만들어 나를 괴롭힌다 해도 나는 그 자식에게 아무런 말도 하지 않을 거요."

돈 까밀로가 웃으며 은근한 표정으로 대답했다.

"그런가? 거 너무 섭섭한데. '하느님의 양, 벨레노 신부' 하고 부르는 소리가 아주 듣기 좋았는데 말이야…."

"우리 보타치 가문에 양이나 신부 따위는 없소!"

뻬뽀네가 소리쳤다.

"오, 그래! 언젠가 자네는 대문에다 페인트로 이런 구호를 적어 놓았던 적이 있었지. '양으로 백 년을 사는 것보다 사자로 하루를 사는 편이 낫다.' 까딱하면 그 일을 내가 잊어버릴 뻔했군."

"그 지겨운 기억력은 지옥에나 가서 써먹으시오!"

뻬뽀네는 화난 표정으로 사제관을 나서며 악을 썼다.

"신부님과 나 사이에는 아직도 해결해야 할 묵은 빚이 남아 있으니까."

돈 까밀로가 확신에 찬 말투로 대답했다.

"아마 곧 끝날 걸세. 마오쩌둥이 어떻게 나올지는 좀 지켜봐야겠지만 말이야."

뽀 강은 여전히 평화롭고 무심하게 흐르고 있었다. 뻬뽀네가 제아무리 화를 내고 돈 까밀로가 즐거워해도 뽀 강은 그런 사소한 일에는 아랑곳하지 않고 유유히 흐를 뿐이다.

안토니오 성인의 비밀

빨간 스포츠카 한 대가 사제관 앞마당 한가운데 멈춰 서더니 호리호리한 젊은이가 차에서 내렸다. 그는 회색 옷차림에 지적으로 보이는 금테 안경을 쓰고, 가죽으로 된 서류 가방을 옆구리에 끼고 있었다. 돈 까밀로는 부엌의 식탁에 앉아 한쪽 눈으로 조간 〈가제타〉 지를 읽으면서, 다른 쪽 눈으로는 창문 너머 젊은이를 쳐다보고 있었다.

"들어오슈!"

노크 소리가 들리자 돈 까밀로는 퉁명스럽게 말했다. 젊은이는 안으로 들어와 꾸벅 인사를 하더니, 돈 까밀로에게 봉투를 내밀었다.

"난 아무것도 사지 않을 걸세."

돈 까밀로는 신문에서 고개도 돌리지 않은 채 내 뱉았다.

"저는 물건을 팔러 온 장사치가 아닙니다. 제 이름은 돈 프란치스코입니다. 교구청에서 신부님을 도와드리라고 보낸 보좌 신부지요. 여기 소개장이 있습니다."

젊은이가 대답했다.

돈 까밀로는 고개를 들어 경계하는 눈으로 그를 바라보았다.

"그런가? 나는 자네의 옷차림을 보고 이 마을 저 마을로 물건을 팔러 다니는 떠돌이 장사치로 생각했지 뭔가. 이 보잘것없는 시골 신부 밑에서 일을 하러 왔으면 옷차림도 신부답게 하고 오는 게 도리 아니겠나?"

소심해 보이는 이 병아리 신부의 얼굴이 금세 창백해졌다.

돈 까밀로는 건네받은 소개장을 읽어나갔다. 그러고는 봉투에 소개장을 다시 집어넣으면서 말했다.

"흐음. 그러니까 자네는 내게 신부 노릇 하는 방법을 가르치러 이곳에 파견됐다, 이 말이지?"

"그럴 리가요, 신부님. 우리가 1666년이 아니라 1966년도에 살고 있다는 걸 신부님께 상기시켜 드리는 것으로 족합니다."

돈 까밀로는 주머니에서 노란 손수건 하나를 꺼내 매듭을 만들어 보이면서 말했다.

"이게 보이나? 이 매듭을 보면 자네 말이 기억날 테니 이제 그만 가보시게나."

그러자 젊은 신부는 냉정함을 잃어버렸다.

"신부님! 저는 주교님의 특별지시로 여기에 온 겁니다. 주교님은 저더리 여기 머물라고 직접 말씀하셨습니다."

그는 책상 앞에 버티고 섰다. 돈 까밀로가 조용히 말했다.

"그래? 그렇다면 이 기회에 카드놀이나 하자고. 자네, 카드 80장 만들기 게임을 알고 있나?"

"모릅니다."

젊은 신부는 이를 악물며 대답했다.

책상 위에는 낡아 빠진 카드 뭉치가 서너 벌 놓여있었다. 돈 까밀로는 그중의 한 벌을 곰 발바닥 같은 두 손으로 움켜잡더니 두 조각으로 찢어버렸다. 전혀 녹슬지 않은, 멋진 솜씨였다.

그러자 젊은 신부는 대수롭지 않다는 표정을 지었다.

"그 정도 놀이를 가지고 그렇게까지 끙끙댈 건 뭡니까?"

그는 다른 카드 한 벌을 가지런히 추리더니 40장의 카드를 거뜬히 두 쪽으로 찢어버렸다.

"이제 신부님이 하신 것처럼 제 카드도 80장이 되었습니다."

젊은 신부가 미소를 지으며 말했다.

돈 까밀로는 동감이라는 듯 고개를 끄덕였다.

"하지만 말이야, 나는 이 160장의 카드를 깡그리 자네 입에 처넣을 수도 있어!"

돈 까밀로가 조각난 두 무더기의 카드를 가리키면서 으르렁거렸다. 그는 옛날의 험악한 모습으로 다시 돌아가 있었다.

젊은 신부는 얼굴이 파랗게 질려 더듬거리며 말했다.

"저는 주교님의 명을 받고 온 사람입니다. 그런데 신부님이 저를 못마땅해하신다면…."

"자네가 왔건 다른 사람이 왔건 마찬가지야. 암, 존경하는 주교님께서 내게 보좌 신부를 배정했다면 나는 거기에 순종해야 하지. 자네가 내게 1666년이 아니라 1966년에 살고 있다는 사실을 가르쳐 준 것에는 고마움을 느끼고 있네. 그 호의에 보답하고자 이 본당의 주임 신부가 나라는 사실을 상기시켜 주겠네. 자네 방이 2층에 마련되어 있으니 거기서 쉬든지 사제복으로 갈아입든지 맘대로 하게. 여기 있는 동안에 그런 부르주아 같은 옷차림은 환영받지 못할 테니까."

데졸리나 할멈이 보좌 신부를 손님용 방으로 데리고 가자, 돈 까밀로는 십자가의 예수님에게 이 소식을 알리러 성당으로 황급히 달려갔다.

돈 까밀로의 성당에는 아직까지 구식 제대가 놓여 있었다. 그는 거기에서 라틴어로 미사* 드리기를 고집했다. 그리고 신자들은 대리석처럼 보이도록 칠한 기둥의 난간 앞에 무릎을 꿇고 성찬식을 올렸다.

이 교구의 다른 성당들은 이미 이러한 구식 제단 대신 신식

* 라틴어 미사 : 교회개혁으로 불리는 바티칸 제2차 공의회(1958~1965) 전까지는 모국어가 아닌 라틴어로 미사를 올렸다.

제단으로 교체한 지가 오래됐다. 그러나 돈 까밀로의 성당에는 아무 것도 바뀐 것이 없었다. 돈 까밀로가 이렇듯 고집을 부렸기 때문에 교구청에서는 어떤 징계를 내리기 전에 시대의 변화를 받아들이는 신식 신부를 파견한 것이었다.

돈 까밀로는 텅 빈 성당 안을 서성거리면서 자신의 속내를 예수님께 말씀드리기 위한 적절한 기회를 엿보고 있었다. 그러자 예수님 쪽에서 먼저 그를 불렀다.

"돈 까밀로, 뭘 하고 있느냐? 너는 사제의 진정한 힘은 겸손이라는 걸 잊었느냐?"

"예수님, 제가 어찌 그걸 한시라도 잊을 수 있겠습니까? 보시다시피 당신 앞에 엎드려 있지 않습니까? 저야말로 주님의 종 중에서도 가장 겸손한 종입니다."

돈 까밀로가 큰소리로 외쳤다.

"돈 까밀로, 하느님 앞에서 자신을 낮추기란 매우 쉬운 법이다. 하느님은 당신 손으로 인간을 창조하셨고, 그 인간 앞에서 자신을 낮추신 분이 아니시더냐?"

"주님, 왜 제가 교회의 오래된 전통을 파괴해야 합니까?"

돈 까밀로는 양팔을 벌리고 고통스럽게 울부짖었다.

"너는 아무것도 파괴하지 않았다. 지금 진행되는 일들은 그림의 액자를 바꾸는 것이지 그림 자체를 바꾸는 것이 아니니라. 혹시 네게는 그림보다 액자가 더 중요한 것이란 말이더냐? 돈 까밀로, 옷차림으로 사람을 판단할 수 없듯이 신부도 마찬가지다. 너는 사제복을 입었고, 저 젊은 신부가 평상복을 입었다고 해서 네가 더 훌륭한 신부라고 생각하는 게냐? 돈 까밀로, 너는 하느님을 라틴어만 이해하시는 무식쟁이로 여겼더냐? 그렇게 벽토로 치장을 하고 나무에 그림을 그리고, 대리석을 다듬어 놓고 어려운 라틴어를 쓰는 것만이 진정한 믿음은 아니다."

"하지만 예수님, 그런 것들은 전통이고 삶입니다. 오랜 세월 우리가 간직해 온 생활과도 같은 것입니다."

돈 까밀로는 겸손하게 대답했다.

"그래, 모두가 퍽이나 아름다운 것들이지. 그러나 그 어느 것도 신앙과는 직접 관계가 없다. 돈 까밀로, 네가 이런 것들을 사랑하는 이유는 이것들이 너의 지난 과거를 연상시켜 주기 때문일 것이다. 그래서 그것들을 네 것으로 생각하고, 네 일부분으로 여기는 것이지. 그러나 진실로 겸손해지려면 가장 사랑하는 것조차 포기해야 하느니라."

돈 까밀로는 고개를 숙이며 대답했다.

"주님 말씀대로 따르겠습니다."

그러나 예수님은 빙그레 웃으셨다. 돈 까밀로의 속마음을 뻔히 알고 계셨기 때문이다.

*

새로 온 보좌 신부는 꽤나 열심이었다. 그의 모토는 '탈신비주의'였다. 즉 겉모습만 번지르르하고, 맹목적인 믿음을 조장했던 것들을 깡그리 없애버리고 성당을 재정비하자는 것이었다. 그러면서도 돈 까밀로의 신경을 건드리지 않는 방법을 모색하며 그 일을 해 나갔다. 따라서 돈 까밀로는 이를 갈면서도 묵묵히 그에게 협조하지 않을 수 없었다.

그러던 어느 날, 돈 까밀로가 물러설 수 없는 사건이 발생했다. 예수님을 모신 제단과 관련된 일이었다.

"이 제단은 말이야, 어디 모실 만한 장소가 생길 때까지 옮길 수가 없네, 알겠나!"

그 말투가 마치 두 조각으로 찢어진 카드를 먹이겠다고 으르렁거렸을 때와 똑같았다. 그 말에 돈 프란치스코도 기가 팍 꺾이고 말았다. 그러나 제단을 옮길 자리를 찾아내기란 결코 쉬운 일이 아니었다. 제단 위에는 3미터나 되는 커다란 십자가상이 버티고 있었기 때문이다.

돈 까밀로는 한 가지 멋진 생각이 떠오르자 그것을 예수님에게 털어놓았다.

"예수님, 저 불쌍한 필레티 영감의 상속인들이 그의 재산을 깡그리 헐값에 팔았습니다. 이제 남은 거라곤 오래된 별장 하나뿐입니다. 유령이 나올 듯이 낡아빠진 이 저택에는 경당이 딸려 있어 제가 해마다 한 차례씩 찾아가 미사를 드렸지요. 그런데 필레티의 상속인들은 700만 리라에 그것을 팔아 버릴 생각이랍니다. 만일 제가 소성당을 살 수만 있다면 이 제대와 예수님을 그리로 모시겠습니다. 계속 여기 계시게 되면 예수님은 거추장스러운 존재가 될 게 뻔합니다. 모두 예수님을 어디다 모셔야 할지 도무지 모르고 있으니까요. 물론 예수님 상을 아무렇게나 방치한다고 해도 당신께서 전지전능하신 하느님의 외아들이라는 사실이 변하진 않겠지만요. 그렇지만 요즘 사람들이 옛것을 죄다 무용지물이라 하면서 예수님 상마저 창고의 잡동사니들 사이에 내팽겨 두는 그런 방식에는 절대 동의할 수 없습니다."

"돈 까밀로, 나와는 진정으로 상관없는 일이다. 그건 단지 상징에 관한 문제일 뿐 아니더냐?"

예수님이 반문하셨다.

"예수님, 국기라고 부르는 알록달록한 헝겊 조각이 이탈리아 자체는 아닙니다. 그러나 국기를 넝마조각처럼 취급하는 나라는 어디에도 없지요. 마찬가지로 주님은 저의 국기입니다. 청하오니, 제 울적한 심정도 이해해 주시기 바랍니다."

돈 까밀로는 처연하게 말을 이었다.

"저 경당에 예수님을 모시게 되면 정말 기쁠 겁니다. 그러나 700만 리라가 뉘 집 아이 이름입니까. 어떻게 하면 그 돈을 마련할 수 있을까요?"

"돈이 있는 곳을 찾으면 얻을 수 있겠지."

예수님은 수수께끼 같은 말씀을 하시며 미소를 지으셨다.

한편 보좌 신부는 초조한 듯 발을 동동 구르고 있었다.

"신부님, 제대를 옮기는 건 적당한 시기까지 미룬다고 하더라도, 저 귀신 나올 것 같은 성 안토니오 상이라도 치워야만 우리의 모토대로 일을 시작할 수 있을 것 같습니다."

정말 보기 흉한 조각상이었다. 그것은 돈 까밀로가 이 성당에 부임하기 전부터 지금까지 벽감 속에 서 있었다. 돈 까밀로가 한 일이라고는 1년에 한 번씩 먼지나 털어 줬을 뿐으로, 그 조각상은 벽감 속에 방치된 채로 오랜 시간 동안 잊혀 있었다.

성 안토니오는 원래 뽀 강 마을의 수호성인이었다. 1862년부터 1914년까지 마을에서 혹심한 가축병이 퍼졌을 때 이를 물리치는데 큰 영험을 보였던 모양이었다. 그때가 성 안토니오가 가장 잘나가던 시절로, 조각상 앞에는 매일 수백 개의 촛불이 쉬지 않고 켜져 있을 정도였다고 한다. 그 후 가축병을 예방하는 백신이 개발되면서 촛불의 수는 점점 줄어들었지만….

세상의 인심이란 이처럼 매정해서, 어느새 성 안토니오는 푸대접을 받게 되었다.

그 상에 대해 돈 까밀로는 애착이 있었지만, 이상하게도 그것을 없애 버리자는 보좌 신부의 제안을 순순히 받아들였다.

"좋아. 내일 아침부터는 그 성상을 보지 않게 될 걸세."

그러나 모든 일에는 순서가 있는 법이다. 돈 까밀로는 안토니오 상을 없애는 데까지는 동의했지만 보좌 신부의 제안대로 망치로 두들겨서 부숴버리고 싶지는 않았다.

그날 밤 돈 까밀로는 종지기의 도움을 받아 안토니오 성인상을 벽감에서 끌어내 창고에 집어넣었다. 그런데 옮기던 중, 조각상의 오른발목이 문 모서리에 부딪혀 오른쪽 발바닥과 구두 끝이 떨어져 나갔다.

돈 까밀로는 부러진 발바닥을 석회로 붙이고 잠자리에 들 생각이었다. 그래서 접착용 석회로 부서진 발을 붙이려고 보니 이 성인의 부러진 발끝에 검은색 장화의 발가락 부분이 삐져나와 있었다. 그것은 석회가 아니라 색이 칠해진 나무였다.

성인이 걸치고 있던 잿빛 사제복도 석회로 돼 있었는데 안쪽에는 금이 가 있었다. 살짝 두드려 보았다. 그러자 석회가 와사삭 무너져내렸다. 그 순간 꿈에도 상상할 수 없는 광경이 벌어졌다. 근엄한 성 안토니오가 점잖은 사제복 안에 통 좁은 바지와 징이 박힌 장화를 신고 있다. 그뿐만 아니라 빨간 셔츠도 입고 있었다.

눈 깜짝할 사이에 목상을 덮고 있던 껍데기가 깨끗이 떨어져 나갔다. 그러고 보니 성 안토니오는 엉뚱하게도 가리발디 장군이 돼 버렸다.

오른손에는 여전히 조그마한 십자가를 치켜들고 있었지만 원래는 칼을 들고 있었을 게 분명했다. 그가 왼손에 쥐고 있던 순례자용 지팡이도 원래는 가리발디 깃발이었을 것이다.

그럼 어떻게 해서 가리발디가 성 안토니오로 위장하고 있었던 것일까. 돈 까밀로는 곧 그 이유를 알게 되었다.

가리발디의 붉은 셔츠 왼쪽 가슴에 하트 모양의 하얀 천이 덧대져 있었다. 자세히 보니 천이 아니라 석고로 돼 있어서 돈 까밀로는 손가락 끝으로 콕 찔러보았다. 그것은 아주 얇아 순식간에 부서져 버렸고, 거기에서 금화가 찰랑 소리를 내면서 쏟아졌다. 그리고 꼬깃꼬깃 접은 종이쪽지 한 장이 같이 나왔다.

이 마을에는 전부터 다소 우스꽝스럽기도 하고, 다소 감동적이기도 한 오래된 이야기 하나가 전해져 온다. 즉 1862년 4월, 가리발디가 이 지역을 방문하자 마을 사람들은 그를 영웅으로 큰 환영을 했었다. 이날을 기념하기 위해 한 목공이 나무를 깎고 채색을 해 가리발디의 조각상을 만들었다.

그날 가리발디는 노동조합에서 교황청의 고위성직자들과 '악질 신부' 들 전체를 호되게 공격하는 연설을 했다. 당시 이 마을에는 페라차라는 사람이 살고 있었는데 그는 반교권주의의 기수였으므로 가리발디의 연설에 매우 큰 감동을 받았다. 그래서 이 가리발디 장군의 조각상을 사서, 회반죽을 입히고 위장시킨 뒤, 마을 신부에게 기증했던 것이다. 그곳이 지금 돈 까밀로가 맡고 있는 성당이었다.

오늘날에는 아무도 이러한 일들을 이해하지 못할 것이다. 그러나 당시만 해도 사람들은 이 같은 교묘한 속임수에 배꼽을 잡고 낄낄거렸다. 이 조각상을 둘러싼 장난의 진짜 묘미는 가리발디를 성당에 데려다 놓고 성인으로 떠받들게 한 것에 있지 않았다. 가리발디의 가슴 속에 나폴레옹 금화를 채워 넣고 다음과 같은 조롱이 담긴 쪽지를 붙여 놓은 데 있었다.

존경하는 신부님.

(아마 틀림없이 당신은 이 글을 보게 될 거요. 여기엔 금화가 잔뜩 들어 있고, 신부님같이 탐욕스런 돼지들이 이걸 찾아내는 건 마치 식은 죽 먹기나 다름없을 테니까.)

신부님들의 말과는 달리 가리발디의 가슴속에는 사탄이 없습니다. 오히려 값진 금화가 가득 들어 있으니 당신이 이를 마다할 리가 없겠지요. 신부님, 신부님이 이 편지를 읽게 된 때에도 미사가 남아있다면(좀 의문스럽기는 하지만) 반교권주의자이자, 가리발디주의자인 알베르토 페라차의 영혼을 위해 미사를 올려 주시오. 그리고 이 나폴레옹 금화로 푸짐한 연회를 마련하여 주세페 가리발디의 영원한 영광을 축하해 주기를 바라오.

나폴레옹 금화를 이탈리아 화폐로 환산하니 600만 리라가 넘었다. 돈 까밀로는 그 돈으로 필레티 영감의 별장을 사들여, 저 큰 십자가와 제대를 원형 그대로 그곳의 소성당으로 옮겨 놓았다. 그리고 또 전문가를 시켜 가리발디-성 안토니오 상을 다시 잘 복원하여 그곳으로 가져갔다.

돈 까밀로가 이 소성당에서 올린 첫 번째 행사는 알베르토 페라차의 영혼을 위한 미사였다. 미사는 몇 안 되는 가리발디주의자의 후손들이 지켜보는 가운데, 너무 당연하게도 라틴어로 거행되었다.

미사가 끝난 뒤, 돈 까밀로는 예수님에게 경위를 설명했다.

"주님, 저 영감들은 아무짝에도 쓸모없는 멍청이들입니다. 그들은 자신들의 추억과 사라져가는 것들에 대한 향수만으로 살아가고 있으니까요. 저들은 성당마저도 개혁돼야 한다는 걸 깨닫지 못하고 있습니다."

"돈 까밀로야, 너도 얼마 전까지는 그러지 않았느냐."

예수님이 꼬집었다.

이 말에 돈 까밀로는 머리를 숙이며 시인했다.

"아마 그랬을지도 모르겠습니다. 그렇지만 저는 이치에 어긋난 일을 하진 않았습니다. 이 소성당이 저의 사유 재산이 된 이상 미사도 사적인 미사니까요. 모두 주님이 도와주신 덕택입니다."

"가리발디가 도와준 덕택이지."

예수님이 정정해 주셨다.

"예수님, 주님께서는 저보고 '구하라, 그러면 얻게 될 것이다' 라고 말씀하셨습니다. 그리고 돈이 있는 곳을 찾게도 해 주셨고요. 성 안토니오께서도 가리발디 사건에 관여하심으로써 저의 열렬한 믿음에 보답해 주기까지 하셨지요."

예수님이 미소를 지으며 말했다.

"그건 그렇구나. 바싸 마을같이 산 사람들보다 죽은 사람들이 더 떠들썩한 데서는 너 같은 신부야말로 절대로 필요한 존재가 아닐까 싶구나."

돈 까밀로는 멋쩍은 듯 머리를 긁적였다.

"저도 그러기를 바랍니다."

뻬뽀네와 의사 보뇨니

뻬뽀네가 다스리는 8개 지역 중 로카 마을은 가장 낙후된 곳이었다. 때로는 대도시에서도 길 하나만 건너면 딴 세상이 펼쳐지는 경우가 있다. 그곳이 바로 그랬다. 사람들은 로카로 가는 샛길로 접어들 때마다 또 다른 세상을 구경할 수 있었다.

로카는 뽀 강 유역에서도 가장 저지대에 있었다. 그래서인지 이 마을 사람들은 몇 세기 동안 홍수와 싸우며 억세고 거칠어졌다. 그들은 뽀 강 사람들이 아니면 무조건 이방인 취급했다.

더구나 그들은 스탈린을 숭배하는 철저한 공산주의자들이었다. 그들에게 공존이니 뭐니 하는 골치 아픈 말은 존재하지 않았다. 적이라면 무조건 몽둥이로 머리통을 까놓고 보는 것이 그들 나름의 대화 방식이었다. 그래서 보뇨니는 어렵지 않게 로카에 공산당 자치구를 만들고, 인민들을 설득해 스스로 우두머리가 될 수 있었다.

어느 날 지구당에서, 이완된 당 조직을 점검하기 위해 감독관을 로카에 파견했다. 그러나 그가 로카에서 볼 수 있었던 건 스탈린과 마오쩌둥을 찬양하는 성명서와 선전문들뿐, 그 밖에는 개미 새끼 한 마리도 보이지 않았다.

당시 세계는 마오쩌둥의 놀라운 수영 솜씨로 떠들썩했다. 뉴스에 의하면 일흔 살이 넘은 고령의 마오쩌둥이 폭이 15킬로미터나 되는 양쯔강을 물개처럼 날렵하게 헤엄쳐 건넜다는 얘기도 전해졌었다. 기회를 절대로 놓치지 않는 누군가가 이 틈을 이용해서 바싸와 로카 마을 여기저기에 마오쩌둥의 위업을 선전하는 노란색 성명서를 붙여놓았다.

> 위대한 지도자 마오쩌둥은 영웅적인 수영으로 온 세상을 깜짝 놀라게 했노라. 이제 로카의 공산당 동무들은 자신들의 우두머리인 보뇨니 동무가 수영도 할 줄 모르는 맥주병이라는 사실을 어떻게 받아들일 것인가. 수영도 할 줄 모르는 그가 어떻게 프롤레타리아 혁명을 이룩할 수 있단 말인가.
>
> – 수영을 잘하는 동지들의 모임

이 선전문은 익명이었다. 그렇지만 빼뽀네가 배후 조종자라는 것쯤을 모르는 바보는 없었다. 로카의 동무들은 흥분했고, 즉각 반격을 취했다.

마오쩌둥을 따르는 우리 로카의 보뇨니 동무가 위대한 마오쩌둥 주석처럼 수영을 잘한다고 생각하지 않는다. 하지만 소위 〈수영을 잘하는 동지들의 모임〉의 대장보다 헤엄을 잘 치는 것은 확실하다. 상점을 하면서 재산을 불린 그자가 똥배가 나와서 물 위에 뜰지는 의문이지만 말이다.

그러자 거기에 대한 답변이 바로 나붙었다.

로카의 꼬마 마오쩌둥은 까불지 마라! 간유를 반병이나 먹어 마치 고래라도 된 듯한 기분일 테지만, 부디 그렇게 날뛰다가 멸치 꼬락서니가 되지 않도록 주의하길 바란다!

대결이 고조될수록 사람들은 호기심으로 들떴다. 그 무렵 우연히 빼뽀네와 그의 참모들을 만난 돈 까밀로가 다정스레 물었다. 수영 연습은 잘 되고 있느냐, 역사적인 대결의 일정은 정했느냐 따위의 질문이었다.

"내가 미쳤다고 그런 애들 장난 같은 짓을 합니까? 어림도 없는 소리요!"

빼뽀네는 퉁명스럽게 대답했다.

"알겠네, 사태가 걷잡을 수 없게 되니 읍장 나리는 은근히 뒤가 걱정되는가 보구먼."

돈 까밀로가 심술궂게 빼뽀네의 화를 돋우었다.

"걱정되다니? 말도 안 되는 소리!"

빼뽀네가 고함을 질렀다.

이렇게 해서 결국 수영시합이 벌어지고 말았다. 웃기지도 않는 일이었지만, 사태가 진전되다 보니 예수님조차 빼도 박도 못하게 돼버렸다.

세기의 결투는 일요일 오후에 열렸다. 뽀 강 유역에 사는 사람들 절반 이상이 몰려들어 강의 양쪽 둑을 가득 메웠다. 시합 방식은 강을 건너갔다 다시 되돌아오는 것이었다. 강 건너편에는 심판이 자리 잡고 있었다. 심판은 두 사람이 그곳까지 정확히 도착했는가를 확인하게끔 되어 있었다. 그곳까지 갔다가 다시 출발점으로 돌아오는데, 물론 먼저 도착하는 사람이 승리하는 것이었다.

보뇨니는 젊고 마른 데 비해 빼뽀네는 힘은 셌지만, 나이가 많고 튀어나온 배 때문에 날렵하지 못했다. 보뇨니가 먼저 건너편 둑을 짚고 돌았다. 로카 사람들이 미친 듯이 환호했다.

하지만 그 환호 소리에 자극을 받은 빼뽀네가 미친 들소처럼 변했다. 그는 자신의 나이와 튀어나온 똥배도 잊어버리고 죽을 힘을 다 내기 시작했다. 자기 자신도 그런 힘이 어디서 솟아 나오는지 모를 지경이었다.

그런 기세로 강을 되돌아오면서 뻬뽀네는 마침내 보뇨니를 따라 잡았고, 필사적인 노력 끝에 그를 앞질렀다. 뻬뽀네는 제법 당당하게 결승점에 도착해 바싸 사람들이 환호하자 손을 흔들어 답례하는가 했더니, 죽은 물고기처럼 모래 위에 픽 쓰러져 버렸다.

"빨리 의사를 불러!"

브루스코가 고함을 지르자 마침 곁에 대기하고 있던 뻬뽀네의 참모들이 덩달아 악을 썼다.

뻬뽀네는 완전히 죽은 사람 같았다. 뒤늦게 도착한 보뇨니는 의사라는 본연의 모습으로 돌아왔다. 그는 재빨리 자동차에서 왕진 가방을 가져와 뻬뽀네 옆에 꿇어앉았다.

맥박을 짚어 보던 보뇨니가 아내에게 소리쳤다.

"빨리 코라민 주사를 준비해! 이 양반 심장마비를 일으킬지도 몰라!"

보뇨니의 고함에 뻬뽀네는 퍼뜩 정신이 들었다. 그러고는 불쾌한 듯 보뇨니를 힐끗 쳐다보더니 브루스코에게 말했다.

"브루스코! 이 돌팔이 의사를 어서 쫓아버려라. 도대체 내겐 마음 편히 죽을 자유도 없단 말이냐?"

그 말이 채 끝나기도 전에 보뇨니는 어디론가 사라져 버렸다. 그러자 돈 까밀로가 달려와 뻬뽀네 옆에 무릎을 꿇고 앉아서 그의 눈을 까뒤집으며 소란을 피웠다.

빼뽀네가 숨을 헐떡이며 쏘아붙였다.

"아주 좋아 죽겠지요?"

"아니, 도대체 그게 무슨 소린가?"

돈 까밀로도 목청을 높였다.

"신부님이야말로 그 성명서를 써 붙인 장본인이니까 말이오. 사람들은 모두 내가 그런 성명서를 써 붙인 줄 알고 있지만 이 사건 전체를 꾸며낸 사람은 당신이잖소!"

돈 까밀로가 사실을 솔직하게 인정했다.

"그래, 자네 말이 맞네. 그러나 이제 와서 사과를 해봐야 무슨 소용이 있겠나. 그냥 내가 자네를 도울 만한 일이 없을까?"

"있소! 제발 죽거들랑 지옥에나 가시오. 당신은 물론이고 이 세상 모든 신부까지 몽땅 데리고 말이오."

빼뽀네가 가쁜 숨을 몰아쉬며 소리쳤다.

"읍장 동지, 그러면 지옥이 너무 붐비지 않겠나? 자네랑 자네 패거리들도 거기로 갈 거잖아. 더구나 나는 공산당 동지들과 함께 하는 단체 관광은 싫어하거든."

돈 까밀로가 능글거렸다.

그때 비지오가 코냑 한 병을 가지고 달려왔다. 빼뽀네는 말랐던 늪지대가 물을 빨아들이듯 코냑을 단숨에 들이켰다. 그때서야 보건소 의사가 허겁지겁 도착했다. 의사는 진찰을 하고 맥박과 혈압을 체크한 뒤 말했다.

"모두 정상인데요."

돈 까밀로가 걱정스럽다는 듯이 물었다.

"그런데 이 사람은 왜 송장같이 뻣뻣해진 채로 눈을 감고 있는 거요?"

"아, 그거요. 똥배가 심하게 나온 사람이 무리하게 움직여서 탈진한 거니까 걱정 안 하셔도 됩니다."

의사가 별일 아니라는 듯 태연한 얼굴로 설명했다.

빼뽀네는 술에 취해 있기는 했지만 정신을 잃어버릴 정도는 아니었다. 삿대질을 해 가며 욕을 할만큼의 힘도 남아있었다.

"이보시오, 돈 까밀로. 만일 하느님이 진짜로 계신다면 반드시 당신에게 벌을 내려주실 거요."

빼뽀네의 예언 아닌 예언은 적중했다. 다만 평소에는 즉시 벌을 내려 주시던 하느님께서는 어찌 된 셈인지 한밤중이 되어서야 돈 까밀로를 벌하셨다.

그날 밤, 돈 까밀로는 뽀 강물에 빠져 죽는 꿈을 반복해서 꾸었다. 밤은 무척 길었고, 아직 돈 까밀로의 벌은 다 끝난 게 아니었다.

지옥의 천사들

월요일 오후였다. 돈 까밀로는 사제관에서 보좌 신부와 이야기를 나누고 있었다. 그때 갑자기 길 쪽으로 나 있는 철문 앞에서 왁자지껄한 소리가 들려왔다.

오토바이를 탄 일곱 명의 젊은이들이 요란한 소리를 내며 성당 문 앞에 멈춰 섰다. 모두가 10년쯤은 이발소 근처에도 안 간 듯한 장발에, 검정 가죽 재킷을 걸치고 있었다.

녀석들은 시끄럽게 떠들어대면서 오토바이의 가속장치까지 최고치로 올려놓았다. 그러더니 이 장발족 중 한 녀석이 괴상망측하게 생겨먹은 기타를 꺼내 치기 시작했다. 나머지들은 모두 이에 맞춰 합창했다. 아니, 노래라기보다 차라리 발악에 가까웠다.

이들은 후렴에서는 경적까지 울리며 반주를 맞추었다. 자세히 보니 그 패거리들 가운데 한 명은 여자였다. 아가씨의 산호 같이 빨간 입술에서 그런 노래가 나온다고 생각하니 한층 더 저속하게 들렸다.

미운 벌레가 모로 간다더니, 갑자기 어린 지옥의 천사는 입고 있던 가죽 재킷을 벗어젖혔다. 그러자 소매도 없는 목 밑이 깊게 패인 원피스가 나타났다. 파스텔 풍의 사각 무늬가 박혀 있는 이 원피스는 가슴이 다 드러날 지경이었고 엉덩이를 겨우 가릴 만큼 치마 길이가 짧았다.

"내 저놈들을 당장 요절내고 말 테다!"

돈 까밀로가 방문을 나서며 중얼거렸다.

그러자 보좌 신부가 그를 말렸다.

"돈 까밀로 신부님, 잠깐만요. 제가 처리하겠습니다. 저는 이런 젊은이들 다루는 법을 잘 압니다. 버릇없는 녀석들이라고 신경 쓰실 거 없어요. 냉정히 보면 보기보단 훨씬 좋은 애들이니까요."

그래서 돈 까밀로는 창가에서 관망하기로 했다. 보좌 신부는 대문을 나가 고삐 풀린 망아지들에게 미소 띤 얼굴로 정중하게 이야기했다. 이들과 보좌 신부는 별로 나이 차도 없어 보였다. 장발족들은 잠시 그의 얘기를 다소곳이 듣고 있는 것 같았다.

한순간 아가씨가 입에다 손가락을 대고 귀청을 찢을 듯 날카로운 휘파람 소리를 냈다. 그러자 여섯 명의 텁석부리가 재빨리 오토바이에서 뛰어내렸다. 그들은 보좌 신부에게 달려들어 마구 주먹질과 발길질을 해댔다. 아마 신부의 거만한 태도가 아니꼬웠거나 몸에 달라붙게 입은 사제복이 마음에 안 들었나 보다. 이 사제복은 주임 신부인 돈 까밀로가 입지 말라고 설득했으나 그가 말을 듣지 않자 할 수 없이 방치하고 있던 옷이었다.

그러나 상황이 이쯤 되고 보니, 돈 까밀로도 구경만 하고 있을 수만은 없었다. 그는 탱크처럼 장발족 패거리 틈으로 밀고 들어가 간신히 보좌 신부를 구해냈다. 그는 이미 묵사발이 되어 있었다.

갑자기 멧돼지같이 덩치 큰 신부가 끼어들자 장발족들은 멍해졌다. 한동안 의아스런 눈초리로 이 모습을 바라만 보던 아가씨가 째지는 목소리로 이들을 독려했다.

"저 돼지 같은 신부를 죽여라! 죽여 버리라고!"

어섯 명의 깡패들은 전열을 가다듬더니 돈 까밀로에게 달려들었다. 놈들은 꽤나 조직적으로 공격해 왔다. 네 녀석은 돈 까밀로의 팔과 다리를 하나씩 붙들고 늘어졌으며 나머지 둘은 그에게 주먹질을 하기 시작했다.

돈 까밀로는 세상에서 둘째가라면 서러워할 만한 싸움꾼이었지만 상대가 이런 식으로 나오는 데에는 속수무책이었다. 꼭 원숭이떼에게 기습당한 코끼리 꼴이 되고 말았다. 몸을 흔들어

등 뒤에 매달린 놈들을 떼놓기도 바쁠 지경이었으니까.

곧 앙칼지고 화난 여자아이의 목소리가 다시 들려왔다.

"자, 저 치마 같은 신부복을 벗겨라! 나는 저 신부가 입은 속옷을 보고 싶단 말이다!"

이것은 전술상 커다란 실수였다. 왜냐하면 돈 까밀로가 그 소리를 듣자마자 예수님을 불렀기 때문이다.

"예수님, 당신은 하느님의 사제가 길거리에서 사제복이 벗겨져 속옷 차림이 되는 것을 보고만 계실 겁니까?"

"아니다, 돈 까밀로. 절대로 안 된다."

멀리서 예수님의 음성이 들려왔다.

돈 까밀로는 모터사이클 경주에서 꼴찌로 가던 자동차가 갑자기 기어를 3단으로 올려 시속 140킬로미터 속도로 다른 차들을 추월해 1등을 하는 장면을 떠올렸다. 그는 '끙' 하고 힘을 쓰면서 양팔을 홱 뿌리쳤다. 양팔이 자유로워지자 돈 까밀로는 자기에게 덤벼들던 두 녀석의 머리통을 잡아 박치기를 시켜 버렸다.

두 녀석은 허깨비처럼 땅바닥에 나뒹굴었다. 그러자 나머지 네놈이 아가씨의 독려에 힘입어 다시 사나운 기세로 덤벼들었다. 하지만 그놈들도 운이 없었다. 대문을 받치고 있던 작은 몽둥이 하나가 돈 까밀로의 눈에 들어왔다. 단단한 아카시아 나무였다. 돈 까밀로가 그걸 휘두르는 이상 당해 낼 자는 아무도 없었다. 아무리 강인한 체력의 소유자일지라도 이런 식의 공격에는 오래 버틸 수 없기 때문이다. 지옥의 천사들은 머리통에 혹이 나고 멍든 몸으로 정신없이 도망쳤다. 그래도 자존심은 남았는지 오토바이를 타고 달려가며 '어디 두고 보자!' 라는 말은 잊지 않았다.

그러나 지옥의 천사들 일곱이 전부 도망간 건 아니었다. 바로 지옥의 소녀가 남아 있었다. 성당 문에 몸을 기댄 채 그녀는 아무 일도 없었다는 듯 담배를 피웠다. 돈 까밀로는 화가 머리끝까지 났다. 그는 이 말썽꾸러기 아가씨가 눈에서 불이 번쩍 날만큼 쥐어박을 기세로 성큼 다가갔다.

하지만 그녀는 꿈쩍도 하지 않았다. 오히려 돈 까밀로가 험악한 얼굴로 다가서자 생긋 미소를 지으며 인사했다.

"안녕하세요, 삼촌!"

돈 까밀로는 멈칫하더니 이 요란스럽게 차려입은 아가씨를 멍하니 바라보았다. 단정한 옷차림을 했으면 열여섯에서 열여덟은 돼 보이는 꽤나 예쁜 소녀였다. 그러나 빨간 퍼마머리와 겁이 없어 뵈는 암갈색 눈동자가 매우 불량해 보였다. 더욱이나 돈 까밀로가 벌레보다 더 싫어하는 미니스커트까지 입고 있었으니 그가 아연실색할 수밖에 없었다.

"이봐, 아가씨! 넌 대체 누구길래 나더러 삼촌이니 어쩌니 하는 거지? 내게 너 같은 조카가 있다는 소리는 생전 처음 듣는데!"

"참 삼촌도, 시치미는. 우리 엄마는 주세피나라고 해요. 설마 신부로 일하느라고 바빠서 자기 동생 이름도 잊어버린 건 아니시겠죠? 그러니까 나는, 신부님의 조카딸 캣이란 말이에요."

"나에게 캣이란 조카는 없다!"

돈 까밀로가 딱 잘라 말했다.

"아, 실은 제 세례명은 엘리자베스랍니다."

이 반라의 아가씨는 아까와는 달리 제법 천사 같은 고운 미소를 띠며 애교를 부렸다. 괄괄한 돈 까밀로는 그녀의 행동에 구역질이 나 무심코 한 방 먹이려다가 상대가 여자라는 걸 생각해서 가까스로 참았다.

"하지만 애들은 날 캣이라 부르죠. 캐터필러(caterpillar)의 줄임말이에요. 그건 제가 불도저보다 더 포악하게 행동한다는 뜻이죠."

캣은 암코양이 같은 미소를 지으며 말했다.

돈 까밀로는 뻔뻔스러운 얼굴에서 어딘가 낯익은 모습을 발견하자 부쩍 화가 치밀었다.

"그래, 내 여동생의 외동딸이라는 네가 깡패 같은 친구들을 시켜 나를 실컷 때리고 속옷 차림으로 만들려 했단 말이냐?"

"그럼요. 모든 일이 인과응보 아닌가요? 지난주에 삼촌은 엄마에게 제 걱정을 할 필요가 없다고 하셨다지요. 저를 당장에라도 착하고 고분고분한 수녀로 만들 수 있다고 큰소리 빵빵 치시면서요. 절 보고 예수교 당원이 되라는 뜻 아니었어요? 어때요, 삼촌은 아직도 저를 수녀로 만들 자신이 있다고 생각하세요? 아니면 차라리 제가 오토바이를 타고 도시의 집으로 돌아가 불쌍한 우리 어머니 마음이나 편하게 해 주는 게 좋을 것 같으세요?"

"그따위 말괄량이 조카를 길들이려고 내가 직접 나설 필요까지는 없겠지."

돈 까밀로는 아카시아 나무 몽둥이를 내려놓았다. 미니스커트 차림의 이 살쾡이 같은 캣은 계속 돈 까밀로를 째려보고 있었다.

"안셀마!"

돈 까밀로가 갑자기 고함을 질렀다.

안셀마는 종지기의 아내였다. 그녀는 탱크처럼 덩치가 좋아 누구라도 안셀마에게 따귀라도 한 대 맞으면 집 주소도 잊어버릴 만큼 힘이 센 여자였다. 힘으로만 따진다면 오히려 남편인 종지기보다도 한 수 위였다.

안셀마가 밖으로 나오자 돈 까밀로가 말했다.

"내가 저 아이를 직접 손대기는 좀 그렇거든."

"알았어요, 신부님. 제게 맡기세요. 며칠이면 되니까요."

탱크 여인이 공손하게 대답했다. 그녀는 창문으로 모든 광경을 지켜보고 있었다.

그래도 미니스커트 소녀는 겁먹은 기색이 없었다.

"그 더러운 손을 감히 내 몸에 댄다면 무슨 일이 일어날지 나도 몰라요!"

캣이 눈에 쌍심지를 돋우며 외쳤다.

안셀마가 캣의 한쪽 어깨를 붙잡으며 대꾸했다.

"애야, 아무 걱정하지 마라. 절대로 네게 손을 대지 않으마. 손은 포도 딸 때나 쓰는 거란다. 이럴 때는 그저 빵 반죽할 때 쓰는 주걱이 최고 아니겠니?"

"잘 생각했네. 저 애에게 세상맛을 가르쳐 주려면 그 방법 밖에 없을 테니까."

돈 까밀로는 이렇게 말하면서도 저 고약한 캣의 성질 때문에 빵 주걱이 성할지 은근히 걱정되었다. 소녀는 도망치려고 온갖 앙탈을 부렸지만 안셀마는 꿈쩍도 안 했다.

돈 까밀로는 캣에게 말했다.

"그 아주머니 이름은 안셀마다. 그런데 사람들은 모두 '엘' 이라고 부르지. 코끼리의 약자란다. 넌 우선 스커트 길이를 30 센티미터쯤 늘려야 할 거다."

"싫어요!"

캣이 화가 나 쇳소리를 냈다.

"그러냐? 그럼 우리가 네 다리를 30센티미터쯤 짧게 만들어 주면 되겠구나."

스스로 인정이 많다고 생각하던 돈 까밀로가 길게 탄식했다.

"오 하느님, 어찌 저런 아이를 저에게 보내셨나이까?"

돈 까밀로의 말이 채 끝나기도 전에 제단에서 예수님의 목소리가 들려왔다.

"돈 까밀로, 그럼 내가 너를 캣에게 보냈어야 했겠느냐?"

잠 못 이루는 밤

캣이 나타난 것은 하느님이 돈 까밀로에게 벌을 주시기 위해서였던 것이 분명했다. 캣에 대한 생각을 떠올리기만 해도 돈 까밀로는 위장에서 신물이 넘어올 지경이었다.

캣은 어려서부터 성격이 삐딱했다. 남편도 없이 병약하게 살아온 돈 까밀로의 누이가 외동딸의 버릇을 고치지 못하고 손을 들어버린 까닭을 이제는 돈 까밀로도 알 듯했다.

돈 까밀로의 집에 온 그 날 저녁부터 캣은 사제관 식탁에서 카드판을 벌였다.

"아줌마가 문과 창문을 죄다 잠가 놓고 나를 죄수처럼 대해도 아무 상관없어요. 나는 도망갈 생각이 눈곱만큼도 없으니까.

오히려 나는 저 덜떨어진 신부님께서 무릎을 꿇고 내게 떠나 달라고 빌게 되는 날이 오기를 기다릴 뿐이에요."

"에이그, 이 철딱서니 없는 것아!"

안셀마가 그녀를 나무랐다.

"네가 뭘 안다고 떠드는 거냐? 세상이 한참 험악하게 돌아가던 옛날, 너희 외삼촌께서 미쳐 날뛰던 공산당 패거리들과 크게 싸우셨던 것을 모른단 말이냐?"

"흥! 그 공산당들 말이에요?"

캣이 콧방귀를 뀌며 비웃었다.

"그자들은 광대들이에요. 신부들, 자유주의자들, 파시스트들, 사회주의자들, 부르주아들, 군인들, 경찰들 모두 다 똑같이 웃기는 것들이라고요. 모두 걸어 다니는 송장이나 마찬가지죠. 산송장 당원이라고나 부르면 좋을 멍청이들! 오늘날 이 사회를 이끌어가는 것은 우리 같은 젊은이들이에요. 아무도 우리가 가는 길을 막을 수 없어요."

"하느님조차도 말이냐?"

"하느님이라고요? 호호호, 신은 죽었어요! 아줌마, 혹시 바보 아녜요? 그것도 모르다니!"

안셀마는 종지기의 아내로 살다 보니 하느님 덕분에 먹고산다는 생각이 머릿속 깊이 박혀 있는 여자였다. 그러니 이 말을 듣고 어떻게 참을 수가 있겠는가.

안셀마가 이를 부드득 갈더니 꽥 고함을 질렀다.

"네가 내 딸만 같아도 빰을 한 대 때렸을 거다. 하지만 너는 내 딸이 아니니 두 대를 때려야겠구나!"

무슨 엔진이 폭발하는 것 같은 소리가 울려 퍼졌다. 안셀마는 말보다 행동이 앞서는 사람이었다. 그녀가 "두 대"라고 말했을 때는 이미 캣의 빰을 때리고 난 다음이었다.

"잠자는 데 도움이 될 거다."

안셀마가 친절하게 덧붙였다.

"좋아요. 아줌마는 그 덕분에 잠을 잘 수 없을 거예요. 흥, 그 신부에 그 종지기 마누라로군."

캣은 계단을 올라 자기 방으로 가면서 소리쳤다. 그녀의 예언은 적중했다. 새벽 2시쯤 되자 성당의 종이 마구 울리기 시작했다. 온 마을 사람들이 잠에서 깨어 벌떡 일어났다.

돈 까밀로 역시 깜짝 놀라 침대에서 굴러떨어졌다. 그는 성당 안으로 달려가 안셀마를 찾았다. 그녀가 이 수치스러운 사건의 장본인이라고 생각했기 때문이었다.

"이 밤중에 웬 도깨비 같은 소동인가?"

돈 까밀로가 큰 소리로 물었다.

안셀마의 얼굴은 사색이 되어 있었다. 그녀가 양팔을 들며 소리쳤다.

"신부님, 사제관 지붕 위의 창문이 갑자기 열리더니 누군가 성당 지붕으로 올라가서 종루 위의 저 원형 창문으로 쑥 미끄러져 들어가는 게 아니겠어요."

"그래서?"

"아직도 모르시겠어요? 신부님도 미친 돼지 새끼처럼 짓궂게 울려대는 저 소리를 듣고 예상은 하셨을 테지요. 고 깜찍한 년이, 그러니까 신부님의 조카딸 캣이 저지른 일이라고요. 그 사고뭉치가 사다리를 끌어올려 놓고 계단으로 올라가는 문도 죄다 막아버렸답니다."

마을 사람들이 몰려들었다. 뻬뽀네도 돈 까밀로에게 달려와 따졌다.

"신부님, 저 미친 짓을 멈추게 하시오. 그렇지 않으면 내가 나서서 진상을 조사할 테니까!"

"제발 그렇게 해 주게, 읍장 나리. 자네한테 헬리콥터라도 있다면 그걸 불러다 일 좀 시작하시지."

돈 까밀로가 대답했다.

캣은 종 치는 일에 재미가 붙었는지 쉬지 않고 부지런히 종을 울렸다. 타종법에 익숙해지자 종소리에 박자까지 맞춰 노래를 불렀다. 차마 인간의 소리라고 하기에는 너무도 괴상한 소리였다. 스미르초가 그녀의 돼지 멱따는 소리를 듣고는 배꼽을 잡고 웃어댔다.

"고귀하신 신부님께서 몰래 숨겨 놓은 여자가 틀림없어요. 저 아가씨에게 차 한잔내오라고 하시지요."

돈 까밀로는 그런 조롱을 참고 있을 성격의 소유자가 아니었다. 당장 스미르초의 멱살을 움켜쥐었다.

그러자 빼뽀네가 황급히 말리며 한마디 했다.

"신부님, 저 괴성은 대체 누구 목소립니까?"

"저건 사람이 아니라 암호랑이가 우는 소리야! 도대체 내가 무슨 죄를 지어서 저 망나니를 여기에 들였을까?"

돈 까밀로가 중얼거렸다.

이번에는 브루스코가 끼어들었다.

"아항, 그럼 신부님의 발랄한 조카 따님이 말썽을 부리고 있나 보군요. 저 아가씨는 어제 오후에 친구들을 데려와 신부님을 속옷 차림으로 만들려고 했다면서요?"

빼뽀네와 그 부하들은 낄낄거리며 웃어댔고 캣의 노랫소리는 점점 더 시끄러워졌다.

"예수님! 어떻게 하면 저 짓거리를 멈추게 할 수 있을까요?"

돈 까밀로가 거의 울먹이는 음성으로 애원했다.

좋으신 하느님은 그에게 자비를 베푸셨다. 종지기가 돈 까밀로에게 달려와서 작은 목소리로 누군가 사제관에서 기다린다고 전해주었다. 그 누군가는 만화책에서 막 튀어나온 인물처럼 시커멓고 덩치가 큰 사람이었다. 시커먼 옷차림에 시커먼 장갑, 그리고 시커먼 복면을 쓰고, 눈만 빠끔히 내놓은 채 온통 얼굴을 가린 이 방문객은 마치 지옥에서 온 저승사자처럼 보였다.

"신부님, 저예요!"

저승사자가 말했다.

"제가 도와 드리겠습니다."

"벨레노!"

돈 까밀로가 놀라 소리쳤다.

"아니, 이게 어떻게 된 일이냐?"

"전 오늘 밤이 새기 전에 사라질 거예요. 아무도 저를 알아봐선 안 됩니다. 볼품없는 까까중머리를 아무에게도 보여주고 싶지 않으니까요."

"그럼 군대는 어떻게 되었나?"

"신체검사에 합격했습니다. 곧 입대하게 될 거예요."

벨레노가 대답했다.

"저 계집애가 종탑 위 사다리를 죄다 올려놓고 들창문과 통로 입구도 막아 버렸다네."

돈 까밀로가 손가락으로 문제의 종탑 쪽을 가리키며 하소연조로 이야기했다.

"어떻게 하면 저 위로 올라갈 수 있을까?"

"저 위 피뢰침에 전깃줄이 연결되어 있다면 올라갈 수 있을 겁니다."

"아니야. 그건 너무 위험해."

벨레노는 웃었다.

"신부님한테는 위험하겠지만 저한테는 아니에요."

그는 사제관 지붕으로 난 창문으로 미끄러져 들어가더니 성당 지붕 위로 기어올라 전깃줄에 매달렸다. 칠흑 같은 밤의 어둠이 금세 벨레노를 둘러싸 버렸다.

"오, 주님! 제발 미켈레를 도와주시옵소서!"

돈 까밀로는 무릎을 꿇고 간절한 마음으로 기도를 올렸다.

"돈 까밀로."

멀리서 예수님의 목소리가 들려왔다.

"혹시 내가 착각하고 있는지 모르겠다만 너는 전에 저 청년이 양이 아니라 늑대 새끼라고 나에게 말하지 않았었느냐?"

"그렇습니다, 예수님. 예수님이 아니라 제가 틀렸습니다. 하지만 예수님, 당장은 그 문제로 저를 괴롭히지 말아 주십시오. 지금 제가 바라는 것은 당신께서 그를 꼭 붙들어 주시는 것입니다."

"하지만 그가 떨어지면 어떻게 구해야 할지 모르겠구나. 머리털이라도 붙잡으라는 말이냐? 머리가 까까중처럼 민머리로 되어 있는데 말이다."

돈 까밀로는 식은땀이 나다 못해 땀구멍에서 핏물이 배어나오는 기분이 들었다. 그러는 동안에도 악마의 울부짖음 같은 종소리는 멈추지 않고 있었다.

갑자기 종소리가 멈췄다. 돈 까밀로는 종탑의 아랫방으로 부리나케 달려갔다. 종탑 위에서 툭탁거리는 소리가 들렸다. 일시에 잠잠해지더니 종탑으로 연결된 문이 하나둘 열리기 시작했다. 마침내 마지막 문이 열리고 사다리가 스르르 내려왔다. 벨레노는 개선장군처럼 늠름한 모습으로 사다리를 천천히 밟으며 내려왔다. 그의 옆구리에는 보따리 하나가 끼어 있었다.

그 보따리야말로 한밤중에 난리 굿을 벌인 장본인, 바로 캣이었다.

벨레노는 종에 달린 밧줄로 캣을 묶어서 옆구리에 꿰차고 있었다. 그리고 가죽장갑 한 짝으로 캣의 입을 틀어막아 소리를 지르지 못하게 해놓았다.

땅으로 내려오자 벨레노는 옆구리에 끼고 있던 보따리를 돈 까밀로에게 내밀었다. 그러자 돈 까밀로는 손사래를 치면서 말했다.

"꼴도 보기 싫으니 저쪽 구석으로 치우거라!"

그는 큰 소리로 안셀마를 불렀다.

안셀마가 허겁지겁 달려왔다.

"저 쓰레기를 당장 내다 버리게! 그리고 사람들에게 서커스는 이제 끝이 났으니 집으로 돌아가서 잠이나 자라고 전하게."

종탑 꼭대기에서 캣을 끌어내는 데 성공한 벨레노는 돈 까밀로와 마주앉아 축배를 들었다. 돈 까밀로의 서재에 단둘이 남게 된 벨레노가 복면을 벗었다. 그는 빡빡 깎아 번쩍거리는 머리통에 찬 바람을 쐤다.

돈 까밀로는 종탑에서 어떻게 캣을 데려왔는지 자세히 알고자 했으나, 벨레노는 머리를 흔들며 거절했다.

"신부님, 그런 건 모두 다 잊어버리고 진지한 이야기를 하기로 하시죠. 신부님은 커다란 두통거리를 집안으로 끌어들이셨어요. 정말 지독한 계집애입니다. 전 벌써 그 애를 알고 있었죠."

"그 애를 어디서 만나게 됐는데?"

"두 달 전, 카스텔레토에서요. 그 애는 전갈파 애들하고 함께 있더군요. 도시에서 흘러들어온 지옥의 천사라고 부르는 깡패들 하고요. 얼마 전부터 그놈들이 카스텔레토로 내려와서는 마구 설쳐댔잖아요. 그렇지만 카스텔레토는 우리 구역이기 때문에 저희가 그놈들을 실컷 패서 쫓아버렸지요. 그놈들은 두들겨 맞은 머리통을 싸잡아 쥐고서 도망가더군요. 어제 소동을 부렸던 여섯 놈은 그중에서도 두목급이랍니다. 그런데 신부님이 그 놈들을 흠씬 두들겨 놓았으니 쉽게 물러나진 않을 겁니다. 반드시 복수하러 돌아올 겁니다."

"그래, 그것 잘 됐구나."

돈 까밀로가 말했다.

"아카시아 몽둥이라면 헛간에 얼마든지 있으니까."

벨레노는 머리를 가로저었다.

"그렇게 간단하지 않아요. 저는 시내에 정보원을 하나 두고 있는데요, 그가 제게 전화를 했어요. 전갈파 일당들이 원정대를 조직했다고요. 그 녀석들 모두 이곳으로 쳐들어와서 몽땅 뒤집어엎어 버리고 저 애를 여기서 구출해 내겠답니다."

"흥, 올 테면 와 보라지."

돈 까밀로가 버럭 소리를 질렀다.

"우리는 경찰을 배치해 만반의 준비를 해 놓을 테니까."

"신부님, 그런다고 해결되는 일이 아닙니다. 그놈들은 아무도 모르게 쳐들어온다고요. 쉰 명이나 되는 놈들이 마치 시계 부속품처럼 함께 붙어 행동합니다. 그리고 경찰들이 결코 자기네들에게 총을 쏘지 못할 거라는 것도 잘 알고 있어요. 그러니 마음 놓고 쳐들어올 겁니다."

벨레노는 흥분으로 입술을 파르르 떨었다. 그리고 성난 사자처럼 방 안 여기저기를 서성거렸다.

"대체 신부님은 무엇 때문에 제 머리털을 몽땅 깎아버리셨답니까!"

벨레노는 돈 까밀로 앞에 멈춰 서더니 소리를 질렀다.

"네 머리카락하고 그 깡패들하고 무슨 상관이 있나?"

"상관이 있고말고요. 제 머리칼이 그대로 붙어 있다면, 저는 우리 패거리들을 데리고 그 전갈파 놈들을 간단하게 손봐줄 수 있었을 테니까요. 어른들이 우리를 깡패니, 불량배니, 장발족이니, 건달이니, 히피니 뭐니 부르든 우리는 우리 나름대로의 조직이 있고 그 속에서 즐겁게 살고 있단 말입니다. 사고도 안 내고요. 아, 내 머리칼만 잘리지 않았다면…."

"그게 그렇게 원통한가?"

돈 까밀로가 웃었다.

"이것 보세요, 신부님. 이런 까까중머리를 하고 어떻게 돌아다닙니까. 내 꼴이 말이 아네요. 이건 정말 위신 문제입니다."

"머리가 길든 짧든 자기 자신은 변하지 않는 거야."

"신부님, 저도 그런 말은 할 수 있어요. 무엇을 입고 있던 신부는 신부라고 말입니다. 하지만 속옷 차림으로 미사를 드릴 수 있나요? 그때도 무엇을 입든 간에 신부는 어디까지나 신부라고 우기실 겁니까?"

"바보 같은 소리 마라!"

"좋아요. 바보 같은 소리라고 하셨죠. 하지만 어제는 저 몹쓸 깡패 놈들이 신부님의 속옷을 벗겨 내려고 할 때 땀을 뻘뻘 흘리며 난리법석을 피우셨잖아요. 그땐 왜 그러셨습니까?"

"아, 그런 얘긴 그만두자."

돈 까밀로는 재빨리 벨레노의 입을 막았다.

"그것보다 그 깡패 녀석들을 막아야 할 게 아니냐. 어떻게 해서든 싸움이 벌어지지 않게 해야 할 텐데 말이야."

"그렇지요. 하지만 그 전갈파 녀석들이 총을 들고 와서 쏘아댄다면 어떻게 막아내실 작정입니까? 결국 싸움은 피할 수 없습니다. 들어보세요, 신부님. 만약 권투선수가 총을 가진 상대와 싸우게 되었을 때 아무 방어도 안 하고 있으면 결국 그 총에 맞아 죽을 거예요. 하지만 두 권투선수가 서로 마주 서서 정당하게 공격한다면 그것은 단지 복싱시합일 뿐 그 누구도 죽지 않겠죠. 이 이야기에서 알 수 있듯이…."

돈 까밀로는 지겨운 토론을 별로 좋아하지 않았다. 그는 책상 서랍을 뒤져 봉투 하나를 꺼냈다. 잠깐 망설이는 듯하더니 이내 벨레노에게 그것을 건네며 말했다.

"자, 이걸 받아. 밀라노는 여기서 가깝지. 그곳에서 뭔가를 찾을 수 있을 거야. 삼손이 데릴라에게 당한 이유가 뭔지 아나? 그는 밀라노에 갈 수 없었기 때문이야. 하지만 너는 얼마든지 갈 수 있을 테지."

벨레노라 불리는 미켈레 보타치가 '오케이' 라고 외치면서 복면을 눌러 쓰고 밖으로 나가 어둠 속으로 사라진 것은 새벽 3시 20분이었다.

*

캣은 이틀 동안이나 방구석에 갇혀 있었다. 목요일 오후 6시가 되자 안셀마는 캣을 앞마당으로 끌고 나왔다. 돈 까밀로는 앞마당의 의자에 앉아 신선한 공기를 즐기고 있었다.

이 골칫덩이 꼬마 아가씨는 더 이상 미니스커트를 입지 않았다. 그 대신 턱까지 올라오는 검은 옷에 땅에 질질 끌리는 치마를 입고 있었다. 소매는 손끝에서 15센티미터 아래까지 내려와 덜렁거렸다. 그리고 레이스가 달린 검은 수건을 머리에 쓰고 있었다. 게다가 화장기 없는 얼굴은 밀가루를 뒤집어쓴 것처럼 창백했다. 마치 과부라도 된 듯한 몰골이었다.

"어때요. 이제 직성이 풀리셨나요?"

그녀는 담배를 입에 물면서 거만한 목소리로 물었다.

"아니."

돈 까밀로는 담담하게 말을 건넸다.

"담배는 몸에 해롭다. 그러나 너 같은 애한테는 토스카나 시가가 더 어울릴 것 같구나. 어쨌든 앉아라."

캣은 길 가던 사람들이 푸대접을 받는 자신을 봐줬으면 했다. 그런데 거리를 지나가던 사람들은 그녀를 보고서는 그냥 킬킬거리기만 할 뿐이었다. 며칠 전 종탑에서 캣이 일으킨 사건을 죄다 알고 있었기 때문이다.

전날 밤 공산당 회의에서 뻬뽀네는 아주 기발한 제안 하나를 함으로써 회의장을 발칵 흔들어 놓았다.

"유권자 여러분! 부세토*가 주세페 베르디를 위한 장학금을 기증한 사실을 상기합시다. 모두 며칠 전 한밤중에 야상곡을 연주한 신부님 조카딸의 음악적인 재능이 얼마나 탁월한지 보았지요. 그래서 얘긴데, 우리가 그녀의 음악공부를 위한 장학재단을 설립하면 어떻겠습니까?"

사람들은 사제관의 작은 마당이 보이는 정문 앞에 몰려들어 낄낄거리며 웃어 댔다. 그런데 갑자기 멀리서 부르릉거리는 오토바이 소리가 들려왔다. 모두 제자리에 서서 귀를 기울였다.

* 이탈리아 북부 에밀리아-로마냐 지방에 있는 작은 도시. 부세토(Busseto) 인근에서 오페라 작곡가 주세페 베르디(Giuseppe Verdi)가 태어났다. 베르디는 부세토 음악원의 경제적 지원을 받아 음악공부를 했다.

잠시 후에 오토바이를 탄 '지옥의 천사들'의 행렬이 보이기 시작했다. 그들은 아주 천천히 다가왔다.

모두 넋이 나가 검은 가죽옷을 입은 패거리의 모습을 뚫어지라 바라보고 있었다. 이어 그들 뒤에서 가죽 장식으로 멋을 낸 배기량 1천cc의 거대한 오토바이를 탄 덩치가 나타났다. 등 뒤에는 해골 그림과 '벨레노'라는 글씨가 씌어 있었다. 그의 두 눈은 반짝반짝 빛나고 있었으며 길고 부드럽게 빛나는 머리칼이 바람에 날리고 있었다. 벨레노는 위풍당당하게 들어왔다. 캣은 그를 보자 아예 눈을 질끈 감아버렸다.

"저 쥐새끼 같은 놈!"

그녀는 증오와 분노에 가득 찬 소리로 으르렁거렸다.

"지난번 카스텔레토에서 저놈한테 진 빚에다 이번 일까지 쳐서 곱빼기로 갚아주마!"

"얘야!"

돈 까밀로는 만면에 웃음을 지으며 그녀를 타일렀다.

"저 애한테 대들지 마라. 워낙 난폭한 사람이니까. 저 아이가 네 목구멍에다 간유 반병을 들이부으면 어쩌려고 하느냐?"

"저를 과소평가하지 마세요!"

캣이 잔뜩 화가 난 얼굴로 소리쳤다.

"삼촌은 아직도 우리 전갈파가 얼마나 사나운지 모르는군요. 나는 저놈 머리털을 한 올 한 올, 뿌리째 뽑아내고 말 거야. 아파 죽는다고 살려 달라고 비명을 지르게 할 테야."

"그건 생각만큼 쉽지 않을 것 같구나, 얘야."

돈 까밀로는 벨레노가 뒤집어쓰고 있는 저 가발 값이 얼마나 나왔는지 걱정하면서도 기분이 좋은 듯 껄껄 웃었다.

캣은 살기가 등등해서 홱 돌아섰다. 그녀는 종탑 문을 향하여 종종걸음으로 걷기 시작했다. 그러나 캣은 자기가 얼마나 긴 옷을 입고 있었는가를 잊고 있었다. 그 옷은 땅에 질질 끌려 다니다가 꽃나무 가지에 걸리고 말았다. 캣은 꽃밭 속으로 넘어졌다.

"꽃을 사랑하는 마음이 이리 깊으니 이제 너도 차츰 숙녀가 되려나 보다."

돈 까밀로가 큰소리로 능청을 떨자 성당 안에서 듣고 계시던 예수님도 못 말리겠다는 듯 피식 웃으셨다.

지붕 위의 돈 까밀로

일단 한 시름 덜었지만 돈 까밀로는 아직도 다른 일로 골머리를 앓고 있었다. 캣이 잠잠해지자 이번에는 교구청에서 파견한 그 피라미 보좌 신부가 속을 썩이기 시작했던 것이다. 그는 개혁에 대한 정열이 지나쳐서 성당 여기저기 손을 안 대는 곳이 없었다.

그래서 돈 까밀로는 가리발디의 도움으로 마련한 소성당에서 하루의 대부분을 보냈다. 성당의 낡은 제대와 거대한 십자가상과 안토니오 성인상, 그리고 보좌 신부가 내다 버린 자질구레한 물건들 모두를 그곳으로 옮겨놓았다.

소성당에는 옛날에 영주가 살던 안채가 딸려 있었다. 그 집

벽은 두껍고 단단했으나 천장만은 형편없이 낡아 있었다. 돈 까밀로는 소성당에서 기도하지 않을 때에는 지붕 위로 올라가 구멍을 때우거나 천장에 타일을 붙이며 소일했다.

어느 날 오후, 평소처럼 지붕 위에 있던 돈 까밀로는 잡초가 무성한 정원의 낡은 문 앞에 트럭 한 대가 멈추어 서는 걸 보았다. 돈 까밀로가 지붕 위에서 내려다보고 있으리라곤 전혀 생각지도 못한 빼뽀네와 브루스코, 그리고 그곳을 잘 아는 스미르초가 차에서 내렸다.

그러다가 스미르초가 돈 까밀로를 발견했다. 그는 호들갑을 떨며 빼뽀네를 향해 외쳤다.

"대장, 저 지붕 위에 앉아 있는 검은 새가 무슨 새입니까?"

빼뽀네는 지붕을 쳐다보고는 돈 까밀로가 들으라는 듯 일부러 큰소리로 대꾸했다.

"검은 까마귀인데, 다행히 멸종돼 가고 있는 종류지."

하늘에서 타일 한 장이 날아왔다. 타일은 빼뽀네의 어깨를 살짝 스쳐지나 발밑에서 산산조각이 났다. 빼뽀네는 놀라 소리쳤다.

"이봐요, 신부 나리. 대체 이게 무슨 짓이오?"

돈 까밀로가 지붕 위에서 외쳤다.

"오, 용서하게, 읍장 동지! 나는 자네를 저 악랄한 살인마 보이아로 착각했지 뭔가? 자네들 공산당원은 모두 똑같이 보여서 가끔 헷갈린단 말씀이야."

그런데 이 비유는 사실 좀 지나친 것이었다. 왜냐하면 빼뽀네라 불리는 주세페 보타치와 보이아로 불리는 에스지토 스모르가니노 사이에는 외적으로나 내적으로나 닮은 점은 조금도 없었기 때문이다.

*

보이아라는 사람은 전쟁이 끝나자 고향으로 돌아와 대대적인 환영을 받았었다. 그는 지하운동의 투사였으며 자신의 영웅적인 투쟁경력으로 마을에 있는 모든 공산주의자의 정신적인 지도자가 되어 있었기 때문이다.

그런데 1947년이 되자, 그의 경력에 대한 호된 비판이 시작됐다. 그리하여 영웅은커녕 살인마로 격하되었다. 무수한 사람을 죽여 한때 영예를 누렸던 그는 결국 살인죄로 종신형을 선고받았다. 그러자 보이아는 재빨리 러시아로 도망쳐버렸다.

그러고는 20년이 흘렀다. 결국 그는 감옥 구경도 하지 않은 채 사면을 받았다. 돼지같이 살이 찌고 수탉같이 거드름을 피우며 의기양양하게 마을로 돌아왔다. 이러한 일들은 빼뽀네나 그의 부하들에게 달가운 일만은 아니었다.

당 상임위원회로부터 빼뽀네에게 중대한 지령이 떨어졌다. 보이아가 마을에 도착하는 날 대대적인 환영회가 베풀어져야 한다는 것과, 그를 위한 경호조치를 취해야 한다는 것이었다.

"좋습니다. 그렇게 하지요. 보이아가 다른 사람을 죽이지 못하게끔 그를 잘 감시하라고 경찰에게 지시해 놓겠습니다."

뻬뽀네가 볼멘소리로 대답했다.

어쨌든 보이아가 도착하기로 한 그 날, 마을의 벽이란 벽은 모두 금의환향하는 영웅을 찬양하고 환영하는 벽보로 뒤덮였다. 보이아가 탄 무개차 뒤에는 붉은 깃발을 흔드는 사람들로 가득 찬 자동차의 행렬이 끝없이 이어지고 있었다. '붉은 깃발'과 '벨라 차오'를 연주하는 고적대의 행렬까지 이어졌다.

그러나 뻬뽀네는 이 행사와 아무런 관계가 없었다. 이번 일은 순전히 보뇨니 부부와 로카 마을의 마오쩌둥주의자들이 계획한 일이었다.

행렬은 한적한 거리를 지나 광장 한가운데 멈춰 섰다. 그러자 보뇨니 부부가 보이아의 무개차에 올라탔다.

그들은 뽀 강 마을에 프롤레타리아 혁명의 정신을 가져온 이 용감한 동지를 열렬히 환영하는 인사를 한 뒤, 환영사를 읽어 나갔다. 물론 그들은 장사꾼으로 전향한 자본주의 성향의 동무들을 맹렬히 비난하는 것도 잊지 않았다. 뻬뽀네는 읍사무소에서 경찰서장을 대동하고 이 연설을 듣고 있었다. 자신들의 이야기가 나오자 뻬뽀네가 명령했다.

"시작하게, 지졸라!"

경찰서장인 지졸라는 지하운동 시절 경비 총책이었다. 그는 이 영광스러운 경력을 한 번도 잊어 본 적이 없는 사내였다. 지졸라는 순경 네 명을 데리고 광장으로 달려갔다. 그리고 주차 금지 지역에 주차된 자동차의 와이퍼에 벌금 고지서를 끼워 놓기 시작했다. 물론 보이아의 무개차도 예외는 아니었다.

자동차 위에서 이것을 내려다본 보이아가 뛰어 내려와 위협하듯 그에게 다가섰다.

"지졸라 동무! 날 못 알아보겠소?"

보이아가 소리쳤다.

"뉘십니까? 전 근무 중에는 아무도 몰라봅니다. 주차금지 구역에 주차하셨으니 벌금 1천 리라입니다."

지졸라가 대답했다.

보이아는 화를 펄펄 내며 돈을 지불한 뒤, 이렇게 소리쳤다.

"나는 내 차를 부르주아화되지 않은 동지들의 주차가 허용되는 구역으로 몰고 가겠소!"

그러자 마오쩌둥주의자들 모두가 그 뒤를 따랐다. 그는 로카로 옮겨가 그곳에다 거처를 정한 뒤, 마오쩌둥주의자들의 우두머리가 되었다.

*

보이아는 그런 사람이었다. 그러니 웬만한 악감정이 없고서야 뻬뽀네가 보이아와 닮았다고 주장할 수는 없는 노릇이었다. 그러나 무엇보다 돈 까밀로는 뻬뽀네와 그 일당들이 왜 이 집

주위를 배회하고 있는지 알고 싶어 미칠 지경이었다. 도대체 무엇 때문에 여기까지 왔을까? 지붕 위의 신부에 대하여 왜 저렇듯 흥미를 갖는 것일까? 돈 까밀로의 추측이 맞다면 그들은 분명 우연히 들른 게 아니었다.

여기를 오기 위해서는 잡초로 뒤덮인 긴 오솔길을 헤치고 차를 모는 수고를 해야 했다. 저들은 분명히 뭔가 엉큼한 생각을 품고 있는 게 틀림없었다. 이 집이 빈집이 아니라는 걸 알고는 몹시 당황하는 걸로 봐선 틀림없이 뭔가가 있는 게 분명했다.

"신부님!"

뻬뽀네가 돈 까밀로를 향해 소리쳤다.

"안으로 들어오라는 말도 안 하십니까?"

"지금 손님을 들일 수가 없네. 보시다시피 집안에는 벽돌이 잔뜩 널려 있다네."

돈 까밀로가 대답했다.

"제 눈에는 지붕 위의 신부님만 보이는데요."

스미르초가 킥킥거리며 말했다.

"별로 보기 좋은 풍경은 아니구먼요."

돈 까밀로는 타일 한 장을 집어 들고 스미르초의 머리통을 향해 던질 듯이 위협하며 소리쳤다.

"조금만 더 기다리면 듣기 좋은 음악 소리가 자네 눈을 크게 뜨게 해 줄걸."

"다 찌그러져 가는 오두막집 하나 샀다고 지주쯤 된 것처럼 재지 마십시오."

스미르초가 뒤로 한 발짝 물러서며 말했다.

그들은 칠면조처럼 꽥꽥거리면서 트럭에 올라타더니 차를 몰고 가버렸다. 해가 질 무렵 돈 까밀로는 지붕에서 내려와 예수님과 이야기를 나누었다.

"예수님, 저들이 무슨 꿍꿍이로 여기까지 왔을까요?"

"돈 까밀로야, 사람들이 항상 나쁜 생각을 가지고 행동하는 것은 아니란다."

"예수님, 이 집은 오래전부터 버려져 있었습니다. 그런데 저들이 제가 이 집을 사들인 지금 와서야 갑자기 나타나다니, 이상하지 않습니까? 놈들은 분명 무슨 음모를 꾸미고 있는 게 확실합니다."

"돈 까밀로."

예수님이 그를 나무라셨다.

"왜 사사건건 그렇게 생각하느냐? 만약 여기 있는 마루가 갑자기 네 발밑에서 꺼져버린다고 치자. 그렇다면 이 마룻바닥은 네 발밑에서 무너지려고 300년 동안 기다리고 있었다는 얘기냐?"

"아니, 결코 그렇게 믿진 않습니다. 예수님, 절대로 그런 위험은 없지요. 왜냐하면 이 바닥은 벽돌로 다져놓아서 튼튼하기 때문입니다."

돈 까밀로는 자신의 말이 옳다는 것을 증명해 보이기 위해 마루 위를 펄쩍 뛰어보았다. 그러자 아래쪽에서 희미한 울림소리가 들려왔다. 마룻바닥 아래는 단단한 벽돌이 쌓여 있는 것이 아니라 텅 빈 지하실이었다.

영주의 오래된 저택에 딸려 있는, 200년도 안 된 소성당 아래 비밀 납골당이 있다고 생각하는 건 웃기는 일이었다. 그보다는 대부분의 다른 저택들처럼 지하 저장고가 있다고 생각하는 것이 차라리 이치에 맞는 일이 아닐까 싶었다. 돈 까밀로는 손전등을 켜고 그 지하실을 조사하러 내려갔다.

지하실에는 오래된 잡동사니들이 무더기로 썩어가고 있었다. 소성당의 지하실과 저택의 지하실을 갈라놓은 벽을 따라 통나무들이 산더미처럼 쌓여 있었다. 그 옆에는 아주 최근에 만든 것이 확실한 정방형의 큰 벽이 있었다. 돈 까밀로는 벽을 밀어 쓰러뜨렸다. 그러자 벽 뒤로 조그마한 비밀 통로가 나타났다. 그 자리는 바로 소성당 아래였다. 거기에는 기름이 잘 칠해진 아흔 자루의 기관총과 권총 80정, 그리고 물이 스미지 않게 기름종이에 포장된 조그만 탄약상자가 산더미처럼 쌓여 있었다.

지하실에는 폐기된 지 오래된 깊은 우물이 있었다. 우물은 여전히 썩은 냄새가 나는 검은 물로 가득했다. 돈 까밀로는 두 시간 이상이나 끙끙대면서 거기에 있던 총과 탄약을 깡그리 우물속에 집어넣었다. 사방에 마구 흩어져 있던 잡동사니들까지 깡그리 걷어 던져넣었다. 검은 우물물은 모든 것을 감쪽같이 집어삼켰다.

돈 까밀로는 속옷 차림으로 작업을 했다. 작업이 끝나자 위층으로 올라가 얼굴을 씻고 옷을 갈아입었다. 그러고 나서 낡은 소파 위에 누워 깊은 잠에 빠져들었다.

그는 자정이 조금 지나 잠에서 깨어났다. 집안을 이리저리 서성대는 인기척이 들려왔기 때문이었다. 침입자 세 명은 아무도 엿들을 사람이 없으리라 생각했는지 큰 소리로 떠들어댔다.

사실 돈 까밀로는 아까 작업을 하면서 기관총 한 자루를 깜박 잊고 남겨놓았다. 하기야 정말 잊었는지 일부러 그랬는지는 하느님만이 아실 일이지만 말이다.

돈 까밀로가 손전등을 켜 들고 통로를 막으면서 세 명의 침입자를 향해서 겨눈 것은, 그들이 찾으려고 했던 바로 그 물건이었다.

돈 까밀로가 큰 소리로 말했다.

"읍장 나리께서 야심한 밤중에 제집을 방문해 주시다니, 이 영광을 어떻게 보답하지요?"

빼뽀네는 무어라 대답할 틈이 없었다. 왜냐하면 또 다른 침입자가 들이닥쳤기 때문이었다. 그들은 빼뽀네처럼 정문으로 들어오지 않고 1층 창문으로 들어왔다. 침입자들이 창문의 쇠창살을 마구 뜯어내는지, 귀에 거슬리는 쇳소리가 요란하게 울렸다. 돈 까밀로는 재빨리 손전등을 끄고 어두운 구석으로 물러나 몸을 숨겼다.

두 번째 침입자들도 역시 세 명이었다. 이들도 제 세상 만난 원숭이 무리처럼 마구 떠들어댔다.

"그 전리품은 아직도 소성당 아래 지하실에 있다. 어저께 밤에 내가 직접 확인했다고. 지노가 토마토 상자를 실은 트랙터를 가지고 올 거니까, 30분 안에 그걸 모두 끄집어내야 한다. 지금은 토마토 계절이기 때문에 거리는 온통 공장으로 토마토를 운반해 가는 트럭으로 가득하거든. 지노가 도착하면 모든 물건을 바로 실을 수 있도록 준비하고 있어야 한다."

셋 중 하나가 설명했다.

그들은 지하실로 내려갔다. 그러나 얼마 지나지 않아 화가 잔뜩 난 목소리가 들려왔다.

"대장, 물건이 없어졌습니다!"

한 녀석이 말했다.

"빼뽀네만이 이런 짓을 할 수 있어. 나 말고 이 약탈물이 숨겨진 곳을 아는 자는 빼뽀네 하나뿐이니까. 하지만 나는 찾아내고야 말겠어. 빼뽀네, 당장 그놈의 모가지를 분질러 뜨릴 테다! 어쨌든 트랙터와 토마토 상자를 가지고 오지 말라고 지노에게 알려라!"

"아니, 그럴 필요 없네."

불은 밝힌 다음 앞으로 한발 나서며 돈 까밀로가 말했다. 빼뽀네와 그 일당들은 구석으로 더 물러났다.

"내 말 좀 들어보게, 보이아. 토마토 소년이 여기로 오게 놔두게. 신선한 공기를 마시며 달리는 것은 그 애 건강에도 좋을 테니까."

보이아의 두 눈은 돈 까밀로가 들고 있는 기관총에 멎었다.

"보이아, 내가 이 물건을 얼마나 잘 돌보고 있는가를 똑똑히 보라고."

돈 까밀로가 말했다.

"나머지도 마찬가질세. 그러니 로카로 돌아가서 마음 편히 있게. 그러다가 마오쩌둥이 프롤레타리아 혁명을 명령하거든 여기로 총을 가지러 오게나."

돼지처럼 살찐 보이아의 몸이 증오로 마구 부풀어 오르는 것 같았다. 돈 까밀로는 딱하다는 듯이 혀를 차며 말했다.

"그만 돌아가게."

돈 까밀로가 그들을 문 쪽으로 몰면서 말했다.

밖은 아주 시원했고 수많은 별이 밤하늘에서 반짝이고 있었다. 돈 까밀로는 계단을 내려서는 보이아를 세게 걷어찼다. 그는 우당탕 요란한 소리와 함께 1초도 안 돼 열두 계단을 굴러 내려왔다.

돈 까밀로가 외쳤다.

"계속해서 이딴 짓을 한다면 언젠가 주님께서 자네를 지옥의 불구덩이로 던져 넣으실 거야."

다른 두 명도 똑같은 발길질 세례를 받았다. 그들 세 사람은 모두 불이 난 엉덩이를 감싸 쥐고 로카 마을로 달음박질쳤다. 악질적인 세 침입자를 몰아내고 난 뒤, 돈 까밀로는 첫 번째 침입자들을 향해 돌아섰다. 그는 기분이 썩 좋은 듯 입가에 웃음을 띠고 있었다.

"만약 사람들이 이 사건을 알게 된다면 꽤나 요란하게 웃어 댈 거야. 하지만 나는 매우 이기적인 사람이니까 나 혼자만 웃고 싶네. 어이 보타치 동무! 스미르초 동무 말이 맞아. 지붕 위의 신부는 그리 보기 좋은 모습은 아니지. 지붕을 고치는 데 일 주일이면 되겠나?"

"설마 나더러 신부님 성당 지붕 위로 기어 올라가라는 말씀이시오?"

빼뽀네가 발끈해서 물었다.

"굳이 자네까지 나설 필요가 있겠나. 옳지, 브루스코 동무가 건축기술자 아니었나? 그러니 그가 누구든 적당하다 싶은 사람을 골라서 올려보내면 그만이야. 중요한 것은 다만 자네가 비용을 물어야…."

"정말 더럽고 치사한 신부 같으니라고!"

빼뽀네는 험악한 표정을 지으며 돈 까밀로에게 덤벼들려고 했다. 그러나 돈 까밀로의 손에 쥐어져 있는 물건은 조그만 들창으로 스며드는 은은한 달빛을 받아 시퍼렇게 빛나고 있었고, 그 물건에 시선이 닿자 빼뽀네는 몸을 돌려 주춤주춤 꽁무니를 뺐다.

시골 신부와 도시 신부

교구청에서 돈 까밀로에게 보낸 진보적인 보좌 신부의 이름은 돈 프란치스코였다. 그는 소심한 성격이라 신경질을 잘 내고, 흥분을 잘하고, 게다가 약간은 거만하기까지 했다. 그리고 양복처럼 생긴 신식 신부복 차림으로, 몸을 앞뒤로 흔들며 걷는 모습 때문에 사람들은 그를 돈 키키라는 별명으로 불렀다. 물론 그 별명 속에 무슨 특별한 뜻이 담겨 있는 건 아니었다. 그렇지만 그가 어떤 성격의 소유자인지 충분히 상상할 수는 있었다.

돈 키키는 겉으로 드러나는 교회의 '신비화'를 거부하는 사람이었다. 그리고 강론을 할 때마다 매우 과격한 말투로 부자들의 잘못을 지적하고 비난했다.

그 결과 많은 사람이 미사에 나오지 않게 되었다.

어느 날 돈 까밀로가 길에서 피네티를 만나, 왜 요즘 성당에 나오지 않느냐고 물었다.

"신부님, 저는 평생 정직하게 일해서 돈을 모은 사람입니다."

피네티가 대답했다.

"그런데 성당에 가기만 하면 돈 키키가 모욕을 해대니 내가 거길 왜 갑니까?"

"하느님께 예배하러 성당에 가는 거지 신부를 만나러 성당에 가는 것은 아니잖소? 성당에 나오지 않는 건 주님을 섬기지 않겠다는 뜻과 같은 거요. 신부를 좋아하지 않는다고 성당에 안 나오면 되겠소?"

"신부님, 그건 저도 잘 압니다. 이치로 따지면야 백번 옳은 말씀이지만 감정이 말을 듣지 않는단 말입니다."

피네티의 말이 모두 사실이라고 보기는 어려웠지만 그 말에도 일리는 있었다. 성당에 나오는 사람들의 수가 갈수록 줄어들고 있었다. 그래서 돈 까밀로는 돈 키키와 얘기를 나누어야겠다고 생각했다.

"성서에 '부자가 하느님의 나라에 들어가는 것은 낙타가 바늘구멍을 통과하기보다 더 어렵다' 고 씌어 있습니다."

돈 키키가 짤막하게 말했다.

"성당의 문은 천국의 문보다 좁았으면 좁았지 넓을 수가 없습니다. 주님께서는 모든 인류를 위해 이 땅을 창조하신 거 아닙니까? 그런데 부자들은 다른 사람들의 몫까지 착취해서 재산을 불린 겁니다. 만약 부자들이 존재하지 않는다면 가난한 자들도 존재하지 않을 겁니다. 그것은 도둑이 없다면 도둑맞는 사람도 없을 거라는 이치와 같은 얘기지요. 정확히 말하자면 부자들이 가진 재산은 다 남에게서 훔친 장물입니다. 예수님의 교회는 가난한 자들을 위한 교회입니다. 왜냐하면 가난한 자들만이 하늘나라에 들어갈 수 있으니까요."

"가난은 수치스러운 것이지 자랑스러운 게 아닐세."

돈 까밀로가 말했다.

"가난한 사람이라고 해서 다 올바른 것은 아니야. 또 가난한 사람들만 권리가 있고 부자들에게 의무만 있는 것도 아니고 말이야. 사람은 누구나 주님을 사랑할 의무를 똑같이 지니고 있네. 그런 문제를 제쳐놓았기 때문에 자네는 성당에서 부자들만을 쫓아내는 잘못을 저지른 걸세. 예를 들면 자네의 반전운동만 해도 그래. 나도 전쟁에 반대하는 자네의 생각에 전적으로 동의하네. 하지만 전쟁에 참가했거나 부상을 당했거나 생명까지 잃은 사람들을 범죄자 취급하는 건 옳지 않다고 생각하네."

"사람을 죽인 자는 어떤 경우든 살인자입니다!"

돈 키키가 외쳤다.

"더 이상 정의의 전쟁이나 성스러운 전쟁 따위는 존재하지 않습니다. 모든 전쟁은 부당하고 잔인한 겁니다. 주님의 율법을 모르십니까, 신부님? '살인하지 마라', '네 원수를 네 이웃처럼 사랑하라'는 말씀을…. 이제 진리의 시대가 도래했습니다. 빵을 빵이라 부르고 포도주를 포도주라 부르는 진리의 시대 말입니다."

"빵을 주님의 몸이라 부르고 포도주를 주님의 피라 부르는 성당에 자네 같은 신부가 있다니 참으로 불행한 노릇일세!"

돈 까밀로가 부르짖었다.

돈 키키는 그를 불쌍하다는 듯이 바라보았다.

"돈 까밀로 신부님, 이 성당은 수 세기 동안 닻을 내리고 부두에 묶여 있던 거대한 배와 같습니다. 이제 닻을 올리고 저 넓은 바다로 출항할 때가 온 겁니다! 그러니 이 배를 새로 손질해야 하지 않겠어요? 드디어 새로운 시대가 온 것입니다!"

돈 까밀로는 어깨를 으쓱했다.

"20년 전, 자네가 처음 옹알이를 시작할 무렵부터 나는 공산주의자들하고 대화를 해왔네."

"저는 비타협적인 태도와 폭력에 관해 말하는 것이 아닙니다! 대화와 공존에 대해 말하고 있는 것이지요."

돈 키키가 소리쳤다.

"싸움은 공산주의자들과 할 수 있는 유일한 대화의 방식이라네."

돈 까밀로가 대답했다.

"우리는 지난 20년 동안이나 그들과 싸워왔네. 그래도 모두들 지금까지 살아 있네. 나는 이보다 더 좋은 공존의 길을 찾지 못했어. 공산주의자들은 아기를 낳으면 내게 데리고 와서 세례를 받게 하지. 또 결혼할 때면 성당으로 와서 식을 올리겠다고 한다네. 그럴 때마다 나는 그들이 주님의 계명을 따라 살도록 최선을 다해서 돕고 있네. 물론 공산주의자가 아닌 사람들에게도 똑같은 노력을 기울이고 있고. 우리 성당은 자네 말처럼 거대한 배가 아니야. 그저 조그마한 나룻배에 불과하지. 하지만 그 배는 언제나 이쪽 나루에서 저쪽 나루로 잘 움직여 왔네. 지금은 자네가 그 배의 키를 잡았으니 자네가 하고 싶은 대로 하게. 나는 주교님의 명령을 받았으니까 싫어도 순종할 생각이네. 하지만 한마디 충고하겠네. 부디 그 배를 뒤집어놓지는 말아 주게. 자네는 저쪽 나루에서 새로 온 사람을 태우기 위해 오랫동안 이 배를 타고 왔던 사람들을 쫓아내고 있어. 배에 태울 새 사람을 찾기도 전에 배에 탔던 사람들을 모두 잃어버리는 잘못을 범하지 말게. 사과를 진흙탕에 던져버린 두 수도승의 이야기를 기억하는가? 나중에 뒤뜰에서 잘 익은 사과를 딸 수 있으리라 생각하고, 손에 들고 있던 신 사과를 진흙 속에 던져버린 수도승들의 얘기 말일세. 그 나무에 가보니 사과는 한 알도 없더란 말이야. 그래서 먼저 자리로 황급히 되돌아와 보니 수도승들이 버린 사과는 벌레들이 몽땅 먹어버렸다네."

"참 편리한 비유로군요."

돈 키키가 웃으며 말했다.

"현명한 농부는 잡초를 완전히 뽑아내기 전에는 결코 씨를 뿌리지 않는 법입니다."

돈 까밀로는 수수하고 순박한 시골 신부였다. 그는 돈 키키와 달리 책도 많이 읽지 않았고 신문도 잘 보지 않았다.

그래서 새로운 전례뿐만 아니라, 교회가 제시한 새로운 방향에 대해서도 도대체 아는 게 별로 없었다. 또 그것을 이해할 수도 없었다. 왜냐하면 이미 20년 전, 돈 까밀로 자신은 누구보다 새로운 길을 걸어왔었고, 간혹 무서운 고난이 닥쳐왔을 때에도 자신의 길을 굳게 믿으며 꿋꿋이 걸어왔던 것이다. 그러니 제아무리 주교의 명을 받은 젊은 신부가 새로운 교회의 방향과 흐름을 가르쳐주려 해도 돈 까밀로는 그것을 받아들일 수가 없었다. 더구나 그 신부가 와서 해놓은 일이란 신자들을 성당에서 몰아낸 일밖에 없지 않은가.

그러던 어느 날, 피네티가 돈 까밀로를 찾아왔다.

"제 딸이 혼인하게 되었습니다."

피네티가 말했다.

"저는 저와 제 마누라 그리고 제 부모님들이 했던 것처럼 제 딸아이의 혼배미사를 올리고 싶습니다. 똑같은 제대 앞에서 똑같은 방식으로 말입니다."

"따님은 교회가 정한 방식에 따라 혼인하게 될 것입니다."

돈 키키가 옆에서 끼어들었다.

"피네티 씨, 성당은 당신이 좋아하는 물건을 마음대로 고를 수 있는 상점이 아닙니다. 그러니 특히 이 점을 새겨두십시오. 주님 앞에서 당신의 돈은 먼지보다도 더 가치가 없다는 걸 말입니다."

"하지만 내 딸과 사윗감은 그보다 돈이 훨씬 더 가치 있다고 생각하는 걸요."

피네티가 대답했다.

"그래서 그들은 내게 결혼 지참금을 한 푼이라도 더 받아 내려고 애쓰고 있다오. 만약 신부님한테 내는 미사 예물이 많다고 여겨지면 차라리 인민의 집에서 결혼식을 올리지 않을까요?"

돈 키키는 펄쩍 뛰며 소리쳤다.

"그런 믿음을 가진 사람이라면…, 그런 신자 하나쯤 잃어버리는 건 하나도 겁나지 않소!"

"그래요? 거 말 한번 잘했소. 나는 오히려 당신 같은 신부들이 사라져야 한다고 생각하는 사람이니까."

피네티가 현관문 쪽으로 걸어가며 외쳤다.

돈 까밀로는 아무런 말도 하지 않았다. 그는 피네티가 가고 난 후에야 한숨을 쉬었다.

"내 본당 구역에서 최초로 읍장이 주례 서는 결혼식이 올려지겠군."

"그런 악당의 협박에 굴복할 이유가 뭐 있습니까?"

"그 사람은 악당이 아닐세. 피네티는 주님의 계명에 어긋나는 어떤 것도 요구하지 않았네."

"성당은 스스로 개혁을 해야 합니다."

보좌 신부는 여전히 큰소리로 우겼다.

"신부님은 바티칸 공의회*에서 진행되고 있는 개혁에 대해서 아무것도 모르신단 말씀입니까?"

"아니, 나도 그걸 읽어 보았어. 하지만 나한테는 너무 어렵더군. 나는 무식해서 예수님 말씀밖에는 이해할 수가 없네. 그분은 알아듣기 쉽고 간단하게 말씀을 하셨지. 예수님은 지식인이 아니셨네. 그분은 복잡하고 어려운 말을 늘어놓지 않으셨어. 쉽고 단순한 말로 누구나 알아들을 수 있게 말씀하셨지 않은가? 만약 예수님이 그 공의회에 나타나서 말씀하신다면 그 학식 높은 신부님들은 모두 웃고 말 걸세."

"그런 농담은 그만두십시오."

보좌 신부가 외쳤다.

"이 점을 아셔야 합니다. 예수님께서 현대 사회에 태어나셨다 해도 요즘 사람들처럼 말씀하시진 않았을 겁니다."

"옳은 말씀이야. 그렇지 않으면 나같이 무식하고 불쌍한 백

---

* 1962년에서 1965년 사이에 요한 23세 교황에 의해 열렸던 제2차 바티칸 공의회. '교회가 세상을 향해 문을 활짝 열고 세상 속에서 교회 본연의 사명을 수행하라'는 지침 아래 과거의 낡은 사고방식을 버리고, 현대에 적응하는 것을 목표로 다양한 칙령들을 발표, 이후 계속 반복되는 공의회라는 표현은 제2차 바티칸 공의회를 지칭한다. 요한 23세는 2014년 성인으로 시성.

성들은 그분 말씀을 하나도 이해하지 못할 테니까."

돈 까밀로가 맞장구쳤다.

"신부님, 자꾸 얘기를 돌리지 마십시오. 문제는 신부님이 이해하려고 하지 않는다는 데 있는 겁니다!"

"내가 아는 문제라곤, 피네티의 딸이 공산당 읍장 주례로 결혼식을 올린다는 사실이네. 나에게는 그 문제가 학식 높은 신부들이 공의회에서 만들어내는 개혁안보다 더 심각하다네. 성당이 버젓이 있는데도 우리 본당 신자가 올리는 결혼식이 인민의 집에서 행해진다면 그건 주님에 대한 모독일세. 공의회가 이처럼 갑작스러운 개혁만 하고 사람들을 성당 밖으로 몰아낸다면 성당은 텅텅 비고 말 게 분명하네. 그것보다 더 심각하고 중요한 문제가 어디 있겠나? 그 결과 수백만의 사람들이 신앙을 버리고 살아가게 될 게 눈에 훤하네. 이게 내가 알고 있는 전부야. 나는 그 학식 높은 분들이 하는 말을 알아듣지 못하겠네. 그러나 그로 인한 사태가 다른 무엇보다 중대한 문제라는 것만은 확신하네."

돈 키키가 절망에 빠져서 양팔을 벌렸다.

"그 문제에 대해서는 더 이상 할 말이 없군요. 저도 신부님 말씀대로 인민의 집에서 결혼식이 올려지지 않는 게 좋다는 데엔 동의하겠습니다. 그럼 신부님의 그 작은 성당에서 혼인미사를 올리는 게 어떻겠습니까? 그곳은 신부님 개인 성당이니 옛날 방식으로 혼인을 시켜도 괜찮으니까요."

"그 문제에 대해 한번 심각하게 생각해 봄세."

돈 까밀로가 대답했다.

그러나 심각하게 생각하고 말 것도 없었다. 그 문제는 돈 까밀로가 전부터 꿈꿔왔던 일이었기 때문이다. 그래서 피네티의 딸은 돈 까밀로의 작은 성당에서 결혼식을 올릴 수 있게 되었다. 사람들이 어찌나 많이 왔던지 성당뿐만 아니라 정원에까지 가득 찼다.

축하객 중에는 돈 키키가 성당에서 쫓아낸 사람들이 꽤 많이 있었다. 이 사실이 돈 까밀로에게는 커다란 위안이 되었다. 정말 그러한 위안이라도 없었으면 돈 까밀로는 살맛이 나지 않았을 것이다. 왜냐하면 그는 요즘 그 맹랑한 조카 딸, 캣 때문에 매우 힘들게 지내고 있었기 때문이다.

*

캐터필러의 약자인 캣, 돈 까밀로의 조카에게 이 별명을 지어준 사람은 분명 그 소녀를 제대로 알지 못한 게 분명했다. 캐터필러보다 더 무시무시한 불도저라 해도 고약한 캣이 꾸며놓은 문제의 절반도 해결할 수 없을 터였다.

안셀마는 경우가 똑 부러지고 손끝이 매운 여인이었다. 캣이 말썽을 부릴 때마다 그녀에게 등짝을 얻어맞고 방에 갇히게 되더라도 돈 까밀로는 모른 척했다. 어찌 된 일인지 캣은 날이 갈

수록 점점 더 많은 문제를 일으켰다. 또다시 안셀마가 호되게 때려주고 야단을 쳤지만 그런 것쯤으로는 아무 소용이 없었다.

“이자까지 쳐서 갚아주겠어!”

안셀마의 날렵한 손놀림이 그녀의 등짝 위를 왔다 갔다 하면 캣은 바둥거리며 악을 쓰곤 했다.

그럴 때마다 안셀마는 깔깔거리며 비웃었다. 그러나 캣이 어떤 음모를 꾸미고 있는지 알았더라면 그렇게 깔깔거리진 못했을 것이다.

벨레노 말이 옳았다. 그 끔찍한 사건은 햇볕이 너무도 따뜻해 졸음이 밀려오는 아주 평범한 일요일 오후에 일어났다. 마을은 조용했다. 광장에 있는 카페의 빈 의자와 탁자가 태양 빛을 받아 붉게 빛나고 있었다. 현관 밑에는 가게 주인들이 등나무로 만든 흔들의자에 앉아 꾸벅꾸벅 졸고 있었다. 바와 레스토랑에는 노인네들이 붉은 포도주잔을 앞에 놓고 조용히 이야기를 나누고 있었다.

바로 그때 무서운 폭풍이 불어왔다. 마치 1965년 토네이도가 마을을 덮쳤을 때처럼 순식간에 마을은 아수라장으로 변했다. 검정 가죽 재킷을 입은 전갈파 30명이 오토바이를 타고 쳐들어온 것이다. 이 깡패들이 본래 자기네 본거지에서 출발했을 때는 모두 50명이었다. 그중 20명은 도중에 갈라져 카스텔레토로 향했고 나머지는 숲 속에 잠복했다. 먼저 카스텔레토에 도착한 패거리들이 닥치는 대로 손에 닿는 것들을 모조리 부수면서 그 작은 마을을 무참히 짓밟기 시작했다.

연락을 받은 경찰서장은 부하 여섯 명 중에서 부관과 간수만을 남겨둔 채 네 명의 순경을 몽땅 데리고 서둘러 카스텔레토로 달려갔다. 그러는 사이 숲 속에 숨어있던 30명의 패거리가 무방비 상태의 읍내로 쳐들어왔다. 그들은 광장의 탁자와 의자들을 박살 내고 미친 듯이 날뛰다가 오토바이에서 내려 상점을 때려 부수고 저항하는 사람은 남녀노소를 막론하고 두들겨 팼다. 그러는 사이 전갈파 몇 명이 성당으로 향하는 좁은 샛길로 들어섰다. 이미 전화로 연락을 받은 캣은 오토바이 소리를 듣자마자 종지기네 집 창문으로 달려갔다.

"여기야, 이리 들어와! 나를 구출하기 전에 너희가 해야 할 일이 있어."

캣이 깡패들에게 명령했다.

안셀마는 2층에서 잠을 자고 있었다. 이상한 기분에 눈을 뜬 그녀는 재빨리 상황을 알아채고 자물쇠로 방문을 잠가 걸었다. 그러나 그까짓 자물통 정도로는 전갈파 네 명의 힘을 당해 낼 수가 없었다. 마침내 방문이 열렸다. 캣이 제일 먼저 들어왔다. 그녀의 손에는 빵 반죽용 방망이가 쥐어져 있었다. 캣은 자기를 향해 어깨 위로 뭔가를 집어던지려고 하는 안셀마를 가리키며 소리쳤다.

"저 여자를 꽉 붙잡아. 나는 저 아줌마와 계산할 것이 남아 있거든."

안셀마는 성난 암사자처럼 싸웠으나 청년 넷을 당해낼 수는 없었다. 그녀는 도리 없이 침대에 얼굴을 처박고 엎드려지는 신세가 되고 말았다. 캣은 빵 방망이를 높이 치켜들었다.

"진짜 곤장 맛이 어떤가 보여주지. 3년 동안 똑바로 엉덩이를 대고 앉을 수 없을 거야. 아줌마가 모시고 있는 저 뚱뚱보 신부도 이것만은 못 고칠걸!"

캣이 으르렁거렸다.

그때였다. 갑자기 솥뚜껑처럼 큰 손이 캣의 머리채를 움켜쥐더니 그녀의 손에서 방망이를 빼앗았다. 벨레노가 시골 장발족 여덟 명을 데리고 안셀마를 구조하러 나타난 것이었다. 안셀마를 붙잡고 있던 전갈파 네 명은 묵사발이 되고 말았다. 처음 한 명을 창문 밖으로 내던지는 게 좀 힘들었을 뿐 나머지 세 명은 식은 죽 먹기였다.

이 시골 마을의 오래된 집들은 모두 작고 야트막했다. 그래서 2층 창문에서 떨어져 봐야 별로 다칠 일은 없었다. 게다가 그 깡패 네 명은 모두 바위같이 단단한 놈들이라서 뼈만 몇 개 부러졌을 뿐이었다. 이어 벨레노가 눈꼬리를 치켜올리자 놈들은 자리에서 일어나더니 꼬리 잘린 도마뱀처럼 슬그머니 달아나 버렸다.

"안셀마! 우리는 다른 곳으로 가야 해요. 이 못된 계집애를 혼자서 지킬 수 있겠어요?"

벨레노가 말했다.

"걱정하지 마라."

안셀마는 으르렁거리듯이 말했다.

"이 깜찍한 계집애 혼자라면 오븐에 구워서 저녁 식탁 위에 올려놓을 수도 있어."

광장에 있는 전갈파들은 시골 깡패들을 모조리 격퇴하고 승리를 코앞에 두고 있었다. 그러나 벨레노가 부하 여덟 명을 이끌고 달려들자 전세는 역전되었다. 그는 사태파악이 재빠른 젊은이였다. 전갈파 일당이 모두 늘씬 두들겨 맞아 더 이상 대항할 힘이 없다고 판단한 벨레노는 부하들에게 명령했다.

"이제 그만하자! 더 계속하다간 저놈들을 집에까지 데려다 줘야 할지도 모른다. 돌아갈 기운이 남아 있을 때 돌아가게 해 주자."

전갈파들은 오토바이가 있는 데까지 엉금엉금 기어가 간신히 몸을 싣더니 제트기처럼 붕붕거리기 시작했다. 그런데 오토바이에 올라탄 그들의 동작이 매우 이상했다. 가솔린 통에 배를 납작하게 붙이고 궁둥이는 하늘로 치켜 올려져 마치 경마장의 기수 같은 모양을 하고 있었다.

벨레노와 그의 부하들이 회오리바람처럼 나타나 침입자를 격퇴하자 마을 사람들은 그때야 안도의 숨을 내쉬었다. 마음이 느긋해지자 사람들은 전갈파에게 뭔가 기념품을 주어야 겠다는 생각을 해냈다.

미처 흥분을 가라앉히지 못한 몇몇 사람들은 총을 들고 와서 깡패들에게 바람구멍을 몇 군데 내주자고 주장했다. 그러나 사려 깊은 노인 한 사람이 서툰 라틴어를 섞어 가며 이를 말렸다.

"아니요, 여러분. 저런 아이들에게는 총을 사용할 가치도 없소. 모름지기 저런 천둥벌거숭이들에게는 짜디짠 소금 맛을 보여주는 게 최고 아니겠소이까?"

사람들은 깡패들의 바지 속에 소금을 잔뜩 집어넣었다. 흠씬 두들겨 맞아 상처 난 엉덩이를 소금으로 절여 놓다시피 했으니 기억력이 아주 형편없는 얼간이가 아닌 이상 그 누구도 다시는 그 마을에 얼씬거리려고 들지 않을 터였다.

전갈파 스물여섯 명은 읍내를 빠져나와 숲이 우거진 곳에 숨어들었다. 그들은 이제 완전히 소금 덩어리가 되어 있었다. 왜 스물여섯 명뿐이었느냐 하면, 벨레노와 그의 부하들이 창밖으로 내던진 네 명의 깡패는 아직도 안셀마네 채소밭에서 신음하고 있었기 때문이다.

뻬뽀네는 스미르초와 브루스코, 비지오를 데리고 가서 대자로 뻗은 나머지 네 명을 체포했다. 깡패들과 오토바이를 트럭에 싣고 파출소로 막 출발하려는 참에 돈 까밀로가 나타났다. 그는 숲으로 둘러싸인 외딴 성채 같은 소성당에서 상쾌한 오후를 보내고 돌아온 터라 영문을 알 수가 없었다.

"저 기생충 같은 녀석들은 누군가?"

돈 까밀로가 물었다.

"우리 마을을 방문한 손님들이라오."

빼뽀네가 설명했다.

"조카 따님에게 고맙다고 전해 주시구려. 그 아이 덕에 관광객이 우리 마을에 잔뜩 몰려왔었으니까."

"읍장 동지, 혹시 전갈파인가 하는 놈들이 벌써 쳐들어온 겐가?"

"아니, 그걸 어떻게 아셨소?"

돈 까밀로는 빼뽀네의 말에는 대답도 않고 허겁지겁 자신의 소성당으로 돌아갔다.

*

"예수님, 그 골칫덩어리들을 제발 딴 데로 보내 주십시오. 제 잘못이 아무리 커도 지금 주시는 벌은 너무 심하신 것 같습니다."

돈 까밀로가 따지듯이 말했다.

"돈 까밀로야, 지금 너는 네 잘못을 깨우쳐 주려고 캣을 보냈고, 돈 키키를 보냈고, 전갈파를 보냈다고 나를 의심하고 있구나."

예수님이 준엄하게 돈 까밀로를 꾸짖으셨다.

"정말 아니시란 말씀입니까?"

"이제 넌 나를 거짓말쟁이 취급까지 하려는 게냐."

"아, 아닙니다. 예수님 말씀을 믿습니다. 하지만 전부가 어렵다면 하나만이라도 제 눈앞에서 치워주시면 안 될까요?"

예수님이 지친 표정으로 말씀하셨다.

"너처럼 의심 많은 목자를 데리고 있는 일도 무척 힘들구나. 들어라 돈 까밀로, 어느 아비가 자식이 우유를 달라는데 뱀을 주겠느냐. 비록 세상이, 세태가 하루가 다르게 변해간다지만 정말 어리석도다."

구식의 시골 신부, 돈 까밀로는 공의회와 보좌 신부, 캣과 전갈파에 대해 생각하며 깊은 고민에 빠졌다.

돈 키키와 납골당

보좌 신부가 어찌나 과격한지 교회의 신자수는 자꾸만 줄어들었다. 돈 까밀로가 예상했던 대로 강 건넛마을 사람들은 돈 키키의 소문만 듣고도 성당에 나오지 않았다. 성당의 좌석은 날이 갈수록 텅텅 비어만 갔다.

그런데도 보좌 신부는 돈 까밀로의 비난에 조금도 아랑곳하지 않고 같은 말만 되풀이할 따름이었다.

"훌륭한 농부는 씨를 뿌리기 전에 그 밭의 잡초를 깡그리 뽑아버립니다."

돈 까밀로가 응수했다.

"훌륭한 농부는 씨를 뿌리기 전에 그 땅이 경작할 수 있는 땅인지, 아닌지를 점검해 본다네."

"경작할 수 없는 땅이란 존재하지 않습니다! 저 사막의 불모지에도 한줄기 물만 있다면 나무가 자라 꽃봉오리를 맺는 겁니다. 옛 교회의 잘못은 세상을 좋은 곳과 나쁜 곳으로 나누어 놓은 점에 있습니다. 새 교회는 그런 황무지에 좋은 씨를 뿌릴 것입니다. 땀과 눈물 그리고 필요하다면 피까지 뿌려서라도 땅을 비옥하게 가꿀 것입니다! 그러고 난 다음, 예수님을 사회의 그늘진 곳에, 버림받은 여인들에게, 삶을 위해 자신의 영혼을 팔았던 죄인들에게, 사회의 유혹에 이끌려 죄를 짓고 그 사회에서 외면당하고 배척받는 사람들에게로 모셔 올 겁니다!"

보좌신부가 긴 연설을 늘어놓았다.

"아하, 이제 알겠네. 그러니까 자네는 다른 본당으로 옮겨 갈 작정이군 그래."

"무슨 말씀이십니까?"

"우리 성당에서는 그런 사람은 찾아볼 수 없을 테니 말일세."

돈 까밀로가 설명했다.

"자네가 만약 거지들을 보았다면 그들은 아주 먼 곳에서 온 사람들일 게야. 장날에 한몫 보려고 버스나 기차를 타고 온 거지들이란 말일세. 자, 타락한 소녀들이 있다고 치세. 세상 어디나 있는 것처럼 이 마을에도 있겠지. 하지만 먹고살기 위해 그런 짓을 하진 않을 걸세."

"그렇다면 미혼모가 하나도 없다는 말씀이십니까?"

돈 키키가 빈정대는 투로 물었다.

"왜 없겠어. 하지만 극소수야."

"저는 그 극소수의 불쌍한 사람들에게 예수님을 모셔다 주겠습니다!"

그때 식복사 데졸리나 할멈이 들어 왔다.

"그렇다면 지금부터 시작해 보게나!"

돈 까밀로가 병아리 보좌 신부에게 말했다.

"이 할멈은 자네가 예수님을 모셔다 드려야 하는 그 불쌍한 사람들 가운데 하나라네."

"불쌍한 사람이라뇨? 불쌍한 사람은 내가 아니라 저 신부님이에요!"

데졸리나가 돈 키키를 가리키며 말했다.

"그리고 예수님을 뵙는 일만 해도 그래요. 나는 저 신부님의 인도 없이도 얼마든지 그분 곁으로 갈 수 있으니 제발 염려 놓으세요."

돈 키키가 버럭 화를 냈다.

"사회에서 버림받은 죄 많은 여인이 하느님의 사제에게 그런 말투를 쓰다니! 어찌 구원받을 수 있겠소?"

"아마 신부님 여동생이 사회에서 버림받은, 죄 많은 여인인가 보군요?"

데졸리나가 톡 쏘아붙였다.

"흥, 나는 열여섯 살 먹었을 때 아이를 가졌어요. 그리고 정직하게 일하면서 그 아들을 열심히 키웠어요. 그 아이가 다 커서 자기 가족을 거느리자 나는 그 아들의 자식들이 잘 자라도록 돌봐주었지요. 그리고 이제 그 손자 중 가장 큰 애가 8개월 전에 아기를 낳았답니다. 지금도 그 아이를 기르면서 틈을 내어 여기 사제관의 일을 돕고 있다오. 내 나이 지금 일흔두 살이지만 나는 평생 정말 너무나 겸손하게 살아왔어요, 아시겠수?"

데졸리나는 아주 자랑스럽다는 듯이 머리를 꼿꼿이 세운 채 성큼성큼 걸어나갔다. 그러자 돈 까밀로가 보좌 신부에게 자세하게 설명했다.

"저 할멈은 좀 특별한 경우야. 미혼모에다 미혼모의 할머니이고 또 미혼모의 증조할머니란 말일세. 하지만 좀 더 일반적인 경우가 있다네. 불행하게도 그 미혼모들은 모두 부모와 함께 살고 있지. 내가 자네라면 그런 집은 찾아가려고 하지 않을걸세. 왜냐하면 그녀들에겐 사자 같은 아버지나 오라버니가 있어서 자기네 가족문제에 쓸데없이 간섭하는 사람이 나타나면 잔인하게 보복해 온단 말일세."

"도대체 이 마을이 얼마나 야만적인 생활을 하고 있는지 아십니까?"

돈 키키가 소리쳤다.

돈 까밀로가 양팔을 펼치며 말했다.

"자네가 할 수 있는 일은 부랑아들과 매춘부들, 사회에서 버려진 미혼모를 이곳으로 보내 주십사하고 주님께 기도하는 것

밖에 없을걸."

"신부님, 절 놀리지 마세요. 다른 곳과 마찬가지로 이곳에도 부패와 부정은 틀림없이 있을 겁니다. 다만 그 위선이 검은 장막에 숨어 있을 따름입니다!"

"희망을 잃지 말게."

돈 까밀로는 말했다.

"구하는 사람이 얻는 법이니까."

그래서 돈 키키는 열심히 구하러 다녔다. 그리고 마침내 찾았다.

뽀 강의 오른쪽 제방을 따라 길게 펼쳐져 있는 기름진 땅에 따가운 햇볕이 내리쬐고 있었다. 그 마을 농부들은 빵을 굽거나 파스타를 만들거나 채소밭을 가꾸는 일은 시간 낭비라고 생각했다. 이제 농부들은 생필품을 모두 시장에서 사들이고 있었다. 심지어 포도주까지 그랬다. 그러나 조스베 영감만은 그러지 않았다. 그 노인은 과일나무 몇 그루와 포도나무 몇 그루가 있는 채소밭을 가지고 있었다. 조스베는 거기서 재배한 채소와 과일을 늙은 말이 끄는 삼륜 마차에 싣고 이 마을 저 마을로 팔러 다녔다.

햇볕이 뜨겁게 내리쬐는 어느 여름날 오후, 돈 키키는 길을 가다 우연히 조스베 영감을 만났다. 그는 오른쪽 마차 바퀴가 웅덩이에 빠져서 마차를 길 위로 끌어올리느라 무릎까지 진흙투성이였다.

돈 키키는 그의 빨간색 스포츠카에서 내려 노인을 도와주고 나서 말을 걸었다.

"연세가 얼마나 됩니까?"

"여든일곱이오."

"그런데도 생계 때문에 이렇게 일하셔야 합니까?"

"아니요. 나는 일을 하기 위해 살고 있소."

"말도 안 됩니다! 할아버지는 이제 쉬셔야 할 권리가 있습니다!"

돈 키키는 분개하며 소리쳤다.

"그렇게 서두를 필요는 없소. 죽고 나면 쉬고 싶지 않아도 푹 쉬게 될 텐데, 뭘."

"아니요, 지금 쉬셔야 합니다. 사회는 할아버지를 부양해야 할 의무가 있으니까요."

"이보게, 젊은이. 나는 아직 내 손으로 벌어 먹고사는데 조금도 지장이 없네."

"저를 젊은이라 부르지 마세요. 저는 이 본당의 보좌 신부입니다."

"신부라고? 그런데 왜 그런 옷을 입고 있소?"

"옷이 뭐 중요합니까?"

"당신이 만약 신부라면, 성직자들이 쓰는 모자를 써서 다른 사람들과 구별이 돼야 하지 않겠소? 왜, 그 알프스 부대가 쓰는 모자 같은 거 말이오. 나는 1915년부터 1918년까지의 전쟁에 참전해서 그런 모자를 잘 알지."

"할아버지, 그런 겉치레는 중요하지 않습니다. 좌우간 사회는 노인에게 빚을 지고 있으니 이제 할아버지는 그 보상을 받아야 합니다."

"그래, 내게 빚을 진 사람은 언제나 나한테 갚았소. 그러니 제발 나를 귀찮게 하지 마시오. 이 철부지 신부님아!"

조스베는 침을 튀기며 채찍을 들어 말을 갈겼다. 말은 풀쩍 뛰어오르더니 쏜살같이 달리기 시작했다.

돈 키키는 자동차에 잠시 앉아 있다가 그 길로 읍사무소로 달려갔다. 그는 뻬뽀네에게 나이가 여든일곱 살이나 된 노인이 보호받지 못한 채 떠돌아다니게 방치하는 건 마을의 수치라고 따졌다.

"머지않아, 불쌍한 노인 한 사람이 강둑 위에서 죽어 있는 걸 발견하게 될 것이오. 그리고 그 사람을 죽인 사람은 바로 읍장님 당신이 될 거요!"

"내가?"

뻬뽀네가 눈을 동그랗게 뜨며 중얼거렸다.

"아니, 제 말은 읍장님 개인이 살인을 저지른다는 뜻이 아니고 읍장님이 대표하고 있는 이 마을 전체가 그럴 거란 말입니다."

돈 키키는 철저하게 파고드는 젊은 신부였다. 그는 뻬뽀네를 매섭게 몰아붙였다. 마침내 뻬뽀네는 돈 키키의 말솜씨에 넘어가고 말았다. 젊은 신부의 말을 듣고 보니 자기가 무척 큰 죄라도 짓고 있는 듯한 느낌이 들었다.

"좋소, 그럼 어떻게 해주기를 바라는 거요?"

"마을에 양로원이 있습니다. 거기에 그 할아버지를 수용하십시오."

"조스베는 고집 센 늙은이요. 내가 아무리 말해야 끄떡도 안 할 건데."

"더 늦기 전에 그 할아버지를 꼭 보호해야 합니다. 읍장님의 권한을 사용해서라도 말이오."

뻬뽀네는 그렇게 해보려고 애썼다. 그러던 어느 날, 뽀 강가 마차 위에서 술에 취해 자는 조스베를 우연히 발견했다. 뻬뽀네는 그 기회를 이용하여 그를 읍의 외곽에 있는 양로원에 집어넣었다. 넓은 정원이 있는 아담한 집이었다. 이 사실을 알게 된 돈 키키는 의기양양해져서 환성을 지르며 돈 까밀로를 찾아갔다.

"자네가 한 일이 얼마나 어리석은 줄 아나?"

돈 까밀로가 퉁명스럽게 말했다.

"죽어가던 사람을 살린 건데요?"

"죽어간다고? 그 영감은 술 몇 잔에 취해 있었을 뿐이야. 그리고 햇볕이 뜨거워서 잠시 잠이 들었던 걸세. 여름이면 늘 있는 일이지. 내일 아침 내가 양로원에 가서 그를 데리고 나오겠네."

돈 키키가 빈약한 가슴을 쭉 내밀며 외쳤다.

"돈 까밀로 신부님! 절대로 그렇게 하실 수 없습니다. 제가 시퍼렇게 살아 있는 한 절대로 안 됩니다. 필요하다면 물리적인 힘을 써서라도 막겠습니다."

"자네 힘으론 어림도 없을걸."

돈 까밀로가 비웃었다.

하지만 돈 까밀로는 조스베를 자유롭게 해 줄 수 없었다. 그는 돈 까밀로가 양로원을 찾아가기도 전에 자기 힘으로 자유를 찾았기 때문이다. 술에 취해 잠이 들었던 조스베는 깨어나자 자기가 양로원에 있다는 걸 깨달았다. 그래서 그날 밤으로 탈출을 시도했다. 그런데 불쌍하게도 담장에서 뛰어내리다가 그만 땅바닥에 머리를 부딪치고 말았다.

그는 그런 몸을 이끌고 간신히 성당묘지까지 기어갔다. 다음 날 아침 사람들은 묘지 구내의 조그마한 납골당 앞에서 돌같이 싸늘하게 식어 있는 그를 발견했다.

"저 납골당은 바로 조스베의 것이라네."

돈 까밀로가 보좌 신부에게 설명했다.

"그는 저 납골당을 마련하기 위해 지금까지 일했어. 그 영감님은 항상 말했지. '나는 이 성당의 납골당에 내 마누라와 함께 귀족처럼 묻히고 싶소.' 라고 말이야."

"어리석은 소리!"

돈 키키가 소리쳤다.

"죽으면 다 끝장입니다. 묘지가 무슨 소용 있나요? 묘지나 장례 절차는 모두 똑같이 치러야 합니다. 조스베는 헛된 망상에 사로잡힌 노인이었군요. 저는 그분을 위해 양로원에 모신 겁니다."

"그럼, 자네는 조스베 스스로 자기 손으로 일하며 행복하고 자유롭게 사는 것보다 양로원에서 죄수처럼 갇혀 지내다 죽는 것이 더 낫다는 말인가?"

"노인은 당연히 은퇴해서 쉬어야 합니다."

보좌 신부는 고집을 부렸다.

"그 사람들도 일하며 살 권리를 지니고 있다는 사실을 인정하게나."

돈 까밀로가 지지 않고 버텼다.

며칠이 지났다. 아무도 조스베 영감 이야기를 꺼내지 않았다. 여든일곱이나 된 노인의 죽음은 길게 화제가 될 만한 성질의 사건도 아니었다. 그런데 십자가 위의 예수님이 그 문제를 다시 거론하셨다.

"돈 까밀로야! 너는 저 불쌍한 돈 키키가 매일 밤마다 잠을 못 이루고 서성대는 소리를 들어 보지 못했느냐?"

"들었습니다, 예수님. 그저 못들은 척하고 있을 뿐입지요."

"그렇다면, 너는 네 양심을 속이는 게 아니냐?"

"아닙니다, 예수님. 하지만 저 사람은 아무 잘못도 없는 곳에서 잘못을 발견하려고 애씁니다. 그저 무엇이든 혁명을 하려고만 듭니다. 저는 그게 옳지 않다고 생각합니다."

"돈 까밀로, 나도 역시 혁명가였느니라."

"예수님, 그런 비유는 적절치 않습니다!"

"어쨌든, 너는 저 불쌍한 보좌 신부가 십자가의 고통에 시달리도록 보고만 있을 게냐?"

돈 까밀로는 하는 수 없이 그와 대화하기 위해 보좌 신부의 방을 찾아갔다.

"자네 얼굴이 굉장히 안됐구먼, 건강이 별로 좋은 것 같지가 않네."

돈 까밀로가 말했다.

"병원에 가서 진찰을 받고 진정제를 먹어보도록 하게."

"약을 먹는다고 될 일이 아닙니다. 제아무리 좋은 약도 매일 밤 내 앞에 나타나는 저 조스베 영감을 막을 수는 없을 겁니다. 영감이 왜 꿈에 자꾸 나타나는지 모르겠어요."

"아마 자네에게 자기 납골당 공사를 빨리 끝내게끔 도와 달라는 모양일세."

"무엇 때문에 그 귀한 돈을 죽어 없어진 사람에게 낭비합니까? 아직도 돈이 필요한 가난한 사람이 수없이 많이 살아 있는데요."

"그런 걸 나한테 이야기할 필요가 있겠나. 조스베가 찾아오거든 그 영감한테나 이야기하게."

"조스베는 죽었습니다. 그는 어떤 사람에게도 찾아오지 않을 겁니다.”

“좋아, 그것도 조스베에게 말해 주게나. 제발 죽은 사람처럼 행동하라고 말일세!”

오랜만에 기분이 흐뭇해진 돈 까밀로가 빙그레 웃었다.

그날 밤, 돈 까밀로는 돈 키키가 자기 방에서 밤새도록 서성대는 소리를 들었다.

며칠 뒤, 아침 돈 키키가 불쑥 말을 꺼냈다.

“신부님은 어떻게 그 노인이 저 빌어먹을 납골당 공사를 완성시켜 주기를 원했다는 것을 알고 계신가요?”

“그야 간단한 문제지.”

돈 까밀로가 대답했다.

“나는 그 납골당에 대한 조스베의 계획을 들은 적이 있네. 그 납골당은 나와 그 영감 사이의 비밀이었어. 그는 사람을 놀라게 하고 싶어 했네. 조스베는 이렇게 말하곤 했지. ‘가난뱅이인 내가 죽으면 사람들은 나를 공동묘지 구덩이에 던져 넣으려 할 겁니다. 그런데 내 시신이 이 훌륭하고 숭고한 교회 묘지에 안치되는 걸 본다면 사람들은 벌린 입을 다물지 못할 겁니다. 그런 다음, 조스베는 마누라를 무척 사랑하였으니 마누라도 이곳으로 옮겨줘야겠다고 할 겁니다.’ 그는 사람들에게 항상 놀림만 받았다네. 돈을 몇 푼 모으게 되자 그것을 나한테로 가져와서 그 일을 맡아달라고 부탁했지. 그런데 그 일을 끝마치려면 아직도 25만 리라가 필요하네.”

돈 키키는 단호하게 말했다. 그런 일에 돈을 쓰는 것은 완전히 미친 짓이라고. 그러나 그의 행동은 말과 같지 않았다. 결국 자기의 빨간색 스포츠카를 팔고, 중고 자동차 칭퀘첸토*를 샀다. 젊은 보좌 신부는 조스베 영감의 소원을 들어주고 나서야 조스베의 방문을 받지 않고 잠을 잘 수 있게 되었다.

독자 여러분은 이런 이야기를 듣고 '지어낸 얘기야!', 혹은 '말도 안 되는 소리야!' 하며 웃어 넘길지도 모른다. 하지만 그것은 여러분이 얼마나 많은 고집 센 유령들이 뽀 강 유역에 살고 있는지를 모르기 때문이다. 여기는 다른 마을과는 다르다. 기름진 들판과 강이 마을을 감싸고 있고 그 사이에 끝없는 하늘이 펼쳐져 있다. 이 마을은 산 자뿐 아니라 죽은 자가 살기에도 안성맞춤인 곳이다.

---

* 피아트 사의 배기량 500cc짜리 경차.

복수는 나의 것

캣은 한동안 방황했으나 더 이상 말썽을 일으키지는 않았다. 끝없이 펼쳐진 저 푸른 뽀 강의 하늘이 그녀를 다른 소녀들처럼 얌전하게 만들어준 모양이었다. 돈 까밀로는 기쁨에 넘쳐 있었다.

8월의 어느 무더운 날 오후, 뻬뽀네와 그의 동지들이 녹음 짙은 성당 앞뜰을 지나가고 있었다. 돈 까밀로는 명랑한 목소리로 뻬뽀네에게 인사를 건넸다.

"안녕하시오, 읍장 동지! 로카에 있는 마오쩌둥주의자들은 잘 지내고 있는가?"

뻬뽀네와 그 일당이 멈추어섰다.

"잘 지냅니다."

뻬뽀네가 대답했다.

"신부님의 사랑스러운 조카따님은 어떻게 지내고 있습니까? 종 울리는 소리를 들은지도 제법 오래되었는데요."

"뻬뽀네 동지."

돈 까밀로가 말했다.

"나는 내 누이동생에게 저 아이를 성모님의 충실한 딸로 만들겠다고 약속했다네. 얼마 안 있으면 캣은 수녀가 될 거야."

"신부님, 정말 유감이군요."

뻬뽀네가 대답했다.

"제 눈에 그 아이는 무척 똑똑하고 재능 있는 아가씨로 보이던데…, 안타까운 일입니다."

"하지만, 대장."

스미르초가 끼어들었다.

"삼촌이 성직자라는 것은 그 아이 탓이 아니지 않습니까?"

"그건 자네 말이 옳아."

뻬뽀네는 그의 말에 머리를 끄덕였다.

"하지만 삼촌이 신부라는 건 참으로 불행한 일이지."

돈 까밀로의 코가 실룩거렸다.

"자네는 지금 조카딸을 불량배들에게서 구출해내 그 애가 착하게 살아가도록 도와주는 삼촌이 있다는 게 불행한 일이다, 그 말인가?"

"신부님, 제 말은 그 애가 꼭 제단에 입 맞추는 노처녀가 되지 않더라도 정숙하고 성실하게 될 수 있다는 말씀입니다. 나는, 저 불쌍한 캣이 두 손에 촛불을 들고 수녀의 행렬에 끌려들어가는 것을 결단코 보지 않게 되기를 희망합니다."

"여보게, 나도 자네를 실망시키고 싶지 않네. 그렇지만 읍장 나리는 싫어도 그 일을 곧 보게 될 걸세. 아주 장엄한 모습일 거야."

빼뽀네는 양팔을 펼치며 웃었다.

그 순간 갑자기 광장 쪽에서 소란스런 함성이 들려왔다. 광장으로 향하는 진입로에 행렬의 선두가 나타났다.

"무슨 일이지? 프롤레타리아 혁명이라도 일어났나?"

돈 까밀로가 급히 물었다.

"놀라실 것 없어요."

빼뽀네가 웃으며 대답했다.

"우리는 권력을 위해 혁명을 일으키지 않습니다. 선거에서 승리할 테니까. 저들은 〈우니타〉지 발간 기념 축제에서 돌아오는 사람들인 모양입니다."

그러나 빼뽀네의 말과 달리 행렬은 광장 안으로 들어오고 있었다. 그 행렬의 선두에 있는 악대는 '붉은 깃발' 이라는 행진곡을 연주했다. 광장으로 몰려나온 마을 사람들이 그 행렬의 뒤를 따랐다. 악단 뒤에는 트랙터에 연결된 마차 하나가 덜렁거리며 따라오고 있었다. 마차 위에는 온통 붉은 카네이션으로 장식되어 있었고 거기에는 커다란 황금 옥좌가 있었다. 예쁘장한 소녀 하나가 그 옥좌에 기대어 서 있었다. 소녀는 길게 늘어뜨린 붉은 망토로 우아하게 몸을 걸쳤는데 그 안에는 허연 허벅지가 훤히 드러나는 삼각팬티를 입고 있었다. 그녀의 늘씬한 다리는 보는 사람의 숨을 멎게 할 정도였다. 게다가 그 작은 여왕은 망치와 낫이 새겨진 번쩍이는 왕관을 썼으며 그녀의 가슴에는 '미스 우니타' 라고 적힌 어깨띠를 두르고 있었다.

악단이 '벨라 차오' 를 연주하고 있는 동안에 트랙터는 사제관 현관까지 전진했다. 소녀는 팔을 치켜들며 환호하는 군중에게 인사를 한 뒤, 주먹을 쥐어 보였다. 그 작은 여왕은 나무로 된 옥좌에서 우아하게 걸어 내려왔다. 마을의 젊은이들이 땅에 붉은 카펫을 깔아주었다. 이를 본 돈 까밀로는 숨조차 쉴 수가 없었다.

"저 아가씨는 수녀가 되어도 손색이 하나도 없겠는데."

뻬뽀네가 돈 까밀로를 쳐다보며 한마디 하자, 그의 부하들도 한마디씩 던졌다.

"정말로."

"진실로."

"참말로."

스미르초가 한 마디 덧붙였다.

"신부님은 저 사랑스러운 조카 따님이 저렇게 큰 환영을 받는 걸 보시니 감회가 남다르시겠습니다그려."

캣은 여왕처럼 오만한 표정으로 엉덩이를 좌우로 흔들며 사제관 쪽으로 걸어왔다. 그녀의 뒤에는 옷자락을 떠받친 네 명의 미소년이 시종처럼 따르고 있었다. 캣은 돈 까밀로 앞을 지나가면서 주먹을 쳐들어 인사를 대신했다. 그러고는 밝게 미소 지으며 "안녕, 삼촌. 사랑해요." 하고 외쳤다.

빼뽀네와 일당들의 함정에 빠진 돈 까밀로는 손가락 하나 들어 올릴 힘조차 없어 보였다. 그러나 캣을 걷어차려는 기색이 어찌나 역력했던지 그녀는 돈 까밀로를 쳐다보지 않고도 그것을 알 수 있었다. 캣은 재빨리 종지기의 집을 통해 2층 발코니로 나왔다. 그녀는 환성을 지르는 군중에게 주먹을 들어 인사했다. 그러고는 꽃을 던지며 손으로 키스를 보냈다.

돈 까밀로는 헐떡거리고 있었다. 그는 큰 충격을 받은 듯했다. 그러나 그는 곧 정신을 차리고 빼뽀네에게 말했다.

"이봐, 빼뽀네. 자넨 정말 정신 나간 짓을 했군."

"천만에요, 신부님이 나를 보뇨니의 수영대회에 억지로 참가시킨 때보다야 제정신이지요. 그때 저는 세상을 하직하는 줄 알았습니다. 더구나 지금부터 1년 동안 신부님은 〈우니타〉를 공짜로 읽을 수가 있습니다. 그 신문은 조카 따님이 오늘 탄 상 중의 하나니까요."

"제가 아침마다 그 신문을 배달해 드립지요."

스미르초가 웃으며 비꼬았다. 그러나 당장에라도 사람을 잡아먹을 듯한 돈 까밀로의 표정을 보자 재빨리 도망가 버렸다.

돈 까밀로와 캣이 관련된 일 중에서 가장 고약한 사건은 뭐니 뭐니해도 그 애가 '미스 우니타'로 뽑힌 것이었다. 그 충격이 어찌나 컸던지, 돈 까밀로는 의사를 불러 진정제를 맞아야 할 정도였다.

다음 날 오후, 돈 까밀로는 캣을 불렀다.

"왜 그런 몹쓸 짓거리를 했느냐?"

그는 화가 나 고함을 질렀다. 그녀를 걷어차지 않은 것은 오로지 돈 키키가 옆에 서 있었기 때문이다.

"왜요? 난 그 일이 너무나 재밌고 즐거웠는데요. 게다가 저는 삼촌이 쩔쩔대는 모습을 보면 왠지 기분이 훨씬 더 좋아진단 말이에요."

캣은 버릇없이 대답했다.

돈 까밀로는 스미르초가 사제관의 현관문 아래로 밀어 넣어 둔 〈우니타〉를 캣의 발 앞에 던졌다.

"네가 저지른 일이 어떤 건지 잘 봐라. 이 악마 같은 계집애야! 네 어머니와 할머니 첼레스티나가 저 신문에서 네 사진을 본다면 무슨 일이 벌어질지를 생각해 봤니!"

그가 소리쳤다.

"바보 같은 소리 마세요. 그 귀신같은 엄마하고 난쟁이 할머니는 신문을 읽지 않는다고요."

캣은 〈우니타〉에 큼지막하게 실린 자기 모습을 뚫어지게 바라보면서 대답했다. 거기에는 마차 위 옥좌에서 주먹을 쥐고 군중에게 손을 내밀며 키스하는 사진이 실려 있었다.

"누군가 신문을 보여줄 게 틀림없어!"

"그래서요? 축제의 여왕으로 뽑힌 것이 뭐가 잘못됐나요. 사람들은 나를 칭찬했었다고요. '캣, 돈 까밀로 신부의 아름답고 사랑스러운 조카딸이 미스 우니타로 뽑혔다. …그녀는 삼촌에게 커다란 기쁨과 만족을 줄 것이다.' 흥, 나는 기자들에게 아주 신중하게 행동했어요. 삼촌의 조카라는 사실을 밝히고 싶어하는 그들에게 내 이름을 안 가르쳐주었죠. 그저 내가 삼촌의 아주 자랑스러운 조카라는 것만 강조해 달라고 부탁했지요."

"차라리 본명도 가르쳐주지 그랬냐? 네 아비의 성 말이야!"

돈 까밀로가 버럭 소리 질렀다.

그러자 돈 키키가 웃음을 터뜨렸다.

"신부님, 왜 그렇게 화를 내십니까? 사실 이번 일은 교회와 공산당 사이의 긴장완화에 활력을 불어넣을 좋은 기회인데요."

"이봐, 젊은이!"

돈 까밀로가 고함쳤다.

"만약 한 번만 더 그따위 소리를 하면 자네를 가만두지 않겠네. 내가 사제직을 그만두는 한이 있어도 이 애를 감싸는 사람은 그냥 내버려두지 않겠어. 그러니 참견은 그만두고 어서 이 방에서 꺼지게. 공산당하고 무슨 화해야, 화해가!"

돈 키키가 놀라 잽싸게 사라져버리자 캣이 깔깔거리며 말했다.

"까마귀와 고양이의 싸움 같아서 아주 재미있는데요!"

돈 까밀로는 갑자기 '살인하지 마라' 는 모세의 다섯 번째 계명을 떠올렸다. 그 계명이 생각난 건 아주 다행스러운 일이었다. 그는 사랑스러운 조카딸을 죽이고 싶은 충동을 가라앉히려고 숲 속으로 산책을 나갔다. 그런데 이것은 불행이었다.

왜냐하면 잠시 후에 택시 한 대가 사제관 앞에 도착했기 때문이다. 그 차에는 캣의 친할머니 첼레스티나가 타고 있었다. 그녀는 〈우니타〉에 실린 손녀의 사진을 보고 일장훈시를 하러 득달같이 달려왔던 것이다. 첼레스티나 할멈은 거의 제정신이 아니었다. 손녀의 손에서 신문을 낚아채 갈기갈기 찢어버린 뒤, 호통을 쳤다.

"이 나쁜 것아. 나는 너를 항상 보살펴왔다. 하지만 지금 이 시간부터는 절대로 그러지 않겠어. 왠지 알아? 네가 저 돼지 같은 놈들의 여왕으로 뽑힌 게 바로 그 이유야!"

"쳇, 이쪽 돼지들이나, 저쪽 돼지들이나 제게는 다 똑같아요."

캣은 재미있다는 듯이 킥킥거리며 대답했다.

"할머니, 왜 그렇게 열을 내시죠? 나는 저 거룩한 척하는 까마귀 아저씨한테 빚을 갚으려고 그렇게 한 것뿐인데요!"

"흥, 너는 네 삼촌을 골탕먹인 게 아니라 네 아버지한테 큰 모욕을 안긴 거야!"

"아버지요?"

캣이 깜짝 놀라서 말했다.

"아버지가 이 일과 무슨 상관이 있어요?"

"무슨 상관이 있느냐고? 그놈들이 바로 네 아비를 죽였어! 그뿐만 아니라 네 아비를 죽인 살인자 놈이 지금 우리 마을에 돌아와 뻔뻔스럽게 활보하고 있단 말이다! 그 저주받을 보이아가 이 사진을 보고 얼마나 재미있어할지를 상상해 봐라!"

마침 그때 돈 까밀로가 산책에서 돌아왔다. 그는 다짜고짜 첼레스티나 할멈의 목덜미를 움켜잡아 대기하고 있던 택시에 태워 집으로 돌려보냈다.

그러나 때는 이미 늦었다.

돈 까밀로가 사제관에 다시 돌아와 보니 캣은 조용히 앉아 담배를 피우고 있었다.

"그 난쟁이 할머니가 한 말이 무슨 소리죠? 왜 그런 사실을 내게 미리 말해주지 않았어요?"

캣이 따지듯이 물었다.

"이미 너한테 다 얘기했다고 생각한다. 그 이상 덧붙일 말이 없다."

돈 까밀로가 대답했다.

"나는, 너와 상관없는 과거의 일에 너를 끌어들이고 싶지 않았다. 또 다른 이유는 네가 꼭 네 아버지처럼 성격이 거칠고 과격해서 말을 안 했지. 아니, 오히려 네 아버지보다 훨씬 더 나빠. 그는 먼저 일을 저질러 놓고 그 뒤에 생각하는 스타일이었지. 그러나 너는 일을 저지르기 전에도, 저지른 뒤에도 아예 생각을 안 하잖니? 네 아버지는 무서운 것이 없었어. 두려운 것이 없는 사람이었다. 언제나 자기 소신대로 행동하곤 했지. 낙하산병으로 전쟁에 참전했기 때문에 그 무엇도 두려워하지 않게 된 거야."

돈 까밀로는 애원하듯이 양팔을 벌렸다.

"얘야, 이제 기분 나쁜 과거 일은 그만 잊어버리자…. 할머니한테서 아무 말도 듣지 않은 걸로 해두자."

"얘야 좋아하시네! 나도 이제 몇 달만 있으면 스무 살이 된다고요. 그때가 되면 뭔가를 보여 드리지요!"

캣이 소리쳤다.

"벌써 다 보여주고선 뭘 더 보여 준다고 그러느냐? 얘야 네가 태어났을 무렵 이곳 바싸의 공기는 매우 험악했다. 2차 세계대전은 끝났지만 여전히 우익과 좌익으로 나뉘어 서로 으르렁거렸지. 사람들이 정치와 증오심으로 가득 차 있었기 때문이야. 게다가 무장한 과격파들은 닥치는 대로 사람들을 죽였지. 공산주의자들은 정권을 잡는다면, 자기들을 방해하는 어떤 자도 제거할 수 있다고 믿고 있었단다. 그래서 클릭은…."

"클릭? 클릭이 누구죠?"

캣이 물었다.

"네 아버지 누구긴. 사람들이 그를 클릭이라고 부른 이유는 힘이 세고 우직했기 때문이야. 마치 벨레노 같은 사람이었단다…."

"아빠가 그 바보 같은 인간이었다고요?"

캣이 주먹을 움켜쥐며 말을 가로챘다.

"벨레노는 결코 바보가 아니야. 클릭은 언제나 자기 마음속에 있는 생각을 분명하게 주장했단다. 광장에서나, 카페에서나, 마을 회의에서까지도 말이야. 누가 자기 생각하고 다른 말을 하면 그는 벌떡 일어나서 반박했지. 그러던 어느 날 밤, 집으로 돌아오는 길에 괴한의 총을 맞고 쓰러졌단다. 그때 너는 태어난 지 겨우 두 달이었어. 그 사건이 12월에 일어났으니까. 네 할아버지와 할머니는 농장을 팔고, 네 엄마와 함께 도시로 이사를 했단다. 너를 키우려고 말이야. 이게 우리가 모두 알고 있는 이야기 전부다."

"그래서 그 보이아는 우리 아버지와 다른 사람들을 죽인 뒤, 종신형을 선고받자 달아났다가 지금은 법적으로 자유로운 몸이 되자, 여기로 돌아와 잘살고 있다는 말인가요?"

"어느 정도는…."

돈 까밀로는 어깨를 으쓱해 보였다.

"아저씨와 아저씨의 사회라는 곳은 저를 아주 역겹게 하는군요! 나는 내 인생이 뭔가 잘못되었다는 것을 느껴왔었어요."

캣이 불쾌하다는 듯이 소리쳤다.

"아니야, 네 생각이 잘못된 게다!"

돈 까밀로가 호통쳤다.

"천만에요, 존경하옵는 신부님! 아저씨처럼 위선적이고 거짓말쟁이 같은 늙은이들의 머리통이 잘못된 거라고요. 우리 젊은이들이 불안하고 반항적이라면, 분명히 거기에는 뭔가 이유가 있는 거예요. 우리는 사회가 기생충으로 가득 찬 더러운 곳이라는 걸 잘 알아요. 당신네들, 도덕적이고 신앙심 깊은 자들이 만든 법률은 저 기생충들과 쓰레기를 감추는 데 공헌해 왔다는 사실도 알지요. 우리 젊은이들은 이 더러운 세상을 깡그리 날려버릴 힘은 없다 해도 적어도 거기에 타협하지 않을 배짱은 있다고요. 어쨌든 우리 아빠는 세상 물정 모르는 바보였던 게 분명하군요. 그렇지 않았다면 그놈들이 자기를 쏘게 내버려두지 않았을 테니까요."

"그는 정직한 사람이었어!"

"이 더러운 사회에서, 정직은 어리석음과 동의어예요!"

"정직은 언제나 정직일 뿐이다. 네 아버지는 정의로운 사람이었어…."

"그러나 죽는 건 못난 짓이에요, 어느 시대나!"

"아니! 모든 일의 끝에는 주님의 심판이 기다리고 있다."

돈 까밀로가 강하게 부정했다.

"저도 그건 들어서 알고 있어요."

캣이 천천히 말했다.

"기적이란 말이 케케묵은 단어가 되어버린 이후론 죽은 자의 허파에 숨을 불어넣어 되살리기는 매우 어려워졌어요. 주님의 심판이든 아니든."

돈 까밀로는 첼레스티나의 갑작스러운 말 한마디가 캣의 오장을 뒤흔들어 놓지나 않았는지 두려웠다. 그러나 캣은 돈 까밀로의 설명을 담담하게 들으며 수긍하는 눈치였다. 여전히 조금씩 빈정거리기는 했지만 이젠 클릭의 죽음을 받아들일 준비가 된 것 같았다. 돈 까밀로는 그 정도로 끝난 것을 하느님께 감사드렸다.

캣은 아버지의 죽음에 얽힌 사연을 알고 나서도 평소와 다름없는 생활을 계속했다. 그러던 어느 날부터인가, 그녀는 전축의 볼륨을 한껏 올려놓고 리듬에 맞추어 몸을 흔들면서 콧노래를 흥얼거리기 시작했다. 그렇게 일주일 쯤 지나자, 돈 까밀로는 그녀가 비틀스의 음악에 푹 빠져 있음을 확인했다.

*

어느 날 오후, 안셀마가 사제관으로 달려와 캣이 헛간의 자물쇠를 부수고 오토바이를 타고 사라졌다고 돈 까밀로에게 보고했다.

"거 잘 됐군. 틀림없이 집으로 갔을 거야."

돈 까밀로가 속 시원하다는 듯이 말했다.

"여러 사람을 괴롭히지 않고…."

"그런 것 같지 않은데요."

안셀마가 대답했다.

"자기 물건을 모두 그대로 두고 갔는걸요. 전축과 레코드판들까지 말입니다."

"그래? 하긴 요즘 여자들은 자기 아기와 레코드판 중에서 하나를 선택하라고 하면 아기를 바다에 던져버릴 세상이긴 하지. 그러니 캣이 돌아올 때까지 그 애 생각은 아예 하지 말자고."

그러나 생각과 달리 돈 까밀로는 캣에 대한 대비를 미리 해두었어야만 했다. 2층 서재 벽에 걸어두었던 2연발 브라우닝 권총이 온데간데없이 사라졌기 때문이다. 탄약통도 텅텅 비어 있었다. 그제야 돈 까밀로는 머릿속이 텅 비어오는 것을 느끼면서 외쳤다.

"예수님, 도와주십시오. 제가 생각할 수 있는 능력을 상실했나 봅니다."

돈 까밀로가 뻬뽀네 앞에 나타났을 때, 그는 집에서 아내와 함께 서류를 정리하고 있었다. 뻬뽀네는 돈 까밀로의 얼굴을 보자마자 기겁을 했다. 그의 얼굴에 뻬뽀네가 한 번도 보지 못한 험상궂은 인상이 떠올라 있었기 때문이다. 순간, 뻬뽀네의 가슴이 서늘해졌다.

"이 살인자!"

돈 까밀로가 으르렁거리며 앞으로 다가섰다.

"그 애를 미스 우니타로 뽑았으면 됐지, 자네는 그것도 모자라 그 더러운 신문에 클릭의 딸 사진까지 실어야만 했나?"

"클릭의 딸?"

삐뽀네는 더듬거리며 물었다.

"그게 누구죠?"

"캣!"

돈 까밀로가 소리를 질렀다.

"캣, 걔가 바로 클릭의 딸이란 말일세. 클릭의 어머니가 신문에 난 사진을 보고 달려와 모든 사실을 죄다 털어놓았어. 그리고 지금 그 아이는 오토바이를 타고 어디론가 사라졌다고! 내 2연발 총을 가지고 말이야."

삐뽀네의 안색이 파랗게 질렸다.

"헉, 난 정말 상상도 하지 못했소."

그는 한숨을 내쉬었다.

"신부님한테는 여동생이 세 명이나 있는데, 걔가 클릭의 딸이라는 걸 내가 어떻게 알았겠소? 캣은 자기 성도 나에게 말하지 않았는데…."

"자네가 그걸 알았든 몰랐든 그게 중요한 게 아니야! 그 아이는 자기 아버지를 닮아서 무척 성질이 급해. 만약 캣이 사고를 일으킨다면 모든 것은 전부 자네 책임일세!"

돈 까밀로가 소리쳤다.

"신부님, 너무 성급하게 결론을 내리지 마세요. 혹시 개구리를 잡으러 갔을지도 모르잖아요?"

삐뽀네의 아내가 말했다.

"그렇다면 오죽이나 좋겠소!"

돈 까밀로가 대답했다.

"하지만 만약, 총을 들고 보이아를 잡으러 갔다면 어쩔 겁니까?"

빼뽀네가 벌떡 일어서며 말했다.

"그렇다면 큰일 났소. 보이아는 항상 두 명의 경호원을 자기 곁에 데리고 다니니 그 애를 죽여 버릴지도 모릅니다. 그는 오늘 선거 연설을 하러 이 근처를 돌아다니고 있을 거요. 그를 찾아야 합니다. 그자를 못 찾는다면 적어도 캣만이라도 찾아내야지!"

빼뽀네는 수색대를 조직했다. 그는 1천cc 대형 피아트를, 브루스코는 600cc 소형 피아트를, 비지오는 대형 트럭을, 그리고 스미르초는 오토바이를 타고 밖으로 나갔다.

"우리는 보이아가 어느 길로 다니는지 모른다. 로카에서 오는 길은 다섯 개나 있다."

빼뽀네가 말했다.

"그 애는 아마 그 길 중 하나에 잠복해 있을 거다. 그러니까, 우리는 로카로 가는 길을 각자 하나씩 맡기로 하자. 마리아, 미켈레가 집에 오는 대로 로카로 보내 국도의 후방을 맡으라고 해."

"그럼, 나는 전방을 맡겠네."

돈 까밀로가 말했다.

"나는 자전거가 있으니 말라붙은 스티보네 길을 가로질러서 로카로 가는 국도로 갔다가 돌아오겠네."

*

캣은 보이아가 어디를 갔는지, 그리고 다섯 갈래의 길 중에서 그가 어느 길을 사용할지를 정확하게 알고 있었다. 그래서 그녀는 적당한 곳에 자리를 잡아 관목으로 둘러싸인 오래된 길 옆의 벽감 뒤에 몸을 숨기고 있었다. 그녀는 이미 그 지역의 세세한 부분까지 샅샅이 조사해 두었다. 캣이 잠복한 곳에서 새 길이 언덕을 향해 뻗어 있었다. 바로 그 길옆에 작은 미루나무 한 그루가 있는데 캣은 그 나무를 쓰러뜨려 길을 막아놓았다. 오토바이는 관목과 가시나무 숲 사이에 숨겨져 있었다. 그녀는 보이아가 어떻게 생겼고, 차량 번호가 몇 번이라는 것도 알고 있었다. 그의 돼지처럼 피둥피둥한 얼굴을 분명히 기억하고 있었다.

"너는 분명히 여기를 지나가야 해, 이 나쁜 놈 같으니. 그리고 저 장애물을 치우려면 차에서 내려야만 할 거야. 만약 네놈이 안 내리고 고릴라 같은 경호원들이 내린다면, 그러면 창문을 통해 네놈을 골로 보내주겠어!"

한편 스트라다차 길에 도착한 돈 까밀로는 로카를 향해 최대한으로 페달을 밟고 있었다.

"예수님! 제발 저의 폐활량을 크게 해 주시고 제 눈을 밝게 하여 그 애를 찾게 도와주십시오."

그는 기도를 드렸다.

돈 까밀로가 길옆의 벽감 근처에 거의 도착했을 때, 자동차 한 대가 그를 앞질러 지나갔다. 하지만 차는 이내 끼익 소리를 내며 급정거를 하고 말았다. 이상하게도 벽감 옆의 나무가 도로 위에 쓰러져 있었기 때문이었다. 돈 까밀로는 더 힘껏 페달을 밟았다. 그동안 차 안에 있던 세 사람이 장애물을 치우려고 차에서 내렸다. 그는 보이아를 알아보았다. 그에게 오던 길로 돌아가라고 일러주기 위해 마구 손짓을 했다. 하지만 이미 때는 늦어 있었다.

"거기서 비켜나세요! 안 그러면 아저씨도 죽여 버릴 테니까!"

캣이 소리쳤다.

돈 까밀로는 보이아 앞으로 나서며 그를 자신의 몸으로 막았다.

"거기서 비켜나세요. 나는 쏜다면 쏘는 사람이니까."

캣은 미친 듯이 소리 질렀다.

"그리고 너희 두 놈은 그 자리에 그대로 서서 손을 위로 들어. 그렇잖으면 쏘겠어!"

경호원 중 하나가 슬쩍 움직이자 캣은 그의 발밑에다 경고사격을 했다. 경호원은 마치 영화에서 보던 것처럼 펄쩍펄쩍 뛰었다.

"거기서 비켜나세요!"

캣이 세 번째로 소리 질렀다.

"보이아, 네놈은 나를 겁내지 않겠지. 하지만 우리 아버지를 습격하던 수법은 이제 통하지 않아. 네놈이 죽어도 -이제 곧 그렇게 되겠지- 너를 위해서 울어 줄 사람은 아무도 없을 거야!"

캣은 완전히 이성을 잃었다. 그녀의 얼굴은 살기등등했다. 하지만 캣의 어깨 뒤쪽으로 살그머니 돌아간 벨레노의 솥뚜껑만한 손이 캣의 목덜미를 움켜잡았다. 그래서 그녀는 눈 깜짝할 사이에 총을 빼앗기고 말았다.

"신부님, 이 미치광이는 제가 붙잡고 있을 테니 어서 총을 집으십시오."

돈 까밀로는 총을 집으려고 앞으로 걸어나갔다. 그동안 벨레노는 캣한테서 탄약을 빼앗고 허리띠로 그녀의 팔을 묶었다.

"이 짐승 같은 자식아! 악당 두목인 네 아버지가 우리 아버지를 죽인 저 살인자를 즐겁게 해주려고 나를 미스 우니타로 뽑았단 말이야!"

캣이 몸부림치며 울부짖었다.

"저 훌리건 같은 불량배 놈의 아버지가 뻬뽀네라고? 그자가 나를 즐겁게 해주려고 어려운 일을 택했군. 그렇다면 나 역시 그 배반자에게 곧 좋은 선물을 안겨줄 작정이다!"

원래의 거만함을 되찾은 보이아가 중얼거렸다.

그 소리를 들은 벨레노가 캣을 팽개쳐두고 험악한 표정을 짓고서 보이아 앞으로 나아갔다. 그는 멧돼지처럼 뚱뚱하고 덩치가 큰 사내였다. 하지만 머리를 길게 기르고, 깡패처럼 불량하게 다가오는 청년을 보자, 기가 팍 죽었다.

벨레노가 뚜벅뚜벅 다가가 피둥피둥한 보이아의 얼굴에 따귀 한대를 올려붙였다. 보이아는 온몸의 땀구멍에서 땀을 줄줄 흘렸다. 벨레노는 비록 스물한 살 먹은 장발족이긴 했어도 자기보다 나이 많은 사람을 존중할 줄 알았다. 그래서 주먹 대신 손바닥으로 때렸던 것이다. 게다가 그는 연장자에 대한 경의의 표시로 가죽 장갑까지 끼고 있었다.

경호원 둘 중 하나가 살금살금 차 뒤로 돌아서 슬며시 벨레노의 뒤로 다가갔다.

"이봐, 팔케토 저리 비켜라! 네놈이 끼어들 일이 아니야!"

돈 까밀로가 총을 겨누면서 소리쳤다.

벨레노는 장갑이 너덜너덜해질 때까지 보이아를 흠씬 두들겨 팼다.

"이것은 당신이 나를 불량배라고 한 대가요. 그리고 더 이상 우리 아버지를 괴롭혔다간 크게 후회할 거요. 난 정치 따위엔 관심도 없지만 한 번만 더 우리 가족을 욕보이면 가만두지 않겠소."

벨레노가 도끼눈을 부릅뜨며 말했다.

보이아와 그의 경호원들은 허겁지겁 달아났다. 얼마 뒤에 비지오가 트럭을 타고 도착하자 벨레노는 비지오의 트럭에 캣과 그녀의 오토바이와 함께 돈 까밀로의 자전거를 실었다.

돈 까밀로는 비지오의 옆자리에 올라탔다. 벨레노는 오토바이를 타고 요란한 소리를 내며 사제관까지 트럭을 호위했다.

이윽고 날은 어두워져 밤이 되었다. 벨레노는 저녁을 먹고 가려고 사제관에 남아 있었다. 캣은 식사가 끝날 때까지 아무 말도 하지 않았다.

"아저씨가 무엇 때문에 제 일에 간섭하셨는지 난 알 권리가 있다고 생각해요."

그녀가 돈 까밀로에게 도전적으로 말했다.

"왜 내가 그놈을 죽이게 놔두지 않았죠?"

"두 가지 이유가 있지."

돈 까밀로가 설명했다.

"첫 번째 이유로 살인하지 말라는 십계명을 지켜야 했기 때문이다. 두 번째 이유는 물론 너를 지켜야 했기 때문이다. 만일 네가 그자를 죽였다면, 넌 30년 동안이나 감옥에서 썩어야 했을 거야. 그땐 아무도 너를 보이아처럼 사면해 주지 않을 테니까."

그러나 캣은 양보하지 않았다.

"장발에 복장이 불량하다는 이유로 젊은이들을 못살게 구는 당신네의 구시대적인 발상이라니! 구역질이 나요. 흥, 아저씨는 젊은이들이 이 더럽고 부패한 사회를 위해 충성해야 한다고 생각하시는 건가요?"

"이제 본론으로 들어갔군."

벨레노가 중얼거렸다.

그러자 캣은 살쾡이처럼 눈을 흘기며 벨레노에게 말했다.

"그래, 진짜 본론을 말해줄까? 넌 곧 군대에 입대하게 될 거야. 마땅히 그래야 하겠지. 군대는 이 부패한 사회의 타락한 법률을 겁내는 너 같이 불쌍한 멍청이들을 돌봐주는 곳이니까 말이야. 양처럼 순하게 입대하는 것은 경찰들을 무서워하는 겁쟁이들에게는 딱 맞는 일이지."

벨레노가 커다란 주먹을 들어 올렸다가 멋쩍은 듯 뒤통수를 어루만지며 중얼거렸다.

"이런, 계집애가 말하는 꼬락서니들 하고는."

"내 꼬락서니가 어때서? 암튼 너는 군대에 가겠지. 그런데 그들이 네 머리통을 박박 깎고 나서도 너는 여전히 등짝에 '벨레노' 라고 새겨진 가죽재킷을 입고 돌아다닐 수 있을까?"

가발 아래로 땀을 삐질삐질 흘리던 벨레노가 얼굴을 붉히며 일어섰다.

"안녕히 계세요."

그는 입속으로 중얼거리면서 돈 까밀로에게 인사를 한 뒤, 재빨리 그곳을 벗어났다.

"네가 바보 같은 일을 저지르지 못하도록 막아 준 미켈레에 대한 보답이 고작 그거냐?"

돈 까밀로가 캣을 나무랐다.

"피, 제가 한 행동이 바보 같은 짓인지 아닌지를 판단하는 사람은 나예요. 저런 멍청이가 판단하는 게 아니라고요!"

"미켈레는 바보 같은 아이가 아니라고 전에도 몇 차례 얘기했을 텐데…."

"사내들은 누구든 바보 멍청이예요!"

캣이 사납게 소리쳤다.

돈 까밀로는 화가 났다.

"말조심해라, 얘야. 나도 남자라는 것을 잊지 마라."

"아저씨가 언제부터 남자 구실을 하게 되었죠? 신부는 남자가 아니에요. 그보다 더 못한 존재라고요!"

캣이 소리 높여 대꾸했다.

"혹시, 그 이상인지도 모르지만 사람 나름이겠죠."

돈 까밀로는 캣이 던진 한마디에 숨이 턱 막혀 더 이상 말을 이을 수 없었다. 정말 이런 대답은 상상도 못 했기 때문에….

악마는 아름다웠다

저격 미수 사건 이후, 캣은 유별나게 설치던 태도를 버리고 방향전환을 꾀했다. 부잣집의 평범한 딸처럼 깔끔하게 옷을 차려입고 얌전하고 예쁘게 행동했다. 정말 굉장히 귀티 나는 소녀의 모습이었다. 그녀는 돈 키키의 뒤를 졸졸 따라다니며 성당의 모든 행사에도 참석했다. 솔직히 말해서 그녀는 장발족 친구들에게 느끼는 감정과는 사뭇 다른 감정을 돈 키키에게 품고 있는 것처럼 보였다.

어느 날, 돈 키키가 돈 까밀로에게 말했다.

"신부님 조카가 완전히 딴사람이 된 것 같습니다."

돈 까밀로는 양팔을 벌리며 대답했다.

“그거야 주님만이 아실 일이지….”

하지만 돈 까밀로 역시 캣의 조용한 변화를 눈치채고 있었다.

캣은 그 자그마한 보좌 신부의 열정적인 강론을 주의 깊게 들었다. 그러던 어느 날, 그녀는 조심스럽게 돈 키키를 찾아가 자신의 속내를 털어놓았다.

“신부님 강론은 다른 신부님들 강론하고 달라요. 신부님은 인간을 망각하지 않고 신에 대해 얘기하죠. 제 친구 애들도 신부님의 강론을 들었으면 좋겠어요.”

돈 키키가 웃으며 말했다.

“당신 친구들이 나를 좋아할 것 같지 않은데요. 저번 날 오후에 나를 신 나게 두들겨 팼던 일을 상기해 본다면 말이오.”

“그 애들이 잘못했어요.”

캣이 설명했다.

“걔들은 신부님이 돈 까밀로처럼 평범한 시골 신부라고 생각했던 거예요. 하지만 신부님은 신학교에서 배운 교리문답이나 반복하는 앵무새는 아니더군요. 신부님은 진실을 두려워하지 않는 것 같아요. 그런데 왜 신부님은 전쟁을, 모든 전쟁을 용감하게 비난하면서도 어째서 양심적인 병역 기피자에 대해서는 한 번도 언급하지 않으시나요?”

“그건 좀 미묘한 질문이군요, 캣 양.”

“나도 알아요, 돈 프란치스코. 하지만 로마 교황청에 불려 갈

각오를 하고 그 문제를 옹호해 주시는 신부님들도 있지 않나요?"

"그건 두려움 때문이 아니라 체면 때문입니다."

돈 키키가 자신을 방어하면서 말했다.

"캣 양의 아저씨는 군종 신부였어요. 그분은 우리완 생각이 좀 다르지요."

"그 뚱보는 엉터리라고요!"

캣이 큰 소리로 말했다.

"우리 삼촌은 시대에 뒤떨어진 사람이라고요! 뭐, 체면이라는 말이 나왔으니까 하는 말인데요. 그는 분명히 신부님 체면을 조금도 봐주지 않더군요. 자신의 개인 성당으로 도둑 고양이처럼 살그머니 빠져나가 옛날식으로 몰래 미사를 드린다고요. 매우 위선적이고 부도덕한 일이죠."

"미사를 몰래 드린 경우란 한 번도 없었습니다."

돈 키키가 대답했다.

"돈 까밀로 신부님은 미사에 대한 이야기를 모두 내게 합니다. 나 때문에 감정을 상해서 더 이상 우리 성당에 나오지 않는 신자들을 오래된 성당으로 모아 미사를 드리는 일은 절대로 나쁜 일이 아닙니다."

"아니에요, 그것은 분명히 나쁜 짓이에요! 프란치스코 신부님이 지금 하고 있는 것은 잘못된 신자들을 성당에서 몰아내는 일이잖아요? 그런데 그는 뒷문으로 그들을 받아들이지요. 신부님이 그들을 나무라면 삼촌은 그들을 용서하지요. 그렇기 때문에 신부님이 한 일이 아무런 효과가 없는 거예요. 솔직히 지금 삼촌은 교회 안에 불화를 조장하고 있어요. 성당 안에 파벌을 만들고 있다고요. 신부님도 잘 아시잖아요? 파벌을 만드는 건 이단이라는 사실을!"

"그 말은 과장입니다."

돈 키키가 대답했다.

"하지만 캣 양이 하는 말 중에 맞는 말도 있어 보입니다. 내일 나는 양심적인 병역거부에 대해 강론을 하겠습니다."

"어머 정말 멋져요, 신부님!"

감동한 캣이 큰 목소리로 외쳤다.

*

다음 주 일요일, 강론을 하려고 강론대로 올라간 돈 키키는 숨이 멎는 줄 알았다. 40여 명이나 되는 장발의 전갈파 일당들이 팔짱을 끼고 그를 바라보고 있었기 때문이다. 그들은 검정 가죽 재킷을 입고 성당 문 쪽에 떼 지어 섰고, 그 뒤로 오토바이 수십 대가 가지런히 정렬되어 있었다. 밖에는 보초 두 명이 지키고 있었다. 수수한 검은 옷을 입고 머리에 검은 레이스 천을 두른 캣 역시 거기 있었다. 그녀는 전갈파의 앞줄 한가운데에서 돈 키키를 향해 미소 지어 보였다. 캣은 마치 천사 같았다.

돈 키키는 강론을 시작했다. 그는 카인과 아벨의 싸움에서부터 율리우스 카이사르, 십자군 전쟁, 그리고 한국 전쟁과 베트남 전쟁에 이르는 모든 전쟁을 비난했다. 진정한 기독교인이 지켜야 할 올바른 태도는 전쟁에 대한 양심적인 병역 거부라는 것도 웅변적으로 설명했다. 군대에서 활동하고 있는 성직자들을 맹렬하게 비난하는 것도 빼놓지 않았다.

도시에서 온 40명의 장발족은 텁수룩한 그들의 머리통을 끄덕이면서 돈 키키의 말에 동의를 표했다. 한편 캣의 미소는 주교님도 녹여버릴 만큼 빛이 날 지경이었다.

미사가 끝나자 캣은 돈 키키에게 감사 인사를 하기 위해 제의실로 달려갔다.

"제가 저들에게 알렸어요. 신부님에 대해서 저 애들에게 얘기했더니 홀딱 반해서 단숨에 달려온 거예요. 위험을 무릅쓰고 왔지요. 돈 프란치스코, 당신은 정말 멋진 분이세요. 저 말썽꾸러기들은 신부님의 훌륭한 말씀을 충분히 들었으니 금세 착해질 거예요."

신이 난 캣이 경위를 설명했다.

하지만 실제로 그들은 착해진 게 아니라 오히려 바짝 독이 올라서 돌아갔다. 벨레노와 시골 깡패들이 마을 어귀에서 아카시아 몽둥이를 들고 그들을 기다렸다가 한 편의 활극영화 같은 장면들을 연출했기 때문이다. 하느님만 알고 계신 일이지만, 벨레노는 전갈파의 우두머리인 링고와 개인적인 원한이 있었다. 그래서 링고를 붙잡아 그의 텁석부리 장발 머리카락을 싹둑 잘라버렸던 것이다.

그런 사정도 모르는 캣은 여전히 천사 같은 표정을 짓고 있었다. 그 큰 눈에 눈물까지 영롱하게 맺혔다. 돈 키키는 마음이 찡해져서 어쩔 줄을 몰랐다. 그러나 그것은 오래가지 않았다. 오르간이 있는 2층 발코니 뒤에 숨어서 대화를 엿듣고 있던 돈 까밀로가 참다못해 두 사람 앞으로 들이닥쳤기 때문이다. 목에는 핏대가 마치 7년생 포도나무 줄기처럼 굵게 부풀어 올라 있었다.

"돈 키키!"

그가 외쳤다.

"불량배를 모아놓고 신부 노릇을 하는 것보다 차라리 나처럼 군종 신부가 되는 편이 훨씬 더 낫네! 그리고 캣, 너는 어서 꺼져버려라. 이 지옥의 요정 같은 것아!"

캣은 흐느끼며 고개를 푹 숙이고 제의실을 나갔다. 돈 키키는 저렇게 온순하고 귀여운 여인을 괴롭히는, 반동적이고 돼지 같이 살찐 돈 까밀로에 대한 증오심이 부글부글 끓어올랐다. 흐느낌으로 떨리는 그녀의 어깨를 보자, 그는 갑자기 그녀의 어깨에서 부드럽고 하얀 날개가 돋아 오르는 듯한 환상에 빠졌다. 분노를 억누르지 못한 그는 자신의 중고 자동차를 잡어타고 도시로 휭허케 떠나버렸다.

다음 날, 돈 까밀로는 교구청으로부터 속달 편지 한 통을 받고 가슴이 내려앉았다. 산골 마을 루기노 성당으로 전임을 가라는 명령과 함께 앞으로 지켜야 할 주의사항이 적혀 있었다.

1) 본당 내 파벌을 조장하는 행위를 금한다.
2) 개인 소유 성당에서의 미사를 금한다.
3) 돈 프란치스코가 맡게 된 성당 일의 간섭을 금한다.

교구청의 인사 명령에 따라 돈 까밀로의 성당은 통째로 돈 프란치스코의 손에 넘어가게 되었다. 돈 까밀로는 그만 화병이 나 자리에 눕고 말았다.

악마는 유명한 화가의 그림에서 볼 수 있는 것처럼 흉측하지 않고 오히려 매우 아름다운 존재임이 틀림없다. 그렇지 않다면야 어떻게 악마가 사람들을 유혹하고 현혹할 수 있겠는가? 어쨌거나 악마는 항상 악마일 따름인 것이다. 그리고 이러한 경우에는 의심할 여지 없이 캣이 악마였다. 그녀는 불쌍한 돈 까밀로가 자리에 누웠다는 소식을 듣자마자 문병을 왔다.

"사랑하고 존경하는 아저씨, 마지막 소원이 있으신지요?"

그녀는 문지방을 넘어서자마자 물었다.

"그래, 나는 네가 지옥에 떨어지기를 간절히 소망한다."

돈 까밀로가 소리쳤다.

"당장 가방을 싸들고 집으로 가란 말이다!"

"아저씨는 정말로 이 불쌍한 고아를 저 길거리로 내던져 버리실 거예요?"

사랑스럽고 귀여운 악마가 흐느끼며 말했다.

"천만에!"

돈 까밀로는 서랍 위에 놓여 있던 편지를 그녀에게 내던지며 소리쳤다.

"길거리에 버려진 건 네가 아니라 바로 나다!"

캣은 편지를 읽더니 어깨를 으쓱해 보였다.

"이게 저하고 무슨 상관이 있죠?"

"네가 돈 키키를 들쑤셔 놓았잖아. 나는 네가 그렇게까지 나쁜 아이인 줄은 몰랐구나. 어쨌든 네가 이겼다. 네 아버지가 일찍 죽은 것이 얼마나 다행인지 모르겠다. 너같이 못된 딸을 보지 않아도 되니까 말이야. 자, 어서 이 방에서 나가라. 그렇지 않으면 혼꾸멍을 내줄 테니까!"

캣은 콧노래를 부르며 아래층으로 내려갔다. 그리고 안셀마의 집으로 가기 위해 사제관을 나왔다. 그때 갑자기 벨레노가 나타났다.

"여기 링고가 보낸 멋진 선물이 있어."

그는 캣의 발치에 링고의 머리털을 던지며 말했다.

"이 살인자! 머리 가죽을 벗겼구나!"

캣이 깜짝 놀라며 울부짖었다.

"아니, 이번엔 안 벗겼어. 하지만 다시 한 번 더 여기 나타났다간! 그땐 아마 병원에서 기어 나오기도 전에 머리통이 성치 못할걸."

벨레노는 발꿈치를 돌리더니 기세 당당하게 걸어나갔다. 그는 문가에 이르자 돌아서서 한마디 덧붙였다.

"네 말에 귀 기울이는 자는 누구든지 독사의 참맛을 보게 될 거야. 너도 클레오파트라처럼 독사에게 물리지 않도록 조심해라."

그가 겁을 주며 말했다.

"하기야 너는 뱀까지 독살시킬 애니까."

캣은 링고의 머리털을 난폭하게 발로 차서 안뜰 구석으로 날려보냈다.

바로 그때 돈 키키가 돌아왔다. 캣이 돈 까밀로에게 일어난 일을 설명했다. 그러나 그는 조금도 기쁘지 않은 표정이었다.

"이렇게까지 될 줄은 몰랐습니다. 도가 지나쳤어요!"

돈 키키가 말했다.

"아녜요."

캣이 대답했다.

"그들은 올바른 결정을 내린 거예요. 저는 루기노를 잘 알아요. 거긴 아저씨에게 딱 맞는 동네라고요. 남자고 여자고 젊은 사람들은 일자리를 찾아 모두 떠났고, 늙은이들과 어린아이들만 남아 있는 곳이지요. 그러니 그곳에서라면 잘못을 저지르는 일은 없을 거예요. 하지만 이곳은 살아있는 마을이라, 젊고 현대적인 생각을 지닌 신부가 필요해요. 자, 돈 프란치스코, 그렇게 감상적으로 생각하지 마세요. 신부님에 대한 저의 존경심이 흐려질 테니까요. 비록….”

캣은 갑자기 입을 다물었다. 그리고 돈 키키에게 우수에 가득 찬 미소를 짓더니 밖으로 뛰쳐나갔다.

이틀 후 그녀를 다시 보게 된 돈 키키가 먼저 물었다.

“‘비록’ 이라니, 무슨 뜻이죠? 왜 말을 하다 말고 가셨나요?”

“잊어버리세요, 돈 프란치스코. 신부님이 그 얘길 들으시면 큰 혼란에 빠지고 말 거예요. 그것은 절대 신부님하고 토론할 문제가 아니거든요. 사제는 태어나는 것이지 만들어지는 것은 아니니까요!”

“캣 양, 그건 진실이 아니오.”

돈 키키가 대답했다.

“나는 그저 제의나 걸치고, 성경책이나 달달 외우는 신부가 아닙니다. 고통받고 있는 사람들을 위해 교회가 얼마나 많은 것을 도와줄 수 있는가를 알고 있는 사람이오. 신앙을 잃어버린 사람들에겐 신앙을 회복시켜 주고, 신앙이 결핍된 사람들에겐 신앙을 가져다주고, 그리고….”

“알고 있어요.”

캣이 고개를 끄덕였다.

“신앙이 가장 큰 축복이란 걸요. 그러나 지금은 2천 년 전의 세상과는 크게 달라요. 오늘날과 같은 물질주의가 만연한 이런 세상에서는 말이 아니라 실천으로 신앙을 증거해야 하지요. 그동안 너무나 많은 약속이 예수 그리스도의 이름으로 남용되어 왔어요. 죽은 뒤에 온다는 천국에 관한 말을 듣는 건 이제 지쳤거든요."

"캣 양! 신앙은 사람이 살아가는 데 큰 도움을 줍니다."

돈 키키가 항의하듯 말했다.

"아니요, 돈 프란치스코 신부님. 신앙은 사람이 죽어 나갈 때나 도움이 된다고요. 신발이 없는 사람에게 하늘나라에 가면 황금 구두를 갖게 될 것이라는 확신을 심어준다고 해도 결국 현세에서 그 사람의 발은 물에 젖어 폐렴에 걸리고 말 거예요. '오, 신발도 없이 저 차가운 눈 위를 걷는 불쌍한 사람들이여, 천국에서 황금 구두를 갖게 될 것이다. 그러나 지금은 초라하지만 물이 스며들지 않는 이 소가죽 신발이 네 발을 보호해 줄 것이다!' 신부님은 이런 말이 오히려 더 소중하다고 생각하지 않으세요?"

캣이 말했다.

"맞아요. 교회가 사회문제에 큰 관심을 두는 것도 바로 그런 이유 때문이지요."

돈 키키가 소리쳤다.

"훌륭하군요. 하지만 오늘 당장 배가 고파 굶주림으로 죽어가는 사람에게 내년에 먹을 점심을 약속해봐야 무슨 소용이죠? 신앙은 영혼의 양식이지 육체의 양식이 아니잖아요."

캣이 말했다.

"캣 양."

보좌 신부가 그녀의 말을 막았다.

"용서하십시오, 우리 이야기가 너무 물질주의적으로 흘러가고 있군요."

"네, 저도 그것을 인정해요. 돈 프란치스코. 그러나 교황님도 굶주리고 있는 인도를 위해 신앙인들이 기도보다 먼저 돈이나 쌀, 의약품, 기계를 주어야 한다고 하셨지 않나요? 세속적이고 고리타분한 이야기지만 굶주리는 사람들에게는 물질적인 도움이 먼저랍니다."

"그래요. 하지만 교회는…."

"맞아요."

캣이 말허리를 잘랐다.

"교회는 그 같은 현실적인 문제들을 해결할 수 없어요. 그러나 신부님의 지성과 교양, 열정, 달콤하고 설득력 있는 말솜씨, 깊고 진실한 그리스도교적 신앙으로 얼마나 많은 일을 할 수 있을지 생각해 보셨어요?"

"그러나 나는, 그렇게 유능한…."

돈 키키는 더듬거렸다.

캣이 계속해서 말했다.

"만일 신부님이 고용주가 된다면 노동자들을 정당하게 대우해 주시겠지요? 또 신부님이 하원의원이나 상원의원이 된다면 가난한 사람들을 위해서 올바른 입법을 추진하지 않겠어요? 신부님이 힘 있는 읍장이 된다면 노동자들을 잘살게 도와주지 않겠어요? 신부님이 외무부 장관이 된다면 현명한 외교정책을 펼 수 있지 않겠어요?"

돈 키키는 말을 더듬거렸다.

"…나, 나는 그런 일을… 생각도…."

"하지만 저는 그렇게 되리라 믿어요!"

캣이 흥분해 소리쳤다.

"나는 알아요! 신부님이 그렇게만 해 주신다면 나는 내 인생과 내 유산을 모두 당신께 바치겠어요. 그리고 사랑도…. 만일…."

그녀는 말을 멈추고 슬프게 고개를 저었다.

"용서하세요. 내가 그만 미쳤나 봐요…."

캣이 흐느끼며 밖으로 달려나갔다. 돈 키키는 멍해졌다. 흐물흐물 혼돈 속에 빠져드는 자신을 맥없이 쳐다보고 있었다.

일주일 후, 돈 까밀로는 다소 기운을 되찾고 자리에서 일어났다. 그리고 1층으로 내려가 의기소침한 모습으로 짐을 싸기 시작했다.

"존경하고 사랑하는 삼촌, 무얼 하고 계세요?"

캣이 여느 때처럼 건방지게 물었다.

"돈 키키에게 인계할 준비를 하고 있다."

돈 까밀로가 우울하게 대답했다.

"그렇다면 그만두세요. 그는 어제저녁에 떠났으니까."

"어디로 갔단 말이냐?"

"몰라요. 아마도 영혼의 위기를 겪은 게 분명해요. 그러다가 많은 신부가 그런 위기 때문에 세상으로 돌아가 결혼도 하잖아요. 가엾은 돈 키키! 그는 다시 여기로 돌아오지 않을 거예요."

"네가 그걸 어떻게 아느냐?"

"잘 알죠. 나는 성직을 박탈당한 신부와 결혼하느니 차라리 수녀원으로 들어가 버릴 테니까요, 호호."

돈 까밀로는 충격을 받고 입을 딱 벌렸다.

"너, 이 독사 같은 년, 뻔뻔스럽게도 그런 짓을!"

그가 겁에 질려 고함을 질렀다.

"제가 그랬어요! 제가 돈 키키의 생각을 바꿔놨어요. 하지만 아저씨는 그 사람 생각을 바꿔놓을 자격도 처지도 아니잖아요. 안 그래요?"

돈 까밀로의 거대한 가슴이 분노로 부풀어 올랐다.

그는 고래고래 고함을 질렀다.

"이 마귀야, 물러가거라! 썩 물러가!"

캣은 재미있다는 듯 돈 까밀로를 쳐다보고는 웃으며 대꾸했다.

"유감스럽군요, 아저씨. 캣은 앞으로만 나가지 결코 뒤로 물러서지 않아요. 그리고 내가 바로 '캐터필러' 라고요!"

돈 까밀로는 눈을 들어 하늘을 올려다보았다.

"예수님."

그가 주님을 불렀다.

"심판의 날, 주님 앞에 설 때 이 불쌍하고 타락한 아이를 용서해 주시겠습니까?"

"돈 까밀로야, 대답하기 어려운 문제구나."

예수님의 목소리가 멀리서 들려왔다.

"하지만 그 애가 훌륭한 변호인을 필요로 하는 것만은 사실 같구나."

그 목소리는 돈 까밀로 혼자에게만 겨우 들릴 정도로 아주 가늘고 희미했다.

예수님은 우리 편

마을의 광장은 커다란 직사각형처럼 생겼다. 동쪽에서 서쪽으로 마을을 가로지르는 큰길이 그 커다란 직사각형을 둘로 나눈다. 그 광장 한쪽에는 3면이 대리석으로 된 돌기둥이 세 개 있었다. 그것은 성당의 중요한 재산으로 여겨지고 있었다.

어느 날 아침, 읍사무소에서 나온 인부 몇 명이 광장에 도착해 곡괭이로 돌기둥을 파내기 시작했다. 곧 돈 까밀로가 그 현장에 나타났다.

"이건 성당의 재산이야, 어서 손을 떼게."

돈 까밀로가 경고했다.

"읍장님의 명령인뎁쇼…."

일꾼들의 우두머리가 대답했다.

"읍장에게 가서 전하게. 만일 우리 기둥을 가져가고 싶거든 직접 와서 뽑아가라고 말이야."

돈 까밀로가 호통을 쳤다.

여느 때 같았으면 뻬뽀네는 잠시도 지체하지 않고 곡괭이, 삽, 망치, 굴착기 등 작업에 필요한 연장들을 가지고 광장으로 달려왔을 터였다. 하지만 그도 이젠 나이가 들었는지, 별로 서두르지 않았다. 공산당 읍장은 한 시간이 훨씬 지난 다음에야 수 마일 떨어진, 뽀 강을 가로지르는 다리를 건설하는 작업현장에서 굴착기가 달린 트랙터를 빌려 몰고 왔다.

뻬뽀네는 기둥에서 몇 미터 떨어진 곳에 괴물 같은 차를 정지시키고, 굴착기를 아래로 떨어뜨렸다. 그는 돌기둥에다 강철선을 감은 뒤, 그것을 굴착기의 손잡이에 묶었다. 돈 까밀로는 뻬뽀네가 하는 짓을 가만히 보고 있다가, 뻬뽀네가 괴물차의 조종실로 돌아가려고 하자 슬그머니 그 기둥 위로 기어 올라가 맨 꼭대기에 덩그러니 앉았다.

아무리 바티칸공의회가 교구 신부들의 권력을 빼앗아 주교와 평신도들에게 나누어주었다고는 해도, 저 돌기둥 꼭대기에 앉아 있는 뚱뚱한 신부와 돌기둥을 뿌리째 뽑아낼 수는 없는 일이었다. 사람들이 금세 광장으로 몰려들었다.

"이보시오, 신부님. 읍 의회에서 결정된 공공사업을 왜 막으려는 거요?"

빼뽀네가 돈 까밀로에게 소리쳤다.

"흥, 아무리 공공사업이라고 해도 이 돌기둥을 뽑아갈 수는 없네. 이건 성당 재산이니까. 그리고 이것은 안토니오 브루스키니 신부가 1785년도에 세운 유물이네."

돈 까밀로는 토스카나 시가에 불을 붙이면서 말했다.

그러나 빼뽀네는 거기에 대답할 말이 있었다.

"이것 보슈. 신부님은 1796년에 이 땅이 치스파다나 공화국*의 소유지였다는 사실을 잊고 있소. 그러니까…."

"그러니까."

돈 까밀로가 그의 말을 가로챘다.

"만일 나폴레옹이 이 기둥을 없애버리라고 명령했다면 몰라도 그렇지 않다면 다른 누구도 이것들을 없애버릴 수가 없네."

빼뽀네는 포기해야만 했다. 돈 까밀로가 나폴레옹의 아내와 파르마 공작, 피아첸자 그리고 과스탈라**와의 골치 아픈 관계를 들먹이기 시작했기 때문이다.

그러나 이틀 뒤, 주교의 비서가 돈 까밀로의 사제관을 찾아와서 그에게 말했다.

---

* 1796년 나폴레옹의 이탈리아 북부 점령 시 뽀 강 주변에 세워진 공화국.

** 파르마(Parma), 피아첸자(Piacenza), 과스탈라(Guastalla) 모두 이탈리아 북부 에밀리아-로마냐 지방에 있는 도시들이다.

*** 예술에서의 새로운 경향, 세대를 의미.

그 젊은 신부는 누벨바그***의 진취적인 신부들처럼, 늙은 교구 신부들을 경멸하고 몹시 싫어했다. 더구나 그 감정은 가엾은 돈 키키 사건으로 더욱 악화되어 있는 상태였다.

"존경하는 신부님!"

그가 설교를 늘어놓기 시작했다.

"그 기둥 위에 올라앉아 도대체 무얼 어쩌시겠다는 겁니까. 정치적, 사회적 시위라도 하시겠다는 겁니까. 우리는 보타치 읍장이 관광 사업에 활기를 주고, 새 시대에 맞는 마을을 건설하려고 이번 일을 진행한다고 보고받았습니다. 어디까지나 올바르고 적법한 일이지요. 그래야 넓은 주차장이 광장에 들어설 수 있지 않습니까. 그런데 왜 신부님은 그걸 반대하시는 겁니까. 어떻게 그런 불손한 행위를 하십니까?"

"절대로 그렇지 않소. 나는 단지 성당 재산이 파괴되는 것을 막아 보려 했을 뿐이오."

"성당 재산이라니요? 저 쓸데없는 기둥들이 마을 광장의 절반을 차지하고 있는데 그게 무슨 재산이 된단 말입니까? 그걸 없애는 것이 성당에도 이익이 된다는 걸 모르십니까? 많은 사람들이 성당에 주차할 공간이 없어 미사에 오지 않는다는 것을 모르십니까?"

"물론 알고 있소."

돈 까밀로는 조용히 대답했다.

"그러나 신부의 사명이 그런 데만 있는 것은 아니라고 생각하오. 그리스도교신앙은 안락하거나 즐겁게 하는 것이 아니며, 또한 그렇게 해야 한다는 법도 없다고 믿고 있소."

돈 까밀로의 얘기는 구닥다리 신부들이 가지는 진부한 생각이었다. 그래서 주교 비서 신부의 화를 폭발시켰다.

"돈 까밀로, 어째서 성당을 시대에 맞게 개선해야 한다는 점을 이해하려 들지 않으십니까. 그것은 성당의 발전을 돕는 일이지 결코 해악을 끼치는 것이 아니잖습니까?"

"당신은 이른바 발전이라는 악마의 장난이 지금 하느님의 땅에서 일어나고 있다는 것을 왜 이해하지 못하시오. 옛날에는 악마가 있는 곳에서 유황의 악취가 났지만, 오늘날에는 발전이라는 악마가 거리를 돌아다니며 가솔린의 악취를 풍기고 있소. 그러니 이제부터 '우리를 악에서 구하소서'라는 기도문을 '우리를 발전의 공해에서 구하소서'라는 말로 수정해야 할 것이오."

구시대 유물 같은 돈 까밀로와 논쟁을 벌이는 건 시간 낭비라고 생각한 주교 비서는 논쟁을 빨리 끝맺고 싶었다.

"돈 까밀로, 그러니까 당신은 순종을 거부하시겠다는 말씀인가요?"

"천만에요. 주교님께서 성당의 땅을 주차장으로 바꾸라고 명령하신다면, 나는 기꺼이 그 말씀에 따를 것이오. 공의회에서는 그리스도의 교회가 가난한 이들의 교회가 되어야 한다고 결정했지만 결과적으로 지금 꼴은 신자들의 자동차를 걱정하고 있는 셈이군요."

그 결과, 주교로부터는 아무런 명령도 내려오지 않았다. 주교 비서는 그 일 때문에 더욱 돈 까밀로를 미워하게 되었다.

*

스미르초는 매일 아침마다 사제관 문 아래로 〈우니타〉지를 밀어 넣었다. 돈 까밀로는 빠짐없이 그러나 냉정한 시선으로 〈우니타〉를 훑어보았다. 그것은 공산당 기관지였고, 캣이 마음대로 구독예약을 한 것이어서 심기가 불편하기는 했지만 그래도 오는 신문이니까 읽어 두는 것이었다.

그러던 어느 날, 그는 〈우니타〉 3면에 실린 기사를 보고 큰 충격을 받았다. 신문기사에는 제단의 사진과 더불어 십자가의 예수님 사진이 크게 나 있었다.

그 사진들은 특별하게 잘 인쇄된 것은 아니었지만, 돈 까밀로가 모시고 있는 제단과 십자가임은 의심할 여지가 없었다. 그는 서둘러 기사를 읽었다. 그러고는 자전거에 뛰어올라 자신의 비밀 성당으로 달려갔다.

"예수님, 예수님!"

돈 까밀로가 소리를 질렀다.

"여, 여기 공산당 신문에 예수님 사진이 실렸습니다."

"그래 알고 있다, 돈 까밀로."

예수님이 대답하셨다.

"네 조카 캣이 그랬던 것처럼 내가 너를 곤란하게 만드는 건 아닌지 모르겠구나. 그러나 만일 그렇게 되더라도 그건 내 탓은 아니니라."

이 이야기의 내막을 제대로 이해하려면 1944년으로 돌아가야 한다. 한 독일군 부대가 이 마을에 주둔하고 있을 때의 이야기였다.

그들 부대에는, 전쟁 중에도 자기가 유명한 미술사 교수라는 사실을 잊지 않고 있던 장교 한 사람이 있었다. 그 장교는 성당의 예수상과 제단의 섬세한 장식물에 감동을 하여 그것들을 아주 세밀하게 사진기로 찍어 두었다. 그 뒤, 고국으로 돌아간 그는 그 사진들을 상세히 연구했다. 그리고 그 예수상이 1400년대 유명했던 독일 예술가의 작품 중 하나라는 것을 밝혀냈다.

그것은 조각한 나무에 색을 입힌 특별한 작품이었다. 20년이 지난 뒤에 독일인 교수는 그 조각품들을 촬영하기 위해 다시 이탈리아를 찾아왔지만, 그는 제단도 예수상도 찾을 수 없었다. 그래서 하는 수 없이 1944년에 찍어 두었던 사진을 독일의 유명 잡지에 발표하면서 자신이 발견했던 이야기를 함께 실었다. 그리고 〈우니타〉지가 간단한 논평과 함께 기사와 사진을 가져와 실은 것이었다. 거기에는 다음과 같은 내용이 실려 있었다.

'저 가엾은 예수는 어디로 사라져버렸을까? 그 역시 다른 많은 가엾은 예수처럼 다른 곳으로 옮겨진 것은 아닐까.'

다른 신문들도 독일 잡지의 이 기사를 옮겨 실었다. 그 기사는 대단한 반향을 불러일으켰다. 마침내 주교의 비서가 돈 까밀로의 사제관에 들이닥쳤다. 그는 돈 까밀로를 적대시하며 분개한 목소리로 말했다.

"아니, 신부님! 도대체 왜 이렇게 자꾸 말썽거리를 만드시는 겁니까. 언론에서 떠들어대는 예수상과 제단은 어디에 있습니까?"

"당신네가 우리에게 모두 옮겨버리라고 명령해서 모든 것을 옮겨 버렸소. 그래서 우리는 당연히 전부 없애버렸다오. 실제로 신부님은 발전을 가속하기 위해 이곳에 감시위원까지 파견하지 않으셨소?"

돈 까밀로가 조용하게 대답했다.

"문제의 물건이 예술적으로 중요한 작품이란 걸 염두에 두고 말씀하시는 겁니까?"

비서가 발끈하며 되물었다.

"우리는 워낙 무식해서 그것이 그렇게 귀중한 것인지 알지도 못했고 짐작조차 못 했소. 나는 단지 힘없는 본당 신부일 뿐이오. 그러나 다행스럽게도 그 제단과 예수상만큼은 안선하게 보관하고 있소."

"하느님 감사합니다!"

비서가 기뻐하며 말했다.

"당장에 그 물건들을 복구하십시오. 그것들을 포장해서 운송할 준비가 되거든 곧바로 제게 전화해 주세요. 그 물건들은 그 물건의 가치에 알맞은 곳에 두어야 합니다. 주교관으로 옮겨져 진열될 것입니다."

돈 까밀로는 순종의 표시로 고개를 숙여 보였다.

*

"보타치 읍장 나리…."

뻬뽀네는 그의 눈 앞에 쌓여 있는 산더미 같은 서류뭉치에서 고개를 들었다. 그는 고개를 들자마자 주먹을 꽉 쥐고 거기 서 있는 돈 까밀로를 노려보았다.

"무슨 일로 오셨소?"

그는 퉁명스럽게 물었다.

"읍장 동지하고 주차장 문제에 대해 이야기하고 싶어 왔네. 그동안 곰곰이 생각해 보았는데 내가 너무 무리한 고집을 부린 것 같아."

돈 까밀로가 말했다.

"그러니 그 기둥들을 치워 버리시게."

뻬뽀네는 미심쩍은 눈초리로 그를 바라보았다.

"신부가 단추 하나를 주거든 그 대가로 양복 한 벌을 주어야 한다."

빼뽀네가 속담을 중얼거렸다.

"무슨 속셈으로 이러시는 거요?"

"읍장 동지."

돈 까밀로는 겸손하게 말했다.

"지금까지 수년 동안 자네와 자네의 당은 교회의 크고 작은 문제점에 대해 아주 큰 사랑을 보여 주었고 헌신적으로 도와주었다는 것을 나는 잘 알고 있네. 나는 자네와 자네의 동지 몇 사람을 우리의 소중한 예수상 고별식에 참석해 달라고 부탁하러 왔네. 우리 마을을 위해 350년이나 영광스런 봉사를 한 뒤, 도시에 있는 주교관의 훌륭한 새집으로 옮겨 가는 예수상의 고별식에 말일세."

빼뽀네는 의자에서 벌떡 일어났다.

"신부님, 지금 제정신으로 말하는 거요? 그 십자가는 예술작품이고, 또 우리 마을의 유산이오. 그러니 우리 마을에 보존해야 합니다."

돈 까밀로는 양팔을 펼쳐 보였다.

"나도 알고 있네, 읍장 동지. 그러나 불행하게도 나는 공산당의 명령이 아니라 주교님 명령에 따라야 하는 몸일세. 그러니 나는 예수상과 제단을 주교의 비시에게 넘겨주어야만 하네. 그 예수님이 우리 마을의 예술품이며 정신적인 유산임을 왜 내가 모르겠나. 350년 동안이나 계셔왔던 그 자리에 계셔야만 한다는 걸 말일세. 그 제대 뒤에 있는 십자가 앞에서 자네도 성체를 모셨고, 성스런 혼례도 올렸지. 또 자네가 전쟁터에 나가 있는 동안 자네 모친께서도 그 앞에서 기도를 올렸고 말이야. 자네의 늙고 힘없는 본당 신부는 이 모든 것을 알면서도 순종할 수밖에 없네. 만약 누가 폭력으로 나를 위협하지 않는 한, 나는 명령에 복종해야 하네. 그러니 이 힘 없는 내가 어쩔 도리가 있겠나? 읍장 동지, 부탁하네. 나의 곤란한 처지를 자네 당의 간부들에게 잘 설명해 주게. 내가 해야만 하는 일에 대해 나보다 더 괴로워할 사람은 없을 테니까."

돈 까밀로는 일류 배우 못지않은 표정을 지으며 구슬픈 어조로 말했다. 그의 연기는 성공했다.

"신부님!"

빼뽀네가 으르렁거렸다.

"내가 이번 일을 가만히 앉아 구경만 할 줄 아시오? 천만에, 어디 두고 봅시다!"

빼뽀네는 심각한 표정으로 단호하게 말했다.

다음 날 아침, 빼뽀네의 활약이 빛을 발했다. 마을의 곳곳에 교회의 권력 남용을 비난하는 거대한 벽보가 나붙었다. 벽보에는 크고 굵은 활자체로 두 줄의 문장이 씌어 있었다.

예수님은 우리 편이다!

누구도 예수상에 손대지 마라!

정오가 되자 돈 까밀로는 자전거를 타고 어디론가 향했다. 숲 속에 파묻혀 잘 보이지 않는 옛 영주의 저택이었다. 그는 뻬뽀네 부하들이 벽보를 붙이는 등 도발적인 행동을 하는 게 아무렇지도 않다는 듯 느긋한 표정이었다. 그곳에 도착하자 한 떼의 무리가 돈 까밀로를 기다리고 있었다. 그들은 뻬뽀네의 부하 중에서 가장 힘세고 난폭한 자들로, 잡초가 무성한 정원에 진을 치고 앉아 욕설을 해대며 떠들고 있었다.

"자네들은 여기가 개인 소유지라는 것을 모르는가. 나는 자네들을 가택침입죄로 고발할 수도 있어!"

돈 까밀로가 파견대의 지휘관인 브루스코와 비지오에게 말했다.

"물론입지요, 신부님!"

"예수님과 제단의 물건들을 포장하러 안으로 들어갈 수 있겠는가?"

돈 까밀로가 물었다.

"그럼요, 들어가셔도 됩니다. 하지만 아무것도 포장해서는 안 됩니다. 신부님은 어디까지나 성직자이지 화물 운송업자는 아니니까요."

"그래? 그거 옳은 말이군. 나도 굳이 노동조합 규칙을 어기고 싶지는 않네. 더구나 나는 폭력 앞에선 꼼짝못하는 사람이니까."

돈 까밀로는 순순히 말하고 자전거를 타고 집으로 돌아갔다.

이 문제에 대해 사람들은 모두 한마디씩 떠들어댔다. 뻬뽀네는 집회를 열고, 마을 곳곳에 홍보 요원을 풀어 교회에 반대할 것을 부추겼고, 그에 대한 기사가 신문에 연일 큼지막하게 실렸다. 여기에 힘을 얻은 뻬뽀네는 간부회의와 확대간부회의 등 각종 회의를 매일같이 열었다. 전단이 온 사방에 뿌려졌음은 두 말할 필요조차도 없었다.

시골 사람들은 늘 시골을 얕잡아보고 시골의 아름다움을 빼앗고 나중에는 시골을 파괴하기까지 하는 도시인에 대한 반감이 뿌리 깊이 배어 있다.

그래서 바싸 마을 사람들 전부가 정치적 당파를 초월해서 예수상 주위로 모여들었다. 무신론자들까지도 '우리의 예수님'에 대해서, 도시 사람들이 빼앗아 가려고 하는 예술적, 역사적, 정신적 유산에 대해서 이야기꽃을 피우고 있었다.

숲 속 외딴곳에 위치해 사람들의 눈에 띄지 않던 저택은 밤낮없이 사람들로 들끓었다. 더군다나 돈 까밀로가 일부러 문을 열어 놓았기 때문에 사람들은 안으로 들어가 대책 마련에 열중했다.

그리하여 모든 정당과 단체의 대표들로 구성된 특별위원회가 조직되었다. 위원회는 주교가 있는 도시의 교구청으로 달려가 탄원하게 되었다. 뻬뽀네가 마을 사람들의 완강한 항의를 정중하게, 그러나 또렷하게 전달했다.

주교는 뻬뽀네의 요구 사항을 다 들은 뒤, 양팔을 펼치며 미소를 지었다.

"이것은 모두 오해에서 빚어진 일이오."

주교가 말했다.

"제단이 원래 놓여 있었던 성당으로 되돌아가는 걸 막는 사람은 아무도 없습니다. 미사는 그 앞에서 얼마든지 새로운 방식으로 집전될 수 있으니까. 그리고 이 사건을 계기로 마을 사람들이 십자가의 보기 드문 예술적 정신적 가치를 알게 됐으니 그것만으로도 큰 소득이 됐습니다. 돈 까밀로가 그것들을 옮기는 데 아무런 이의를 제기하지 않았기 때문에 우리는 옮겨도 되는 걸로 알았던 거지요. 결정은 전적으로 돈 까밀로에게 달렸습니다."

위원회가 돌아와 돈 까밀로에게 주교가 한 말을 전해 주었다. 이번 쇼의 연출가인 돈 까밀로는 겸손하게 대답했다.

"저, 돈 까밀로는 고명하신 주교님의 뜻에 따를 뿐입니다."

*

상쾌한 가을 아침이었다. 공기는 맑고 하늘은 높았다. 들판에는 마치 황금빛 꽃가루가 뿌려진 것 같았다. 밤사이 지원자들이 모여 제단을 수 세기 동안 놓여 있던 성당으로 다시 옮기기 시작했다. 지금 마을 사람들은 남자와 여자, 젊은이와 늙은이 할 것 없이 모두 집 밖으로 나와 저 외딴 영주 저택까지 이르는 도로변에 줄지어 서 있었다.

취주악단이 문밖으로 나왔다. 악기 소리는 황금빛 들판을 가득 채웠다. 악대의 뒤를 따라 천 명가량의 어린이들이 행진을 했다. 행진하는 어린이들의 뒤에는 거대한 십자가에 못 박힌 예수님을 어깨에 멘 돈 까밀로가 품위 있는 발걸음으로 뚜벅뚜벅 걷고 있었다. 그의 뒤에는 마을의 기수단들이 따르고, 어깨에 이탈리아의 국기를 두른 뻬뽀네와 마을 자치회 회원들이 그 뒤를 따랐다. 행렬이 앞으로 나아감에 따라 길가에 줄지어 있던 사람들도 하나둘 발걸음을 옮겨 십자가 행렬의 뒤를 따랐다.

나무로 된 커다란 십자가는 정말 무거웠다. 그것을 지탱하는 가죽 벨트는 돈 까밀로의 어깨를 자꾸만 옥죄어왔다. 참으로 힘들고 먼 길이었다.

"예수님."

갑자기 돈 까밀로가 속삭였다.

"제 심장이 터지기 전에 성당에 도착해서, 제단 위의 예수님을 어서 빨리 보고 싶습니다."

"곧 도착할 거다. 네 가슴이 터져 죽기 전에 말이다."

예수님이 대답하셨다. 그분은 전보다 더 찬란하고 아름답게 보였다. 마침내 돈 까밀로와 예수님은 제자리로 돌아오게 되었다.

문화재 관리청에서 몸집이 통통한 관리위원 한 사람이 주교 비서와 함께 갑자기 사제관을 찾아왔다. 신문에서 요란하게 떠들어댔던 그 유명한 십자가를 조사하기 위해서였다. 그는 위에서 아래까지 십자가를 꼼꼼히 살펴보더니, 전문가에게 보내 보수 공사를 하는 것이 좋겠다고 선언했다.

"십자가는 한 발짝도 움직일 수 없습니다. 게다가 나는 보수 공사를 원치 않소."

돈 까밀로는 굳은 얼굴로 대답했다.

돈 까밀로의 눈에서 불똥이 튀는 것을 본 주교 비서는 가만히 있지 못하고 앞으로 나서며 말했다.

"신부님, 우리 농담 따위는 그만둡시다. 예수님의 오른쪽 손목이 부러져 있고, 어떤 멍청이가 십자가를 녹슨 쇳조각으로 아무렇게나 붙여 놓았더군요. 이런 사실을 몰랐다고 말씀하시지는 마십시오."

"누가 모른다고 했소?"

돈 까밀로가 언성을 높였다.

"당신이 말하는 '십자가를 철사로 고정시켜 놓은 멍청이'가 바로 나란 말이오."

정부에서 나온 그 문화재 관리위원은 설쳐대기를 좋아하는 위인이었다. 그는 1925년에 만들어진 도자기의 사금파리 한 조각을 찾아내기 위해서라면 다리 건설을 20년이라도 미룰 수 있는 관리 중 하나였다. 그런가 하면, 티투스의 개선문을 부순 뒤, 그 자리에 현대식 주유소가 들어서더라도 입도 벙긋하지 않을 사람이었다.

그는 고개를 가로저으며 겸손한 척 웃었다.

"자, 신부님. 우리 시간을 허비하지 맙시다. 그 십자가를 가지러 오는 사람이 신부님께 인수증을 끊어 드릴 겁니다."

돈 까밀로는 우습다는 듯 미소를 지으며 아주 솔직하게 그 인수증이 무슨 쓸모가 있는지를 물었다. 그리고 성당을 나가는 문은 들어올 때의 문과 같다는 것을 그 관리에게 상기시켜 주었다. 하지만 문화재 관리위원 역시 여간내기가 아니었다. 제법 그럴싸하게 교수질도 했다는 자부심도 갖고 있었다. 그는 엉덩이를 안락의자에 턱 하니 붙이고 앉아 칠면조처럼 가슴을 부풀리며 말했다.

"신부님, 나는 문화재 관리청의 대표자입니다!"

"선생, 1944년 10월 15일 아침에 문화재 관리청 같은 건 없었소."

돈 까밀로가 톡 쏘아붙였다.

"그러나 나를 대표로 하는 사람들은 이곳에 있었지."

"신부님, 우리와 말장난을 하실 생각은 아예 마십시오!"

주교 비서가 참지 못하고 소리쳤다.

"말장난이 아니오. 여기에는 적어도 300명의 목격자가 생존해 있소. 당신들이 원한다면, 종을 울려 당장에 그들을 이곳으로 모을 수도 있소."

비서 신부는 산간 지방 출신이고, 정부 관리인은 로마 출신이었지만 그들은 뽀 강 골짜기에 살고 있는 사람들이 쉽게 흥분하는 기질이라는 건 진작부터 알고 있었다.

"신부님, 그렇게 빙빙 돌리지 마시고 하고 싶은 얘기를 속 시원히 해보시지요."

관리위원이 손을 흔들며 말했다.

"전쟁 때 얘기요."

돈 까밀로가 이야기를 시작했다.

"독일군이 마을로 들어와 장갑차와 다른 차량을 길가 가로수 밑에 숨겨놓았소. 그리고 성당 현관 밑에도, 성당 마당에도, 지금 우리가 있는 이곳에도 말이오. 그런데 어느 용감한 레지스탕스 대원 하나가 독일군의 이동상황을 비밀 무선 전신으로 낱낱이 연합군에게 보냈다오. 연합군은 그 정보를 받자마자 재빨리 B-24 폭격기 편대를 발진시켰소. 드디어 그 폭격기 편대가 어느 일요일 아침, 이 마을을 공습해 왔소. 정말 생지옥이었지. 누구도 미사가 거행되고 있던 성당에서 움직이지 않았소. 나 역시 꿈쩍하지 않았고. 나는 군종 신부였기 때문에 폭탄과는 이미 친해져 있었으니까 더 그랬소. 성찬식 때, 폭탄 하나가 종지기네 집 지붕꼭대기에 떨어져서 폭발했소. 이어 커다란 파편 조각 하나가 제단 뒤에 있던 성가대의 유리창을 깨뜨리고 들어왔소. 그러나 예수님이 우리를 지켜 주셨소. 십자가상의 오른팔을 들어 파편을 막아주셨던 거요. 물론 당신들은 웃겠지요. 제단 위의 예수님은 단지 나뭇조각에 불과하다고…. 그러나 성당 안에 있던 사람들이 생각할 때에는 나무로 만들어진 게 아니라 살과 피로 만들어졌소. 그들의 믿음은 두려움보다 훨씬 더 강했소. 그들은 꿈쩍도 하지 않고 성당에서 기도를 올리고 있었으니까. 파편은 예수님의 손목과 십자가의 끝을 부러뜨렸소. 거기 나무못으로 박혀 있던 오른손이 바로 제단 앞으로 굴러떨어진 것이오. 성당 안에 있던 사람들이 저 가엾은 손이 제단 앞에 놓여 있는 것을 보았다오. 세상의 죄를 한 몸에 지고 돌아가신 하느님의 어린양이시여…. 이제 당신들은 내 말을 이해할 수 있을 거요. 이게 바로 내가 하고 싶은 짤막한 전쟁 이야기라오. 이런 얘기를 주교회의에 출석해 말씀드린다면 그곳의 성스런 주교님들도 웃어댈까요? 어쨌든 뽀 강 골짜기 사람들은 이런 전쟁 이야기를 좋아한다오. 그래서 사람들은 모두, 그 일을 기억하고 있는 노인들과 그들에게서 얘기를 전해 들은 젊은이들이 제단 앞에 떨어진 그 불쌍한 손의 이야기를 잊지 않고 있는 거라오. 나도 당연히 우리 마을 사람들과 똑같은 사람이오. 나는 늙은 신부요. 나는 예수님이 부상당하신 곳을 보수하기 위한답시고 마구 뜯어고쳐서는 안 된다고 믿고 있소. 존경하는 비서 신부님께서 '녹슨 쇳조각' 운운했던 그 쇠조각은 바로 우리 주님의 손목을 잘랐던 그 파편조각이오. 나는 그 쇳조각을 십자가 뒤에다 고정하기 위해 송곳으로 구멍을 뚫어야만 했소. 그렇지 않았더라면 떨어져 버렸을지도 모르니…. 다시 전쟁을 일으키지 않기 위해서라도 전쟁의 상흔을 남겨놓아야 할 것이오. 어쨌든 나는 알고 있소. 선생이 이런 하찮은 전쟁이야기나 듣고 있을 시간이 없다는 걸 말이오. 선생은 정부의 명을 받고…."

"항상 그렇지는 않습니다."

문화재 관리청의 관리가 말했다.

"가끔 저는 개인자격으로도 방문합니다. 그리고 제가 보는 견지에서는 저 물건들은 지금 그대로 두는 게 좋을 것 같습니다. 저 십자가는 정말로 훌륭한 예술품이니까요. 거기에 손을 댈 필요는 없다고 봅니다. 제 개인적인 판단으로는…."

"전적으로 선생의 생각에 동감하는 바요."

돈 까밀로는 고개를 끄덕이면서 대답했다.

요즘 젊은 것들은 미쳤어

사람들은 핵에너지를 통제하는 법을 발견하는데 성공했지만 돈 까밀로의 조카 캣의 비뚤어진 마음을 통제하는 방법은 아직 발견하지 못했다.

캣은 새로운 전법을 쓰고 있었다. 그녀는 종지기의 집에서 낙서를 하며 틀어박혀 있다가 이따금 오토바이를 타고는 어디론가 훌쩍 사라지곤 했다.

그녀는 어디로 갔을까. 아무도 알지 못했다. 돈 까밀로에게는 자전거 한 대밖에 없었다. 그리고 그는 골칫덩이 조카의 뒤를 쫓아다닐 형편도 못 되었다. 그래서 그는 처음으로 뻬뽀네에게 도움을 청하기로 마음먹었다. 때마침 사제관 앞을 지나가던 뻬뽀네를 돈 까밀로가 불러세웠다.

"읍장 동지!"

돈 까밀로가 말했다.

"자네 아들 미켈레와 이야기 좀 하고 싶은데, 나 대신 자네가 얘기 좀 전해 줄 수 있겠나?"

"싫소."

뻬뽀네가 대답했다.

"내가 그놈한테 해 줄 수 있는 거라곤 머리통을 갈겨주는 것뿐이오."

"저런, 그게 무슨 말인가. 우리 마을은 한동안 조용했네. 불량배들이 다투는 소리도 없고 자네 아들도 통 보이지 않더군. 혹시 그 애가 어디 아픈 건 아닌가 생각했네."

"그래요. 아픕니다!"

뻬뽀네가 소리쳤다.

"그놈 머리통에 병이 들었나 봅니다. 어찌 된 일인지 도무지 군대 갈 생각을 안 하고 있어요. 병역 기피자가 될 작정인가…. 그래서 평생 경찰한테 쫓기는 도망자로 살아가려는 모양입니다."

"자네는 정말 자랑스러운 아들을 두었구먼그래."

돈 까밀로가 말했다.

"미켈레는 분명 집회에서 군국주의를 반대하는 읍장 동무의 연설을 들은 게 틀림없어. 얼마 전에 있었던 집회에서 자네는 감옥은 도둑을 길러내는 학교이고, 군대는 살인자를 길러내는 학교라고 했잖은가. 나도 똑똑히 들었네."

"그건 베트남에 대한 미국의 태도를 지적한 것이오!"

뻬뽀네가 항변했다.

"미켈레가 그 알량한 병역 거부에 대한 이야기를 처음 들은 장소는 신부님 성당이오. 내 연설에서 들은 게 아니오."

"돈 키키가 말한 것까지 내가 책임질 수는 없네."

돈 까밀로가 소리쳤다.

"내겐 돈 까밀로건 돈 키키건 똑같아. 아무것도 모르는 사람들에게 신의 이름을 팔아 그들을 현혹시키는 건 다 마찬가지요."

뻬뽀네는 무섭게 흥분해서 신부들은 우물에서 숭늉을 찾아 먹고 대머리들을 꾀어서 파마를 시키는 것들이라고 욕을 퍼부어댔다. 돈 까밀로는 잠시 자제력을 잃을 뻔했으나 곧 침착을 되찾았다.

"읍장 동지!"

그는 조용한 목소리로 말했다.

"이 세상 사람들은 모두 조금씩 다른 사람들을 괴롭히며 살고 있다네. 이 세상은 이기심과 무관심이 지배하고 있지. 자네와 나는 아주 오래전에 끝났어야 할 무의미한 싸움을 여태껏 계속하고 있다니, 우리 둘 다 유령 같다는 생각이 들지 않나? 자네는 우리 각자가 자기의 신념을 위해 싸우다가, 끝내는 버림을 받게 될 것이라는 생각을 해 본 적이 없나? 자네는 자네의 인민에게, 나는 나의 신자들에게 버림을 받게 될 걸세. 그렇게 되면 우리는 옷도 제대로 못 입고, 다리 밑에서 함께 웅크리고 자야 하는 신세가 될 거야."

뻬뽀네가 코웃음을 치며 말했다.

"그런다고 뭐가 달라지겠소? 보나 마나 우리는 그때도 다리 밑에서도 계속 싸우고 있겠지."

돈 까밀로는 진정한 친구를 갖는 것이 불가능한 이 더럽고 치사한 세상에서, 가장 큰 위안은 진정한 라이벌을 만나는 것이라고 생각했다. 그래서 그는 대답했다.

"참으로 옳은 말일세, 읍장 동지. 하지만 내게 벨레노를 보내 주게."

*

벨레노가 모습을 나타냈다. 그는 얼굴이 더 검어졌고, 머리카락이 눈까지 덮었다.

"더우면 가발을 벗어도 좋아."

돈 까밀로가 말했다.

"가발은 저의 집 벽장 속에 있습니다, 신부님."

벨레노가 대답했다.

"이 머리털은 모두 제 것입죠. 삼손의 머리털처럼 다시 자랐습니다."

"그거 잘됐구나. 삼손처럼 이제 너도 다시 힘이 생겼으니 모든 것을 쳐부술 작정이겠구나."

"아녜요, 나는 아무것도 부수고 싶지 않아요. 군대도 가고 싶지 않고요. 이제는 다시 전쟁이 일어나지 말아야 합니다. 우리 젊은이들은 평화를 원해요. 전쟁이 일어나길 원하신다면 신부님처럼 나이 많은 분들이 나가 싸우세요."

장발의 벨레노가 퉁명스럽게 대답했다.

"나도 전쟁을 원하는 건 아니다. 나는 저 악마 같은 캣이 무슨 일을 꾸미고 있는지 알고 싶을 뿐이야. 툭하면 사라져버리니까 말이다. 난 그저 캣이 도시의 불량배들과 다시 어울리는 것이 아닌지 걱정스럽구나. 너는 거기에 대해 아는 게 없니?"

돈 까밀로가 물었다.

벨레노는 숱이 많은 커다란 머리를 가로저었다.

"사실, 저도 그것이 궁금해서 그 애 뒤를 몰래 뒤따라간 적이 있었어요. 그런데 그 애가 그걸 눈치채고 뒤를 돌아다보더니 제게 쏘아붙이더라고요. 자기 일에 참견하지 말고 제 일이나 잘 하라고요. 그러니 신부님이 아무리 부탁해도 저는 그 애를 미행하러 다닐 권리가 없습니다."

"그렇지만 나는 그럴 권리뿐만 아니라 의무까지 갖고 있다네."

돈 까밀로가 명령하듯이 말했다.

"차를 한 대 빌리게. 그리고 그 안에 앉아 망을 봐주게. 수고비는 나중에 지불할 테니까."

"아녜요, 자동차 렌트비만 주시면 그걸로 충분해요. 저에게는 그 애송이를 골탕먹이는 일이 최고의 수고비니까요. 준비가 되시면 바로 휘파람을 불어주세요, 신부님."

돈 까밀로는 휘파람을 불 필요가 없었다. 이틀 뒤, 캣이 그녀의 오토바이에 올라타고 바람처럼 사라졌기 때문이다. 그러나 벨레노는 이미 캣이 모퉁이를 돌아가기 전에 사제관 앞에 와 있었다. 돈 까밀로는 차에 올라타고 캣의 뒤를 쫓기 시작했다. 벨레노는 곡예를 부리듯 차를 몰아 금세 그녀를 따라잡았다.

도시에서 10킬로미터 정도 떨어진 곳에 이르자 캣은 대로를 버리고 들판으로 가는 작은 길로 접어들었다. 벨레노 역시 그 길을 따라갔다. 잠시 후 캣은 어느 철문 안으로 들어갔다. 그 문에서부터 키 큰 미루나무가 늘어선 기다란 길이 계속 이어져 있었다.

돈 까밀로와 벨레노는 문이 잠겨져 있어서 안으로 들어갈 수 없었다.

문 왼쪽에는 작은 집이 한 채 있었다.

벨레노가 경적을 길게 울리자 관리인 같은 남자가 나타났다.

"회원이십니까?"

그 남자가 물었다.

"무슨 회원?"

돈 까밀로가 물었다.

"무슨 회원인지 모른다면 여기 계실 필요가 없습니다."

그 남자가 쏘아붙이더니 집 안으로 들어가 버렸다. 그는 분명히 신부와 장발족에 대해 뭔가를 들은 것 같았다.

그 집은 길을 따라 높은 철조망으로 둘러싸여 있었다.

"신부님, 이 집 주위를 둘러볼까요? 들어갈 수 있는 다른 방법이나 아니면 여기가 뭘 하는 곳인지는 알아내야지요."

벨레노가 자동차에 다시 시동을 걸면서 말했다.

그 집. 첫 번째 모퉁이를 돌자 아까와 똑같은 상황이 펼쳐졌다. 도랑과 높은 철조망을 두른 담장, 그리고 굵은 가시가 돋쳐 있는 관목숲이 빽빽이 나타났다.

벨레노가 차를 세웠다.

"신부님, 괜찮으시다면 제가 절단기를 가지고 오겠습니다. 철망을 끊고 안으로 들어가 볼게요. 뭔가 냄새가 나는데요."

벨레노가 돈 까밀로 쪽으로 고개를 돌리며 말했다.

"아직은 안 돼. 주위를 더 살펴보자."

돈 까밀로가 대답했다.

바로 그때 부르릉거리는 모터 소리가 들렸다. 비행기 한 대가 철조망 안쪽에서 날아올라 그들의 머리 위로 지나갔다.

그들은 차에서 내려 비행기를 쳐다보았다. 비행기는 몇 바퀴를 빙빙 돌며 부근을 배회하다가, 2천 미터 상공으로 치솟듯이 올라갔다. 갑자기 비행기에서 무엇인가 떨어지기 시작했다. 커다란 흰색 꽃이 푸른 가을 하늘에 활짝 피어났다. 정말 멋진 광경이었다.

"나는 스카이다이빙을 하면서 스릴을 즐긴다는 저런 정신 나간 사람들을 도대체 이해할 수가 없어요!"

벨레노가 머리를 저으며 말했다.

그러나 그들도 거기에 있었기 때문에, 스카이다이빙의 스릴을 간접적으로나마 느낄 수 있었다. 거대한 흰 풍선에 매달려 있는 작은 점은 밧줄을 이용해서 능란하게 움직이고 있었다. 처음엔 모든 것이 잘되어 가는 것처럼 보였다. 그런데 갑자기 무시무시한 광풍이 불어닥치더니 낙하산을 강 쪽으로 날려 보내는 게 아닌가.

"이크, 저 낙하산이 추락하고 있다. 어디로 떨어질지 누가 알겠나. 어서 달려가 보자!"

돈 까밀로가 소리쳤다.

그들은 다시 차를 타고 그 표류자를 좇아갔다.

벨레노가 중얼거렸다.

"신부들은 다 저렇다니까! 죽어가는 영혼을 하느님한테 맡길 수 있는 기회만 생겼다 하면 저렇듯 죽자사자 덤벼든다니까."

낙하산은 고도를 잃어가고 있었다. 벨레노는 좁은 샛길과 먼지 나는 길을 마치 미치광이처럼 달음박질해 가까스로 낙하산을 따라잡았다.

"으악, 고압선이다!"

고압선을 향해 내려오는 낙하산을 발견한 돈 까밀로가 놀라 소리쳤다. 그러나 하느님은 저런 비행물체에 까지도 삼위일체의 신비를 보여주시는 모양이었다. 강한 바람이 불어와 낙하산이 전선 위쪽으로 날아갔다.

"신부님, 낙하산이 뽀 강 쪽으로 날아가고 있어요!"

벨레노가 외쳤다.

하얀 낙하산은 제방의 끝에 있는 들판을 지나 푸른 잔디 위에 떨어졌다.

*

벨레노는 좁고 먼지 나는 강둑 아래로 차를 몰았다. 그리고 타작마당을 가로질러 최대 속도로, 닭떼를 흩어놓으면서 낙하산이 떨어진 곳으로 달렸다. 마침내 그들은 축축한 잔디 위에 뒹굴고 있는 스카이다이버를 발견했다. 그 작은 사람은 낙하산 멜빵에서 빠져나와 막 헬멧을 벗고 있는 중이었다.

갑자기 태양 빛에 반짝거리는 캣의 빨간색 머리가 헬멧 밑에서 불쑥 나타났다. 돈 까밀로는 마지막 몇 발짝을 캥거루처럼 펄쩍펄쩍 뛰면서 다가갔다.

"어떻게 된 애가 정신 나간 짓만 골라서 하느냐!"

돈 까밀로가 소리쳤다.

캣은 담배에 불을 붙이면서 말대꾸했다.

"이건 시골 신부나 시골뜨기 깡패를 위한 스포츠가 아녜요."

"그럼 너 같은 여자애를 위해서 만들어졌단 말이냐?"

돈 까밀로가 호통쳤다.

"제 아버지가 했었는데 왜 제가 하면 안 되죠?"

"네 아버지는 전쟁 때문에 할 수 없이 이걸 했던 거란다. 전쟁은 사람들에게 미친 짓을 강요하니까 말이다."

돈 까밀로가 말했다.

"아니, 우리 아버지는 용기가 있는 사람이었기 때문에 이걸 했던 거예요. 물론 세상에는 낙하산을 탈 엄두도 못 내는 겁쟁이들이 너무 많지만요."

낙하장에 있던 사람들이 달려왔다. 그들이 이 광경을 보고 매우 당황해 하자 캣이 진정시키며 말했다.

"걱정하지 말아요. 이 사람들 때문에 실수한 거예요. 나의 존경하는 신부 아저씨하고 복사 아이예요."

"너 그게 무슨 말이냐?"

돈 까밀로가 중얼거렸다.

"그놈의 낙하산이 차라리 펼쳐지지 말았어야 했는데…."

벨레노는 이를 악물고 있었다. 캣에게 무시당한 그는 화가 나서 미칠 지경이었다. 벨레노는 돈 까밀로를 사제관에 내려준 뒤에야 비로소 말문을 열었다.

"저 건방진 계집애한테 내가 어떤 사람인지 보여 주고 말겠어요!"

그 목소리에는 돈 까밀로도 오싹해질 만큼 커다란 증오심이 담겨 있었다. 그날부터 마을에서는 벨레노의 모습이 보이지 않았다. 얼마 뒤, 돈 까밀로는 뻬뽀네에게서 벨레노의 소식을 들었다. 아니 사실은, 벨레노에게 무슨 일이 일어났는지 돈 까밀로가 먼저 뻬뽀네에게 물었다.

뻬뽀네가 대답했다.

"신부님네 하느님은 잘 알고 있을 것 아뇨? 처음에 미켈레는 군대에 입대하는 걸 거부했소. 그리고 군대에 안 가려고 온갖 짓을 다 했었지요. 그러던 애가 갑자기 한 달이나 앞당겨 집을 떠났소. 무슨 악마 같은 음모가 있었는지 모르지만, 낙하산병 훈련학교에 입소하기 위해 별별 짓을 다 했답니다. 신부님도 아시지요? 낙하산병 훈련이 어떤지 말이오! 비행기 밖으로 보잘 것 없는 천 조각을 뒤집어쓰고 땅으로 떨어지는 미친 짓을 말이요. 좀 물어봅시다. 도대체 왜, 미켈레의 마음속에 그런 생각이 든 걸까요?"

"난들 알겠나."

돈 까밀로가 한숨지었다.

"요즘 젊은 것들은 모두 미쳤어!"

"정말 완전히 미쳐 버렸소."

뻬뽀네가 소리 질렀다.

"도대체 하늘에서 뛰어내리다가 사고나 나지 않을까 해서 잠도 제대로 못 잘 부모 생각은 하지도 않으니…. 낙하산이 안 펼쳐지면 그땐 두말할 것도 없는 개죽음 아니오?"

"물론 그렇지. 그러나 진짜 위험한 짓은 그게 아니라네."

진짜 위험한 장면을 목격했던 돈 까밀로는 혼잣말로 중얼거렸다.

미카엘 대천사의 날개

사제관 식당은 예전에 비해 특별히 달라진 구석이 없었다. 그러나 돈 까밀로는 뭔가 달라졌다는 느낌을 강하게 받았다. 왜냐하면 식당은 눈을 감고도 구석구석에 무엇이 있는지 다 알 수 있을 만큼 익숙한 장소였기 때문이다. 가구와 가구 사이에, 벽과 벽 사이에, 밝은 곳과 어두운 곳 사이에 뭔가 균형이 깨져 있었다. 그는 여기저기 둘러보며 곰곰이 생각해 보았다.

돈 까밀로는 식당 안을 네 번이나 살펴보았다. 마침내 그는 작고 오래된 요한 성자의 초상화가 없어졌다는 것을 발견했다.

데졸리나는 그것에 대해 전혀 아는 바가 없다고 말했다. 몇 번을 찾아보았으나 헛일이었다. 결국 돈 까밀로는 성화를 도둑맞았다고 결론짓고 이렇게 말했다.

"경찰서에 도난 신고하러 가겠네."

"그럴 필요 없어요."

때마침 식당 안으로 들어서던 캣이 말했다. 그녀는 오토바이를 타고 짙은 안갯속을 달려와서인지 가죽 재킷이 물기로 반짝거렸다.

"그럴 필요가 없다고?"

"그 성화는 바로 여기 있기 때문이죠."

캣이 손에 들고 있던 가방에서 요한 성자의 초상화를 꺼내, 원래의 자리에 걸어 두면서 대답했다.

"나는 이걸 도시에 있는 감정사에게 가져갔었어요. 그는 이 그림값으로 50만 리라를 제의했어요."

"쓸데없는 소리 하지 마라!"

돈 까밀로가 호통쳤다.

"그건 주교님이 20년 전에 나에게 선물로 준 성화야. 얼마나 소중한 초상화인데 왜 내가 그걸 팔아?"

"소문을 피하기 위해서지요."

캣이 조용히 그러나 뻔뻔스럽게 말했다.

"이렇게 생각해 보세요. 사람들로부터 아주 존경받는 신부님이 자기 조카를 '새 사람' 으로 만들려고 데리고 있었다. 그런데 그 조카가 사고를 저질러 사생아를 낳게 되었다. 나는 이런 상태로는 정숙하신 어머니에게로 돌아갈 수는 없어요. 더 이상 어머니에게 충격을 주지 않기 위해서 멀리 떠나려고 작정했어요. 좋은 일자리를 구해서 내 힘으로 아이를 키우려고요. 그렇게 하려니 돈이 필요해요. 삼촌은 내가 도시의 술집 여자로 전전하는 걸 원하진 않으시겠죠."

"내가 진실로, 진정으로 원하는 것은 제발 네가 하느님의 벌을 받고 죽어버렸으면 하는 것뿐이다!"

돈 까밀로는 생각만 해도 끔찍한 일에 질려버린 듯 호통을 쳤다.

"네가 이렇게까지 타락할 줄은 정말 몰랐구나!"

"아이를 가지는 것은 타락하는 것과는 아무런 상관이 없어요."

"이 몹쓸 녀석아! 네가 한 짓이 네 어미에게 얼마만큼 아픔과 상처를 줄 건지 생각이나 해 봤느냐?"

돈 까밀로가 소리쳤다.

"전혀요, 하지만 벨레노가 내게 준 충격에 대해서는 생각해 보았어요."

"벨레노라고! 너는 그놈 꼴도 보기 싫어하지 않았느냐?"

"물론 꼴도 보기 싫어 쳐다보지도 않았지요. 그때는 새벽 2시였거든요."

그 뻔뻔스러운 말에 예수님이라도 화를 낼 지경이었다. 돈 까밀로는 주먹을 꽉 움켜쥐었다.

"도망갈 생각은 아예 하지 마라. 당장에 네 뼈를 몽땅 분질러 놓을 테니까!"

"그럼 저처럼 임신한 여자를 때리시겠다는 말씀이세요? 하긴 삼촌은 한 번도 엄마가 되어 본 적이 없으니 이해를 못 하시겠지요…."

캣이 발끈 화를 내며 대답했다.

돈 까밀로는 결정이 신속한 사람이었다. 그는 정원으로 뛰쳐 나갔다. 그러더니 밖에서 창문의 커튼을 활짝 열어젖히더니, 창문의 두꺼운 창살 틈으로 말했다.

"이 창문에서 물러나 있거라. 내 손에 잡히기만 하면, 모가지를 비틀어버릴 테니까 말이다. 자, 내 질문에 똑바로 대답해라. 사고를 저지른 놈팡이가 진짜 벨레노냐?"

캣은 벽난로 앞에 앉아 있었다. 그녀는 담배에 불을 붙이더니 조용히 연기를 내뿜었다.

"사랑하는 아저씨, 사고를 저지르는 사람은 바로 아저씨예요. 그리고 누구더러 놈팡이라는 거예요? 벨레노는…."

"벨레노! 이 때려죽일 놈 같으니. 일을 저질렀으면 마땅히 자신의 행위에 대해서 책임을 져야지. 서둘러 결혼식을 올려야겠다."

돈 까밀로가 창틀을 덜컹거리며 고함을 질렀다.

그녀는 코웃음을 치며 말했다.

"오, 사랑하고 존경하는 아저씨. 언제부터 우리가 중세로 다시 돌아왔나요? 가문의 명예를 지키기 위해 열네 살의 소녀가 결혼해야만 했던 시대 말이에요. 그래서 토끼처럼 밤낮없이 자식들을 낳고, 그런 다음에는 그 자식들을 광장이나 시청의 회랑 아래로 내몰아 구걸하게 하란 말인가요? 그게 교회의 윤리인가요? 어떻게 실수를 저지른 바보 같은 두 젊은이에게 혼배성사를 주려는 거예요? 그렇게 해서 이룩된 가정이 가정이랄 수 있나요? 타락한 미혼모보다는 어쩔 수 없이 의무감 때문에 결혼해서 인생을 망치는 젊은이들이 사실은 훨씬 더 많다고요. 나는 내 가족과 결혼을 존중해요. 사람이 한 사람을 선택해 가정을 꾸미려면 얼마나 많이 고민해야 하는지 아시잖아요? 조그마한 2마력짜리 경차를 운전하려고 해도 열 페이지나 되는 끔찍한 시험을 치르고 면허증을 따야만 해요. 그러나 결혼이란 그것보다 천 배는 더 진지하고 위험한 거예요. 그렇게 중요하고 위험한 일을 겨우 신부 따위 앞에서 '네'라는 대답 한 마디로 뚝딱 해치워 버릴 수는 없어요."

돈 까밀로는 땀을 뻘뻘 흘렸다. 그는 화가 나서 죽을 지경이었다. 두 손으로 창살을 꽉 움켜쥐었다. 그의 위아래 이빨은 전부 사자처럼 악물려져 있었다.

"너를 소녀원에 처넣어 버리겠다!"

돈 까밀로가 내뱉듯이 말했다.

"그럴 순 없어요. 어제 날짜로 나는 법적으로 성인이 됐거든요. 이제는 누구도 내게 이래라저래라 할 수 없어요."

돈 까밀로는 쇠창살을 그의 이빨로 물어뜯을 뻔했다. 잠시 후 그는 악을 쓰며 말했다.

"그 빌어먹을 그림을 가져다가 팔아! 그리고 곧장 지옥으로 떨어져 버려라!"

캣은 타고 있는 장작 위로 담배꽁초를 집어 던지고 자리에서 일어났다. 그리고 그림을 떼어서 가방 속에 넣고는 유유히 문으로 다가갔다.

"고마워요! 아저씨, 나중에 봐요."

그녀는 얼굴에 미소를 머금으며 말했다.

"만약 아들을 낳으면 이름을 까밀로라고 지을게요. 내기해도 좋아요."

*

빼뽀네의 아내는 모피코트를 갖고 싶어 했다. 오페라 주연 여가수들이 걸칠 법한 그런 몇천만 리라짜리가 아니라 100만 리라가 안 되는 작은 밍크 목도리라도 하나 갖고 싶어 했다. 그러나 빼뽀네는 아내의 부탁을 들어주기는커녕 오히려 호통을 쳤다.

"이봐, 생각 좀 해봐. 그렇지 않아도 사람들은 내가 부르주아가 되어간다며 난리법석을 피우고 있어. 그런 판에 밍크를 사달라니 그게 될 법이나 한 소리야?"

"이거 봐요. 우리는 러시아에서 살고 있는 게 아니에요. 그리고 우리 마을에는 당 감시원도 없잖아요."

빼뽀네의 아내가 대꾸했다.

"이봐, 우리 마을에는 천 명이 넘는 사람들이 살고 있어. 그 사람들이 모두 들고일어나서 떠들어 댈 거야. 내가 인민들의 돈을 착취하고, 그들의 피와 땀과 눈물을 빼앗아 부자가 되었다고 말이야."

"웃기는 소리 하지 마세요. 가게는 당신의 소유고, 당신 돈에 내 돈까지 투자해 정당하게 구입한 거잖아요."

"마리아! 이해가 안 돼? 만일 내가 광장에서 인민의 고통에 대한 연설을 하고, 뒤돌아서서 당신에게 값비싼 밍크 목도리를 사준다면, 그게 무슨 읍장이야. 사람들의 신뢰를 잃게 될 게 불 보듯 뻔하다고."

"그렇다면 인민의 고통에 대한 연설은 그만두세요. 그런다고 그들의 고통이 덜해지는 것도 아니잖아요? 당신 말고 다른 사람들은 남이 고통을 받건 말건, 내가 모피코트를 입건 말건, 자기 일에 바빠 정신이 없다고요."

바로 그때 누군가가 노크를 했다. 빼뽀네는 숨을 돌릴 기회를 얻었다. 그의 아내가 문을 열어 주자 캣이 들어오며 빼뽀네에게 말했다.

"읍장님, 정보를 좀 얻고 싶은데요."

"그런 일은 읍사무소로 가서 서기에게 물어봐."

"그럴 수는 없어요. 제 배속에 있는 아기의 아버지는 서기 아들이 아니라 읍장님 아들이니까요."

캣이 설명을 늘어놓았다. 빼뽀네는 벌어진 입을 다물지 못하고 멍하니 그녀를 바라보았다.

"너 혹시 정신 나간 거 아니냐?"

"전 멀쩡해요. 산부인과 의사한테 다녀오는 길이에요. 임신이 확실하대요."

"그럼, 어디 멀리 떨어진 곳으로 가서 아기를 낳든가!"

빼뽀네의 아내가 으르렁거렸다.

"정말 유쾌한데요."

캣은 조용히 말했다.

"우리 아저씨는 나를 보자마자 밖으로 내쫓았고 아기 아버지 벨레노는 군대에 가 있으니, 나는 읍사무소의 계단에 앉아 아기가 태어나기를 기다려야겠군요."

"내 아들 미켈레가 너하고 그런 종류의 관계를 했다고는 상상도 할 수 없다."

빼뽀네가 퉁명스럽게 말했다.

"그렇게까지 상상하기 어려운 일이 아니잖아요."

캣이 히죽대며 말했다.

"몇 달 뒤면 읍장님은 할아버지가 되니까요."

"내 아들하고 생긴 일이면 그 애한테 가서 따질 일이지 왜 여기 와서 난리냐, 난리가?"

빼뽀네의 아내는 화가 몹시 나는지 꽥하고 소리를 질렀다.

"당장 여기서 나가라!"

"잠깐만, 마리아!"

빼뽀네가 끼어들었다.

"이 아인 수치심 같은 게 없는 애야. 우리 체면이야 어떻게 되든 말든 아랑곳하지 않고 소문을 내고 다닐 거란 말이오."

"우리 아저씨와 똑같은 말씀을 하시는군요. 아저씨도 그 알량한 체면 때문에 제 발밑에 50만 리라를 던지면서 나가라고 하셨지요."

"이 창녀 같은 년!"

빼뽀네의 아내가 울부짖었다.

"뻔뻔스럽게도 내 남편의 직위를 이용해서 우리를 협박하는 게야? 설마 너 같은 게 내 아들하고 결혼할 수 있다고 생각하면 큰 오산이다!"

"결혼?"

캣이 냉소를 보냈다.

"저처럼 예쁘고 똑똑한 처녀가 댁의 아들처럼 멍청한 깡패하고 결혼할 것으로 보이세요?"

빼뽀네는 그의 아내가 캣의 목을 조르려고 덤비는 것을 급히 말리며 물었다.

"결혼 말고 네가 원하는 것이 무엇인지 물어봐도 되겠느냐?"

"여기를 떠나고 싶어요. 두 칸짜리 방이 있는 집을 구해서,

제 힘으로 아기를 키우고 싶어요. 나는 당신네 아들과 결혼해서 억지로 가정을 꾸릴 생각은 추호도 없어요. 나는 내 나름대로의 자존심과 명예 그리고 사고의 원칙도 갖고 있으니까요."

"저, 저년 말하는 것 좀 봐요!"

빼뽀네의 아내가 펄쩍 뛰었다.

"자존심도 있고, 명예도 있고, 사고의 원칙도 있대요!"

캣이 자리에 앉아 담배에 불을 붙였다.

"맞아요. 아주머니."

그녀는 미소를 지으며 대답했다.

"나는 아주머니가 아주머니 남편하고 한 것과 똑같은 짓을 아주머니 아들하고 했어요. 그렇지 않았다면 아주머니가 결혼한 뒤, 넉 달 만에 아들이 태어나는 의학적인 현상이 일어나지 않았겠죠. 우리가 서로 다른 점이 있다면 나는 당신처럼 울며불며 애걸복걸하면서 자기와 결혼해 주지 않는다면 달리는 기차에 뛰어들겠다고 애원하는 그런 창피스런 짓은 하지 않는다는 사실이죠."

"달리는 기차에 뛰어들겠다고 애원한 적은 없다."

부인이 항의했다.

"그건 사실이야."

빼뽀네가 동의했다.

"마리아는 기차가 아니라 뽀 강에 몸을 던지겠다고 했었지. 아무튼 자, 얘야. 대체 내게 바라는 게 무엇이냐?"

"돈이나 물건을 달라는 이야기를 하려고 온 건 아니에요. 제가 원하는 건 정당한 일자리예요."

"일자리? 나는 네게 줄 일자리가 없는데!"

"읍장님, 존경하는 돈 까밀로 신부님께서 주신 그림으로 훌륭한 트럭을 살 수 있었어요. 남은 돈으로는 로체타에 가구가 딸린 방 두 칸도 빌렸지요. 여기저기로 읍장님 가게의 물건을 팔러 돌아다닐 테니, 읍장님은 제가 판 물건에 대해 일정액의 수수료만 주시면 돼요."

"그렇다면 회사를 찾아가 판매 대리점을 신청하지 그러느냐?"

"네. 이미 알아보았어요. 그런데 어느 회사나 담보물이 있어야 한대요. 보증인도 있어야 하고요. 나는 그렇게 하기는 싫어요. 그러니 제 부탁을 들어주세요. 나는 내가 읍장님을 위해 물건을 파는 것이 아니라, 읍장님과 경쟁하고 있는 것처럼 보이게 할 테니까요."

캣의 악랄함에는 정말 한계가 없었다. 그녀는 현관에서 뻬뽀네 부부의 말다툼도 엿듣고 있었다. 그리고 비열하게 그것까지 이용했다.

"놀라지 마세요, 읍장님. 나는 사람들의 심리를 잘 알고 있어요. 그들은 자기들의 행복보다 남들의 불행을 더 즐거워하지요. 농부들은 다른 농부의 수확량이 보잘것없을 때 고소한 듯이 미소를 지어요. 성당에서도 마찬가지예요. 모두 믿음이 깊은 척 행동하지만 사실은 천국에 가고자 하는 생각보다는 얼마나 많은 사람이 지옥으로 갈 것인가를 아는 기쁨을 맛보려고 성당에 나가지요. 정치도 다르지 않아요. 가진 것도 별로 없는 프롤레타리아들은 자신들이 보다 더 잘살기 위해서가 아니라 부자들을 파멸시키는 즐거움을 얻기 위해서 투쟁합니다. 자, 읍장님. 이제 왜 우리가 이웃 사람들의 선량함과 지혜로움에 의지할 수 없는지 이해가 되죠? 그러니 우리가 그들의 사악함과 어리석음을 아주 약간 이용한다고 해도 그리 큰 잘못은 아닐 거예요. 그리고 읍장님, 언제까지 아주머니가 촌동네 여편네처럼 지내게 하실 거예요? 아무 걱정하지 말고 모피코트를 사 드리세요. 그러면 저 바보 같은 사람들은 읍장님을 미워하게 되겠죠. 당연히 읍장님 가게를 찾는 대신 나한테서 물건을 구입하려고 할 거예요. 아주머니는 모피코트가 생겨서 행복하고 나는 돈다발이 생겨서 행복하고, 일거양득 아니겠어요?"

"내가 너라면 그렇게 해 보겠구나."

뻬뽀네의 아내가 말했다.

"정말 깜찍한 년이야. 악마처럼 꾀도 많은…."

그러나 이것은 캣을 잘 봐준 말이었다. 왜냐하면 그녀는 악마보다 적어도 두 배는 더 사악했기 때문이다.

*

캣은 전보다 더 사랑스러워지고 더 부지런해지고 화려해졌다. 그녀는 장사에 소질이 있는지 시골 구석구석까지 차를 몰고 돌아다니며 세탁기, 식기 세척기, 냉장고, 텔레비전, 라디오 그리고 그 비슷한 기계들로 온 마을을 도배했다. 비밀스러운 거래 관계를 모르고 있는 사람들은 번창했던 삐뽀네의 커다란 가게에 손님들이 자꾸만 줄어드는 것을 보면서 고소해했다. 또 그들은 삐뽀네의 아내 마리아가 화려한 밍크 목도리를 하고, 번쩍이는 다이아몬드 반지를 끼고 있는 것을 보자, 그녀가 가게의 적자를 막기 위해 반지와 목도리를 전당 잡힐 때를 상상하면서 낄낄거렸다.

넉 달이 지났을 때, 캣은 대단히 많은 고객을 확보하게 되었다. 모든 일이 그녀의 생각대로 이루어지고 있었다. 그러던 어느 날, 갑자기 벨레노가 일주일짜리 휴가를 나왔다.

벨레노가 휴가를 얻어 집으로 돌아왔을 때, 삐뽀네는 마침 광장의 연단에서 연설하고 있었다. 그는 소리 높여 베트남전쟁을 비난하고, 미군의 만행을 규탄하는 중이었다. 연설은 거의 끝나가고 있었다. 삐뽀네의 말은 명확하고 뚜렷했다.

그러나 고개를 숙이고 청중을 바라보는 순간, 얼핏 맨 앞줄에 낙하산병 복장을 한 벨레노가 눈에 들어왔다. 늠름하고 남자답게 변한 벨레노의 키는 적어도 2미터는 되어 보였다. 삐뽀네의 입이 쩍 벌어졌다.

삐뽀네는 갑자기 벨레노가 미카엘 대천사처럼 느껴졌다. 손에는 칼도, 어깨에는 두 날개도 없었지만 틀림없이 그렇게 느껴졌다. 그러자 베트남이고, 미국이고 뭐고 할 것 없이 몽땅 머릿속에서 날아가 버렸다. 그는 연설을 짧게 끝내버렸다.

"…그러므로 오늘은 자유를 위하여 만세 삼창을 하고 끝마칩시다. 자유 만세! 자유 만세! 자유 만세!"

빼뽀네의 아내는 아들을 보자 남편보다 더 정신이 나갔다. 그래서 실제로 벨레노 어깨에 두 개의 날개가 있고, 오른손에는 칼이 있다고 믿을 정도였다. 심지어 그녀는 아들 머리 위에 미카엘 대천사 특유의 황금빛 후광이 번쩍이고 있다고 착각할 지경이었으니까. 그리하여 마리아는 울음을 터뜨렸고 절대로 해서는 안 될 말을 해버렸다.

"오, 미켈레. 저 가여운 캣을 어떻게 할 작정이니? 네가 그 애가 얼마나 용감하고 얼마나 열심히 일했는지를 안다면…."

벨레노는 그게 무슨 말씀이냐고 물었다. 그러자 그의 어머니는 캣이 네 아이를 가졌으니 네 피붙이를 그렇게 못 본 척 내버려 두면 안 된다고 설명했다.

벨레노는 즉시 오토바이에 올라타고 로체타로 달려갔다. 그는 로체타로 가는 도중, 스트라다차에서 저 불쌍하고 사랑스러운 소녀를 발견했다. 마침 그곳에는 동화에 나오는 한 장면처럼 엷은 실안개가 끼어 있었다.

벨레노가 그녀를 가로막았을 때, 캣은 트럭에 전자제품을 가득 싣고 운전하는 중이었다. 그녀는 벨레노를 보자 얼굴이 하얗게 질려 운전대를 될 수 있는 한 세게 움켜쥐었다. 캣은 숨이 멎는 것 같았다. 이런 한적한 시골 길에서 불쌍하고 사랑스러운 여자가 두 개의 날개를 달고, 황금빛 후광을 두른 채 손에 번쩍이는 큰 칼을 든 미카엘 대천사를 만난다는 것은 흔한 일이 아니었다.

"휴, 휴가 나온 거야?"

캣은 침착한 척 애를 썼지만 말을 더듬었다.

"그래, 네가 내 아이를 임신했다고 어머니가 그러시던데?"

"그래, 나도 그런 얘기를 들은 것 같아."

캣이 대답했다.

"하지만 나는 누구에게도 임신을 시킨 적 없어."

"그것참 잘 됐군."

미카엘 대천사가 위협하듯 번쩍이는 칼을 휘두르며 말했다.

"그런데 왜 네 아저씨와 우리 부모님에게 그런 황당한 이야기를 했지? 우리 사이에는 아무런 일도 없었는데 말이야!"

캣은 미카엘 성자의 날개가 별것 아니고 그의 칼도 번쩍이지 않는다는 판단이 들자 바로 이전의 그녀로 되돌아갔다.

"나는 이 땅에서 살아갈 권리가 있어, 그렇지 않니?"

그녀가 말했다.

"나는 뭔가 일을 찾아야만 했어! 그래서 그런 방법을 쓴 거야. 그렇지 않았다면 어떻게 우리 아저씨에게서 돈을 받아내고, 네 아버지가 내게 일자리를 줄 수 있었겠니? 혹시 너만 이 세상에서 살아갈 권리가 있다고 생각하는 것은 아니겠지?"

"그건 아니야!"

벨레노가 고함을 질렀다.

"왜, 하필이면 무엇 때문에 나를 골랐느냔 말이야?"

"왜, 하필이면 무엇 때문에?"

캣은 벨레노의 말을 도전적으로 흉내 내더니, 마치 번쩍이는 칼을 휘두르는 잔 다르크의 모습으로 변했다.

"넌 네가 누구라고 생각하니? 나는 너도 나처럼, 도덕군자인 척하는 범죄자들이 지배하는 이 불합리한 세상에서 싸우고자 한다고 생각했었지. 우리는 비록 서로 다른 집단에 속해 있지만 근본적으로는 닮았다고 생각했어. 대답해 봐, 위대한 반항아 벨레노씨! 늙은 바보들이 건설해서 우리를 교묘하게 속여 떠넘기려 하는 이 지겨운 세상이 싫지도 않니? 저 더럽고 늙은 위선자들이 존경받을 가치가 있다고 생각하니? 설마 군대에서 네 머리털을 자르면서 너의 반항적인 기질도 싹둑 잘라 버린 건 아니겠지?"

"아니야!"

"좋아, 그렇다면 우리가 살기 좋은 세상을 만들기 위해 저 늙은 바보들과 거짓말쟁이들을 이용하는 게 뭐가 나쁘지? 저 늙은 위선자들이 무서워하는 건 딱 한 가지야. 그건 바로 추문이지. 그래서 나는 추문으로 위협해서 그들을 떨게 했어. 내가 너를 이용한 이유는 네가 우리 중 한 사람이라고 생각했기 때문이야. 그렇지 않아? 화났어? 집으로 달려가서 사실이 아니라고 말하고 싶니? 너는 실제로 아무런 상관이 없다고, 나는 불량 소녀라고 말해 주고 싶니? 원한다면 그렇게 해 봐!"

"그만두자."

벨레노가 대답했다.

"나는 변하지 않았어. 아직도 우리가 일치단결해야만 한다는 것을 잘 알고 있어. 다만 내 생각엔…."

"네 생각엔?"

"네가 내 아이를 임신했다고 사람들에게 말한 이상 너는 그렇게 행동해야만 하는 거야. 그것이 우리의 반항을 정당화하는 길이라고 생각해."

"난 극단주의는 질색이야. 그리고 넌 내가 원하는 이상형도 아니고."

캣이 대꾸했다.

"그럼, 네가 바라는 이상형은 어떤 건데?"

벨레노가 퉁명스레 물었다.

"그 깡패 자식 링고? 당장 그놈 면상을 날려 버릴 테다!"

"그런 소리 마! 링고는 자기 아주머니에게 냉장고를, 자기 누나에게 식기 세척기를, 형수에게는 세탁기를 팔도록 도와주었어. 그렇다고 해서 링고가 내가 원하는 이상형이라는 얘기는 아니야."

벨레노가 머리를 흔들었다.

"대체 왜 내가 이상형이 아니라는 거야?"

"그게 그렇게 심각한 문제니?"

"어쨌든 마을로 가자. 나는 이 고장 최고의 운전사야. 모든 사람들이 다 내가 훌륭하다고 생각할걸."

"나만큼 훌륭해?"

"너는 훌륭한 구석이라곤 하나도 없어. 넌 미쳤다고. 또 나는 유도를 할 수 있고 태권도도 배우고 있어."

"흥, 이제 정식으로 깡패가 되겠구나."

캣이 말했다.

"어린애에 대해서 말인데."

벨레노가 집요하게 물었다.

"아무 일도 없었다는 것을 사람들이 알게 되면, 너는 뭐라고 설명할 거니?"

"나는 이미 상당수 판로와 고객을 확보하고 있어. 그러니 네가 잠시만 입을 다물고 있어주면 돼."

"좋아, 벨레노는 훌륭한 청년이라서 적의 편은 들지 않는다!"

"오래 머물 거니?"

"내일 아침에 떠날 거야. 원한다면 내 주소를 가르쳐줄게. 필요할지도 모르니까."

"별로 필요할 것 같지 않은데, 어쨌든 가르쳐줘. 그럼 내 명함도 줄게."

"좋아, 훈련소에다 냉장고를 팔 수 있을지도 모르니까."

캣의 명함을 받아 든 미카엘 대천사는 자신의 한쪽 날개에서 깃털을 하나 뽑아서 주소를 쓴 뒤, 그것을 그녀에게 건네주었다. 그러고는 한마디 말도 없이 떠나 버렸다. 그렇다. 요즘 젊은이들은 늘 이런 식이었다. 거칠고 메마르고 무정하기 짝이 없었다.

안갯속으로 멀어져가는 벨레노를 배웅하면서 캣은 미카엘 대천사의 날개가 둘이 아니라 넷이라는 것을 깨달았다.

어린양의 고백

돈 까밀로는 종지기네 집 벽난로 앞에 앉아 밤을 굽고 있었다. 그는 잘 익은 밤껍질을 손톱으로 벗기며 동심에 젖어 중얼거렸다.

"역시 군밤은 어린 시절을 떠올리게 해준단 말이야."

그때 갑자기 귀에 익은 목소리가 들려왔다. 돈 까밀로는 어찌나 놀랐는지 온몸의 털이 모두 발딱 곤두서는 느낌이 들 지경이었다.

"안녕하세요, 사랑하고 존경하는 아저씨!"

"이곳에 다시는 발을 들여놓지 않기로 나와 약속했잖니?"

돈 까밀로는 뒤를 돌아보지도 않고 말했다.

"물론, 약속했지요. 하지만 아저씨가 저를 필요로 하신다는 말을 듣고 억지로 여기를 찾아왔어요."

"내가 너를 필요로 한다고?"

돈 까밀로가 신경질적으로 소리 지르며 말했다.

"아니, 저보다 냉동고가 딸린 냉장고가 필요하시다고요."

돈 까밀로는 화덕에서 프라이팬을 끄집어냈다. 그러고는 성큼 다가가 캣 앞에 우뚝 섰다.

"그 잘난 냉장고와 함께 당장 지옥에나 떨어져라!"

그는 위협 조로 소리쳤다.

"그러면 얼마나 좋을까요. 거기서도 멋진 사업을 할 수 있을 테니 말이에요."

캣이 꼬리가 주렁주렁 매달린 악마처럼 키득거리며 말했다

그녀는 가방에서 카탈로그를 꺼낸 뒤, 책장을 넘기더니 탁자 위에 펼쳐놓았다.

"자, 이 모델은 제가 아저씨를 위해 특별히 고른 거예요. 12개월 할부니까, 별로 부담되지도 않을 거고요."

"도대체 이런 냉장고가 무슨 소용이 있다고 그러는 게냐?"

"좋아요, 알려드리지요. 첫째, 지금 바겐세일이 시작되어 아저씨에게 싸게 드리고 싶기 때문이고, 둘째, 저한테서 그걸 사시면 아저씨는 뻬뽀네를 파산시키게 될 터이고, 셋째, 제가 결혼할 때 이 냉장고를 결혼 선물로 주시면 되잖아요."

돈 까밀로의 입이 쩍 벌어졌다.

“흠, 그러니까, 너는 지금 결혼준비를 하고 있다는 말이지?”
“글쎄요, 저도 언젠가는 결혼을 하게 되겠지요. 저렇게 많은 바보 건달들이 뛰어 돌아다니고 있는데 제가 남편감 하나 못 구할 것으로 보이세요?”
돈 까밀로는 실망하여 다시 화를 내기 시작했다.
“그럼, 결국 너는 추문을 피할 수 없겠구나!”
“그 말씀은 내가 결혼한 지 2~3개월 만에 아이를 낳게 되더라도 결혼식만 올리면 다 괜찮을 거라는 뜻인가요? 그게 아저씨가 신학교에서 배운 윤리란 말이죠?”
“그러니 처음부터 다시 따져보자 이거냐?”
돈 까밀로는 주먹으로 탁자를 내리치며 흥분을 감추지 못했다.
캣은 뻔뻔스럽게 깔깔거리며 웃었다.
마침내 돈 까밀로는 이성을 잃고 말았다.
“부끄러움도 없는 못된 계집애 같으니. 처음에는 내게서 성 요한의 그림을 빼앗아 가더니 이제는 매달 8천 리라를 갈취해 갈 생각이로구나!”
“선량한 삼촌이라면 누구나 고아나 다름없는 조카가 임신한 사실을 알면서 못 본 척하지는 않을 거예요. 그러니 신부님인 아저씨가 저를 못 본 체하시지는 않겠지요.”
말썽꾸러기 캣이 떨리는 목소리로 말했다. 그녀는 비비 꼬며 건방지게 굴 때에도 꽤나 예뻐 보였다. 그러나 지금 캣의 눈동자에는 슬픔의 그림자가 잔뜩 배어 있었다. 체중도 불어났는지 몸까지 뚱뚱해 보였다. 그녀는 기운을 내어 분명하게 말했다.

"아저씨는 계약서에 서명만 하시면 돼요. 여기 두고 갈 테니 잘 생각해 보세요."

"좋아, 한번 생각해 보겠다."

돈 까밀로가 퉁명스레 대답했다.

"좋아요."

캣이 말했다.

"그럼, 이제 아저씨네 가게로 가요."

"무슨 가게?"

"아저씨 가게인 성당 말이에요. 고해성사를 보고 싶어요."

"나, 나한테 고해성사를 받고 싶다는 말이냐?"

충격을 받은 돈 까밀로가 더듬거리며 물었다.

"나, 나한테서?"

"네."

캣이 조용하게 대답했다.

"예수님은 막달라 마리아의 고해도 들어주셨는데 아저씨같이 보잘것없는 시골 신부가 왜 내 고해를 들어주지 않으시겠어요? 설마 아저씨가 예수님보다 더 중요한 사람이라고 생각하는 것은 아니시겠죠?"

"쓸데없는 소리!"

돈 까밀로는 목청을 높였다.

"흠, 나는 네 엄마의 오빠다. 그러니 너 같은 불량 조카의 고해성사를 어떻게 처리해야 할지 모르겠구나."

"흥! 우리가 친척이라고 해서 문제 될 게 뭐가 있어요. 나는 죄인이라 성당 신부님께 죄의 사함을 받기 위해 여기 왔을 뿐인데요."

"그 시커먼 마음을 털어놓으려면 다른 신부님을 찾아 보거라!"

"싫어요, 사랑하고 존경하는 아저씨. 아저씨는 모든 사실을 이미 알고 계세요. 그러니 아저씨에게 고해를 하는 것이 훨씬 나아요."

"거절하겠다. 나는 제정신으로 네 고해를 들어 줄 수가 없다. 그간 너한테 쌓인 감정이 무척 많아 너의 고해를 공정하게 심판할 수가 없단 말이다."

"제겐 아저씨의 심판 따위는 필요 없어요. 아저씨는 인간이지 전능하신 하느님이 아니니까. 그러니 제 얘기를 듣고 전능하신 그분께 전해 주시면 돼요. 하느님이 결정하실 거예요. 나는 아저씨가 무엇 때문에 속상해하는지 잘 알아요. 요한 성자의 초상화 때문이죠? 신부들은 모두 돈을 경멸하는 척해요. 하지만 다른 사람들의 돈만 그렇지요. 자기의 돈에 대해선 그러지 않으면서 말이에요."

"그 초상화 때문이 아니야. 나는 너를 흙탕물에서 꺼내오기 위해 내가 가진 모든 것을 주었다. 그런데도 네가 잘못을 깨닫지 못하고 이렇듯 뻔뻔스럽게 나오니까 화가 나는 거야."

"아니, 그렇지 않아요."

캣이 대답했다.

"내가 하는 일은 한낮에 대로에서 하는 것이기 때문에 정직해요."

"나는 네가 하는 일을 보고 뻔뻔스럽다고 하는 게 아니다. 밤의 어둠 속에서 저지른 짓을 말하는 거야. 이제 아버지 얼굴도 모르는 불행한 아이 하나가 이 험악한 세상에 태어나겠지…. 게다가 나는 너의 사악함을 경멸한다. 난 너의 못된 의도를 훤히 알고 있어. 너를 임신시킨 미켈레에게 복수하려고, 그 녀석 부모의 단골을 빼앗아 그들을 망하게 하려는 네 속셈 말이다."

캣은 웃으며 말했다.

"나는 아무것도 빼앗지 않았어요. 내가 그 사람들보다 물건 파는 법을 더 많이 알고 있을 뿐이에요. 그래서 나는 그들보다 더 많이 팔아요. 왠지 아세요? 그 사람들은 새가 자기들 그물 속으로 들어오기를 기다리기만 해요. 하지만 나는 둥지 안의 새들을 직접 잡으러 갑니다. 아저씨도 마찬가지예요. 아저씨 같은 신부들은 세무서 직원들처럼 성당의 안락의자에 편안히 앉아서 양들이 오기만을 기다리지요. 하지만 사람들이 세금을 낼 때에는 의무적으로 세무서에 가야만 합니다. 그렇지 않으면 집을 몰수당하거나 감옥에 갇히겠죠. 하지만 성당은 나와도 그만 나오지 않아도 그만이에요. 법으로 정해 놓은 것도 아니니

안 온다고 벌을 줄 수도 없지요. 아셨지요? 사랑하는 아저씨, 만일 아저씨가 고객이 필요하다면 나처럼 밖으로 나가서 그들을 직접 찾아 나서야 해요. 돈 키키처럼 젊은 신부들은 모두 이 점을 잘 알고 있어요. 그들은 술집이나 오락실도 가고, 노동자들이 일하는 공장도 찾아가요. 그들은 그렇게 술을 마시고, 카드놀이를 하고, 춤을 추고, 고용주를 미워하는 법도 배운답니다. 때때로 그들은 아저씨같이 나이 먹은 신부들처럼 고리타분한 성직자가 되는 것을 피하기 위해 결혼까지 하지요."

"나를 모독하러 여기 왔다면 지금 당장 꺼져라!"

돈 까밀로가 소리 질렀다.

"나는 고해성사를 받으러 여기 왔어요. 만일 아저씨가 그걸 거부하신다면 곧장 주교님의 비서 신부에게 항의하겠어요."

"좋아, 가자!"

돈 까밀로는 성이 나서 고함쳤다. 그러고는 고해소를 향해서 성큼성큼 걸어갔다.

*

"신부님, 제가 지은 죄를 용서해 주옵소서."

캣은 고해소 안으로 들어갔다. 그녀는 무릎을 꿇고 고백하기 시작했다.

"저는 다른 죄보다, 제 마음을 가장 무겁게 내리누르는 죄부터 고해하고 싶습니다. 저는 고의로 그 죄를 범했으니까요."

"말하라, 어린양아."

"저는 돈 까밀로 신부님의 순진함을 이용했습니다. 그분으로 하여금 제가 임신한 것처럼 믿게 하였습니다. 저의 작은 사업을 시작하는 데 필요한 돈을 받아내기 위해 그런 거짓말을 했던 것입니다. 또 오늘 아침에는 잘 접은 보자기를 배에다 넣고 그를 속여 냉장고를 사게 하였습니다. 그리고 고해성사의 비밀 유지 규칙을 이용해 그에게 모든 사실을 털어놓았습니다. 그래야 그가 저를 벌하지 못할 테니까요."

"사랑하는 어린양아."

돈 까밀로는 간신히 응대했다.

"20년 전에도 어떤 못된 자가 나를 골탕먹이려고 이와 유사한 장난을 저지른 적이 있었다. 나는 고해성사의 비밀을 존중하는 사제이니라. 그러나 그때 나는 화를 참지 못하고 그의 엉덩이를 걷어찼던 적이 있었느니라."

"인간은 항상 실수하고 주님은 항상 용서하시는 법이지요."

"그렇다면 어린양아, 너에 대한 나의 증오심을 지울 수 있기를 주님께 기도하며 묻겠다. 그럼 네 말은 너와 그 젊은이 사이에 아무런 죄악의 관계가 결코 없었다는 말이냐?"

"네, 그 사람뿐만 아니라 다른 누구하고도 없었습니다."

캣이 다짐하듯 대답했다.

"네 말은 네가 겉으로는 부도덕한 듯 행동해도 속으로는 어떤 도덕적 원칙을 가지고 있다는 말이구나."

"아녜요! 신부님의 도덕적 원칙은 저를 구역질 나게 합니다. 제가 말하고 있는 것은 바로 그 녀석과 저는 아무런 관계도 없다는 것입니다."

"사랑하는 어린양아, 너는 큰 죄를 지었구나. 너도 알다시피 죄는 행위 속에만 있는 것이 아니다. 평소의 생각과 말 그리고 나태함, 이 모든 것이 죄가 될 수 있느니라. 너처럼 거짓으로 추문을 만들어내는 것도 죄악이니라. 네 죄는 불쌍한 아저씨를 기만했을 뿐만 아니라 죄 없는 한 젊은이에게 큰 결함이 될 수도 있는 거짓 누명을 뒤집어씌웠다는 데 있다. 네가 그를 모독했다는 사실을 알게 되면 그 젊은이가 네게 뭐라 하겠느냐?"

"그 사람은 이미 그것을 압니다."

캣이 대답했다.

"우리는 그것에 대해 이야기를 했으니까요."

"그래, 그가 뭐라고 말하더냐?"

"글쎄요, 그 사람이 제게 뭐라고 말할 수 있었겠어요. '가엾고 사랑스러운 사람' 이라고 하면서 괜찮다고 했습니다."

"사랑하는 어린양아! 너는 그 불쌍한 젊은이의 명예를 땅에 떨어뜨린 일을 잘했다고 생각하느냐?"

"저는 그 사람에게 어떤 해악도 끼치지 않았습니다."

캣이 항의하듯 말했다.

"이제 보니 너는 그와 결혼하고 싶어 하는구나. 그렇지? 너는 그렇게 함으로써 그에게 복수하려는 생각이로구나."

"저는 복수하기 위해 그 사람과 결혼하려는 게 아니에요. 그를 사랑하기 때문에 결혼하기를 원하는 겁니다."

"그렇다면, 네가 그 사람 아버지의 가게를 엉망으로 만들면서까지 부지런히 뛰어다니는 이유가 무엇이냐?"

"저는 뻬뽀네를 위해 일합니다."

캣이 진실을 고백했다.

"겉으로는 그와 경쟁하고 있는 것처럼 보이지만 실제로 제가 팔고 있는 물건들은 모두 뻬뽀네의 가게에서 나옵니다."

돈 까밀로는 마음속으로 예수님을 불렀다.

"하늘에 계신 주님이시여, 제발 저 좀 도와주십시오. 이렇게 지독한 악마가 사람의 탈을 쓰고 나타나 고해하는 것은 처음 있는 일입니다. 제가 무엇을 할 수 있겠습니까?"

"돈 까밀로, 그 아이가 죄를 진심으로 뉘우치고 있는지 아닌지를 알아내야 하느니라. 모든 것은 거기에 달려 있도다."

예수님의 음성이 멀리서 들려왔다.

"사랑하는 어린양아."

돈 까밀로가 캣에게 물었다.

"너는 너의 행위를 반성하느냐, 반성하지 않느냐?"

"저는 반성하지 않습니다."

그녀가 말했다.

"그렇게 완벽하게 성공한 일을 무엇 때문에 반성합니까?"

"예수님, 들으셨습니까? 전혀 반성하지 않고 있습니다."

"그래, 그게 바로 내가 그 애한테서 듣고 싶었던 말이니라."

예수님이 대답하셨다.

"가라, 너는 죄를 용서받았다. 보속으로 강가의 경당으로 가서 성모 마리아의 제단 앞에서 주모경을 세 번 바쳐라. 빨리 가거라. 지금 당장 네 뺨을 손바닥으로 때리고 싶은 유혹에 시달리는 나를 부디 가엾이 여겨다오."

돈 까밀로의 목소리는 고통으로 젖어 있었다.

그래서 캣은 최대한 빨리 고해소 밖으로 달려나갔다. 잠시 후, 돈 까밀로는 그녀의 트럭이 떠나가는 소리를 들었다. 그는 중앙 제대 위에 계신 예수님과 의논하기 위해 고해소에서 나왔다. 그리고 마음속의 괴로움을 솔직하게 털어놓았다.

"예수님, 만약 젊은이들이 인생에 있어서 가장 성스런 일들을 저런 장난으로 해치워 버린다면 도대체 교회가 할 수 있는 일이 있기나 하겠습니까?"

"돈 까밀로, 텔레비전이나 신문에서 듣고 보는 일들에 대해서 너무 근심하지 말아라. 하느님께 인간이 필요한 게 아니라 인간에게 하느님이 필요한 것이니까. 빛은 장님들 세상에도 존재한다. 어떤 시인이 말했던 것처럼, 사람들은 저마다 눈을 갖고 있지만 아직 그 빛을 볼 줄 모른다. 그러나 그 빛을 볼 줄 아는 사람이 하나도 없다고 해서 빛이 사라지는 법은 절대로 없느니라."

"그렇다면 예수님, 왜 저 아이가 저런 행동을 하는지 설명해 주십시오. 무엇 때문에 저렇듯 끊임없이 반항하고, 빼앗고, 훔치고, 속이고, 탐욕스러워졌는지 그 이유를 말입니다."

"왜냐하면 그 아이는 오늘날의 대부분 젊은이가 그러는 것처럼 정직한 사람으로 여겨지는 것을 두려워하기 때문이다. 요즘 새로 생겨난 유행이지. 옛날에는 부정직한 사람들이 정직한 사람으로 인정받기 위해 기를 쓰고 노력했다. 그러나 지금은 정직한 사람들이 부정직한 사람으로 보이려고 기를 쓰고 있느니라."

돈 까밀로는 팔을 내저었다.

"예수님, 그 무슨 미친 짓입니까? 세상의 종말이 다가오는 징후일까요?"

"돈 까밀로, 왜 그렇게 비관적이냐. 너는 내가 십자가에 못박힌 일이 헛된 것으로 생각하느냐? 인간의 악함이 주님의 선함보다 더 강하기 때문에 인간 세계에서 행한 나의 임무가 실패했다는 말이냐?"

"아닙니다, 예수님. 저는 그저 요즘 사람들은 눈으로 볼 수 있고 손으로 만질 수 있는 것만 믿는다는 현상을 말씀드리고 싶었습니다. 실제로 눈에 보이지도 않고, 만질 수도 없는 중요한 것들이 얼마나 많습니까? 사랑, 선, 측은지심, 정직, 순결, 희망, 신앙 따위 말입니다. 제게는 요즘 사람들이 주님이 세운 이러한 숭고한 정신적 유산을 파괴하는 것처럼 보입니다. 이것이 바로 제가 말씀드린 문명파멸의 단초입지요. 다행스러운 일은 이러한 작업이 단시일에 끝장이 나지 않고 수천 년 동안 서서히 진행됐다는 사실입니다. 그러나 머지않아 인간은 동굴 속의 야만인으로 돌아가 있는 자신들을 발견하게 될 겁니다. 그 동굴은 최신식 장비와 기계들로 가득 찬 마천루가 될 것입니다. 그 속에서 우리 인간의 영혼 역시 야만적이 될 수밖에 없을 테지요. 예수님, 사람들은 지금 인간과 사물들을 두려움에 떨게 하고, 파괴하고, 붕괴시키는 수많은 무기와 거대한 군대를 가지고 있습니다. 그들은 모든 것을 파괴해 버릴 것입니다. 모든 파괴가 끝나고 나면 그제야 정신을 차리고 세속적인 물질주의에서 벗어난 사람들이 다시 하느님을 애타게 찾을 겁니다. 예수님, 그때를 대비해서 저희가 할 수 있는 일이 있을까요?"

예수님이 웃으며 말씀하셨다.

"강물이 범람해서 논과 밭을 휩쓸어 버릴 때 농부가 할 수 있는 일이 무엇이겠느냐? 그건 바로 씨앗을 잘 간수해 놓는 일일 것이다. 강물이 빠지면 땅은 태양이 말려준다. 그때 씨앗을 잘 간수해 놓은 농부는 자기의 땅에 다시 씨앗을 뿌릴 것이다. 땅은 강물 속의 양분을 빨아들여 더욱 비옥해져 있을 것이니라. 씨앗은 뿌리를 내리고 굵은 황금빛 이삭들이 사람들에게 빵과 생명과 희망을 나누어 주게 된다. 그러니까 이러한 씨앗을 잘 간수해 두어야 한다. 이는 몹시 중요한 일이다. 그 씨앗은 바로 믿음이니라. 돈 까밀로, 너는 신자들을 돕고, 그들이 끝까지 신앙을 지키고 나가도록 도와주어야 한다. 날마다 새로운 영혼들은 줄어들고, 영혼의 사막은 날마다 더 넓어져만 간다. 사람들은 자꾸만 신앙을 버리고 있다. 신앙은 없고 말만 앞세우는 위선자들이 날마다 다른 사람들의 정신적 유산인 신앙까지 파괴하고 있기 때문이다. 모든 인종, 모든 계층, 모든 문화에 종사하는 그런 인간들이 말이다."

"예수님!"

돈 까밀로가 질문했다.

"예수님 말씀은, 요즘 악마는 너무 영리해서 신부의 탈을 쓰고까지 그런 교활한 짓을 한다는 뜻입니까?"

"돈 까밀로!"

예수님이 인자하게 웃으시며 나무라셨다.

"제발 나를 바티칸 공의회 문제에 끌어들이지 마라. 너는 내가 다시 심한 곤경에 빠지는 것을 보고 싶은 게냐?"

"용서해 주십시오, 예수님."

돈 까밀로가 용서를 청했다.

"제 머리가 뒤죽박죽되어버렸나 봅니다. 저는 어떻게 해야 할까요?"

"냉장고 계약서에 서명해 주거라."

"예수님은 그놈의 전자제품에 관해서는 아무 관계가 없으니 제게 이래라저래라 하지 마십시오."

"물론 나야 관계가 없지. 하지만 저 불쌍한 아이는 상관이 있지 않겠느냐?"

돈 까밀로는 온통 머리가 복잡해져 사제관으로 돌아왔다. 그는 예수님이 정말로 캣을 '저 불쌍한 아이'라고 말씀하신 건지, 아니면 자기가 잘못 들은 건지도 통 알 수 없었다. 어쨌든 그는 계약서에 서명했다.

그러나 도무지 제대로 서명을 할 수가 없었다. 벽난로의 연기 탓인지, 아니면 캣이 뿌리고 간 지독한 유황가스 탓이었는지 돈 까밀로의 눈에 눈물이 자꾸 고이고 있었다.

11월의 빛바랜 기억

돈 키키가 사라졌을 때 돈 까밀로는 곧바로 교구청에 신고했었다. 그러자 교구청에서는 그 일에 대해 이미 알고 있으니 걱정할 것 없다는 회신이 왔다.

돈 까밀로는 사실 걱정이 되어서 신고한 건 아니었다. 반대로 전혀 걱정하지 않았다. 왜냐하면 보좌 신부가 자기 곁에 있는 게 걱정스러웠으면 걱정스러웠지, 없는 것은 오히려 반가운 일이었기 때문이다. 그래서 그다음부터 그 일에 대해서 전혀 생각조차 하지 않고 있었다.

그런데 넉 달이 지난 뒤였다. 돈 까밀로는 신학교 시절에 사귄 신부를 산속 그의 본당으로 찾아갔을 때, 그에게서 돈 키키

소식을 들었다. 그가 루기노의 좁은 구역에서 일하고 있다는 거였다. 그곳은 돈 까밀로가 귀양을 갈 뻔한 곳이었다.

"그 사람 가는 데마다 놀라운 바람을 일으키더군."

산골의 신부는 말했다.

"자네도 알다시피 루기노는 유령 같은 마을 아닌가. 머리 좋고 힘 있는 사람들은 남자고 여자고 모두 일자리를 찾아 도시로 나가고 없다네. 어린애들을 돌보는 늙은이하고 집들만 덩그러니 남아 있는 그런 마을이란 말이지. 그곳은 내 구역인 라가렐로에서 불과 3킬로미터밖에 떨어져 있지 않은 곳이야. 하지만 불과 몇 주일 전만 해도 루기노에서 라가렐로까지 가려면 9킬로미터를 걸어가야 했어. 다리가 있는 직선 도로가 없었기 때문이네. 하지만 어느 날 마을 늙은이들이 아이들의 도움을 받아가며 미친 사람처럼 일하기 시작했네. 그러더니 마침내 직선도로를 만들었지. 모든 게 다 돈 키키 덕택이야. 그는 솔선해서 길을 둘러보고 일꾼들을 모으고, 그러고는 스스로 곡괭이와 삽을 들고 그 일을 착수했다네."

"기쁜 일이군. 돈 키키가 아주 기뻐했겠어."

돈 까밀로가 말했다.

"그렇기도 하고 아니기도 해."

산골 신부는 웃으며 대답했다.

"사실 길이 생기고 나서부터는 돈 키키가 하는 사회 비판적인 강론에 넌더리가 난 루기노 사람들이 주일마다 라가렐로에

와서 미사를 드리고 있네. 왕복 6킬로미터의 길을 오가야 하는데도 기꺼이 감수할 정도라니까. 내가 교구청에 있다면 돈 키키를 산골짜기 본당 전담 신부로 부임시키겠네. 그 사람이라면 아무리 험한 산악지대에도 도로망을 새로 뚫어놓을 테니까 말일세."

분명 좋은 생각 같았다. 하지만 교구청에는 그런 식으로 머리가 돌아가는 사람이 없었다. 얼마 뒤 주교가 개인적으로 돈 까밀로를 불러들였다.

주교가 말했다.

"돈 프란치스코의 상태가 다 회복되었소. 그가 정신적인 위기를 겪고 있어서 우리는 그를 루기노로 요양 보낸 것이오. 거기서 그 훌륭한 젊은이는 큰일들을 해냈고, 그곳 신자들이 오래전부터 간절히 바라던 길을 만들었소. 우리는 시 당국과 함께 그 일을 축하했고, 그곳 행정관도 돈 프란치스코를 크게 칭찬했다오."

"저 역시 기쁩니다. 아주 값진 승리이지요."

돈 까밀로가 맞장구쳤다.

"두 가지 의미에서 아주 값진 승리라 할 수 있소. 사실 라가렐로와 루기노가 연결된 덕분에 무용지물이었던 루기노 구역을 없앨 수 있게 되었소. 자신의 임무를 완수한 돈 프란치스코는 여전히 유능한 사제이니, 돈 까밀로 당신을 도우러 돌아갈 수 있을 것이오."

주교는 단호히 말했다.

돈 까밀로는 공손하면서도 조심스럽게 대답했다.

"사실 저희에게 도로 문제 같은 건 없습니다만…."

그러자 주교가 말을 가로챘다.

"돈 까밀로, 당신의 오랜 연륜과 돈 프란치스코의 젊은 열정이 합쳐지면 당신 본당에 새로운 활력을 줄 수 있을 것이오. 아, 그리고 당신의 젊은 조카에게 적당한 주거지를 마련해 주는 것이 좋겠소. 내가 보기에 그런 아가씨가 사제관을 들락거리는 것은 보기 좋은 일이 아닌 것 같소."

"그 아이는 항상 종지기의 집에서 지냈습니다. 게다가 몇 달 전부터는 읍내의 다른 동네로 옮겨 지내고 있습니다."

돈 까밀로는 땀을 뻘뻘 흘리며 설명했다.

"이미 들어 알고 있소. 내가 말하고 싶은 것은 가능하면 그녀를 사제관에서 멀리 떨어진 곳에 두라는 것이오. 그래야만 하는 분명한 이유가 있어서 그렇소. 내 말 이해하시겠소?"

주교는 단호했다.

"그럴 수 없습니다, 주교님."

돈 까밀로가 대답했다.

"돈 까밀로! 그 아가씨의 미묘한 정치적 위치 때문에 그녀가 사제관에 나타나는 것이 적절하지 못하단 말이네."

주교는 화를 내며 말했다.

"알겠습니다, 주교님. 하지만 아버지가 공산주의자들에게 살

해당했다는 사실은 그 아이의 잘못이 아닙니다."

돈 까밀로는 아주 힘겹게 말했다.

"알고 있네. 하지만 우리의 책임은 증오를 키우는 것이 아니라 증오를 사라지게 하는 것이오. 그 아가씨의 존재는 긴장 완화에 걸림돌이 되고, 잊어버려야 하는 과거에 대한 생생한 증거가 되고 있소. 또한 그 아가씨가 '마리아의 딸'이 되기는 어려울 것 같소."

"그건 그렇습니다."

돈 까밀로도 인정했다.

"하지만 현대적이고 활기차고 정직한 아이입니다."

"정직이라고! 불도 정직하지. 하지만 휘발유 가까이에 불을 두는 것은 어리석은 짓이네."

주교는 머리를 흔들면서 말했다.

*

며칠 후 돈 키키가 다시 돌아왔다. 돈 까밀로는 성당 입구에서 포스터를 쓰고 있었다. 거기에는 이렇게 씌어 있었다.

영혼들을 위한 미사

하지만 돈 까밀로의 솥뚜껑만 한 손으로 작은 붓을 놀리는 것은 쉬운 일이 아니었다. 그래서 돈 키키가 제안했다.

"제가 도와드릴까요, 신부님?"

"고맙네. 주교님으로부터 자네가 크게 앓았다는 애기를 들었어. 그러니 자네를 피곤하게 하고 싶지가 않네."

돈 까밀로는 작업을 계속하면서 대답했다.

"염려하지 마세요."

돈 키키는 돈 까밀로의 손에 들려 있던 붓을 빼앗았다. 그러고는 웃음을 띤 채 일을 시작하며 말했다.

"제 병은 다 나았거든요!"

그때 근처에 있던 캣이 나타났다.

"안녕하세요, 사랑하는 삼촌!"

캣의 목소리가 들리자 돈 키키는 얼굴이 창백해지며 자리에서 벌떡 일어섰다.

"어머 돈 프란치스코, 드디어 돌아오셨군요! 우리가 얼마나 신부님을 기다렸는지 몰라요!"

천사를 가장한 악마의 목소리로 캣이 말했다.

"저 호들갑 떠는 꼴이라니! 어쨌든 여기에서 너를 반겨줄 사람은 아무도 없다. 그러니 썩 물러가거라!"

돈 까밀로는 냉정하게 말했다.

"냉장고를 가져왔어요."

캣은 울먹이며 말했다.

"난 냉장고 따위는 필요 없다니까! 약속한 대로 네게 돈을 지불하겠다. 그러니 너는 그 냉장고를 집으로 가져가 네가 결혼할 그 망할 녀석을 위해 고이 잘 모셔둬라."

돈 까밀로가 소리 질렀다.

"삼촌! 전 결혼할 생각이 전혀 없다고요. 아니, 수녀가 되기로 결심했어요."

캣은 사랑스럽게 얼굴을 붉히며 항변했다.

"정말 제정신이 아니구나!"

돈 까밀로가 외쳤다.

"하느님에 대한 두려움을 잊어버린 인류의 구원을 위해 희생하려면 그래야 하는 건가요?"

캣이 물었다.

캣의 파렴치함 때문에 돈 까밀로는 이성을 잃어버렸다.

"나는 아무 관심도 없어. 제발 꺼져라. 그리고 또다시 곤란한 일을 만들지 말아다오. 주교님께서는 네가 사제관을 들락거리는 것을 원치 않으시니까."

돈 까밀로가 말했다.

"왜 그러시죠?"

"네가 싫으니까 그렇지!"

"주교님께서는 저를 잘 모르시잖아요. 하지만 인자하신 하느님은 저를 잘 아시니 절 좋아하실 거예요. 삼촌은 왜 제 안에서 타오르고 있는 신앙과 금욕의 불길을 꺼 버리려 하세요?"

그러는 동안 돈 키키는 붓을 들고 계속 글씨를 쓰며 말했다.

"신부님, 다 썼습니다. 마무리는 어떻게 할까요?"

"맨끝에다 '헝가리에서 싸우다 죽은 영혼들을 위한 미사' 라고 쓰시오. 사흘 후면 소련이 헝가리를 침공한 지 10주년이 되는 날이니까."

돈 까밀로가 말했다.

돈 키키는 붓을 내리고 고개를 저었다. 작고 여린 캣에게 돈 까밀로가 했던 야만적인 대우에 분노를 느낀 그는 또다시 화가 나서 말했다.

"돈 까밀로 신부님, 세상이 어떻게 돌아가는지 전혀 모르고 계시는군요. 책이나 신문, 잡지들은 거들떠보지도 않으실 테니까요. 사람들은 부다페스트의 비극을 떠올리면서 소련의 억압보다 헝가리의 부활에 더 큰 관심을 두고 있다는 것을 모르십니까?"

"헝가리의 부활은 나와 아무 상관 없네. 그런다고 소련군의 장갑차에 희생된 불쌍한 사람들이 살아나는 것은 아니잖나. 또 열여덟 살이 될 때까지 감옥에 갇혀 있다가 '합법적으로' 사형 집행인의 손에 넘어간 불쌍한 소년들이 살아나는 것도 아니고 말이야!"

돈 까밀로가 외쳤다.

돈 키키는 확고한 목소리로 대꾸했다.

"신부님, 모든 것은 다 지나간 일입니다. 하느님께서 죽은 자들을 생각하고 계시지요. 그러니 우리는 살아있는 자들을 생각해야 합니다. 오직 살아있는 자들과 대화를 할 수 있으니까요. 왜 증오를 다시 불태우려고 하십니까? 10년 전에 부다페스트에서 무슨 일이 일어났는지 알지도 못하는 젊은이들의 영혼에 왜 그런 증오심을 심어주려고 하십니까? 교회는 사랑이지 증오가 아닙니다. 교회는 '네 원수를 사랑하라' 고 가르치지 않습니까."

돈 까밀로는 두 귀가 시뻘겋게 달아올라 있었다. 돈 키키가 다시 말을 이었다.

"예수님이 십자가에 매달리신 지 2천 년이 다 되어갑니다. 오늘날까지도 교회는 십자가에 못 박히신 그분을 재현합니다. 예수님의 원수들을 증오하기 위해서가 아니라 예수님의 사랑과 희생을 기억하기 위해서 말입니다."

캣이 끼어들었다.

"존경하는 신부님, 새로운 전례는 박해받는 예수님을 재현해오던 모습을 점점 줄여나가고 있어요. 교회예술은 십자가에 못 박히는 모습을 그대로 보여주던 잔인한 사실주의에서 조금씩 벗어나고 있고요. 하지만 돈 프란치스코의 생각이 옳아요. 예수님은 인간으로 고통을 받고, 인류를 사랑하는 마음으로 죽으셨지요. 모든 인간, 특히 자신을 십자가에 못 박은 사람들을 십자가 위에서 죽음이 임박한 순간에 용서하셨지요. 박물관에나 있을 법한 잔혹한 사실주의로 예수님의 수난을 계속해서 재현하는 것은 예수님을 십자가에 못 박은 사람들에 대한 증오를 생생하게 만들 뿐이에요. 존경하는 신부님, 공의회에서 19세기 동안 예수님을 죽인 죄로 비난받아온 불쌍한 유대인들을 용서한 사실이 아저씨한테는 아무런 의미가 없는 건가요? 그렇다면 왜 성 바르톨로메오의 밤*에 희생된 사람들이나 프랑스 혁명 때의 공포정치에 희생된 사람들 대신 헝가리에서 죽은 사람들을 기억해야 하는 건가요?"

"프랑스에서 무고한 사람들을 죽였던 자들은 이제 모두 죽었기 때문이지. 그들은 오늘날 전 세계의 자유를 위협하는 체제를 유지하고 있지 않아! 하지만 억압의 교회, 침묵의 교회를 대신해서 민첸티 추기경**은 아직도 헝가리인들을 죽인 자들의 손에 포로로 남아있기 때문이라고!"

돈 까밀로가 외쳤다.

돈 키키가 웃으며 말했다.

"침묵의 교회는 존재하지 않습니다. 하느님은 어디에든 계시고, 하느님의 말씀을 듣고자 하는 사람 모두에게 말씀하시니까요."

돈 까밀로는 진땀을 흘리면서 물었다.

"그렇다면 교회가 무슨 필요가 있나? 왜 하느님의 아들이 세

---

* 1572년 8월 23일 성 바르톨로메오 축제일 밤, 파리에서 가톨릭 신자들이 신교측 위그노교도들을 학살한 사건. 불과 7일 동안 7만 명 정도가 학살당했다.

** 민첸티 추기경(Jozsef Mindszenty 1892~1975) 헝가리의 추기경. 1949년 헝가리 공산정권에 의해 종신형을 선고받았다가 1955년에 석방. 1956년 민중봉기 실패 후 미국으로 망명. 1975년 오스트리아 빈에서 사망했다.

상으로 내려와 고통받고, 인간들처럼 돌아가셔야 했나? 자네는 내가 말한 것을 쓰기나 하게. 나머지는 내가 알아서 할 테니!"

진땀을 뻘뻘 흘리고 있는 돈 까밀로를 바라보면서 돈 키키는 신이 나 낄낄댔다.

"돈 까밀로, 여기 포스터 용지가 하나 더 있군요. 신부님은 여기에다 11월 4일, 1차 세계대전 전승기념일을 기념하는 미사도 알리고 싶으시겠죠."

"물론! 승리의 그 날을 내가 그냥 넘길 수야 없지."

"승리라! 지우고 싶은 불길한 날짜일 뿐이지요. 전쟁에서 승리자는 없습니다. 전쟁에서는 모든 것을 잃을 뿐이고, 오직 악이 승리할 뿐입니다. 추모할 만한 승리는 아니지요."

돈 키키는 혐오스럽다는 듯이 말했다.

"나는 그 전쟁에서 죽은 이들을 기리고 싶네."

돈 까밀로가 설명했다.

"이제 그들은 그저 긴 잠이 들어 있을 뿐입니다! 교회는 역사의 공동묘지에서 석회가 된 뼈를 파내 그것을 유리 진열장에 넣는 일을 하면서 시간을 보내는 데가 아니지 않습니까. 신부님, 서글픈 구호를 내세운 시체 같은 종교가 무슨 의미가 있습니까? '우리는 고통 받기 위해 태어났다.', '너는 죽을 사람이라는 것을 잊지 마라….' 아닙니다. '너는 행복하게 살아야 할 사람이라는 것을 잊지 마라!' 이것이 예수님의 계시입니다. 이것이 부활의 의미인 것입니다."

돈 키키가 힘 있게 말했다.

캣은 황홀한 눈으로 돈 키키를 바라보았다. 그리고 감동 받은 목소리로 말했다.

"돈 프란치스코, 정말 옳은 말씀이세요. 젊은이들이 교회에서 멀어지는 이유는 바로 그것이에요. 교회가 죽음에 대해서만 말하고, 사는 법이 아니라 죽는 법만을 가르치기 때문이에요. 교회는 인간의 모든 권리를 부정하고, 의무만을 강요하죠. 또한 지상의 행복을 인정하지 않고, 천국만을 이야기해요. 그들의 논리에 따르면 하느님과 사회적인 연대 책임에 따라 사는 사람은 지상에서도 행복을 찾게 되지요. 신부들을 삶에서 도망치게 하고, 삶의 실질적인 문제를 모른 체하도록 강요하는 교회는 비인간적이에요. 게다가 교회는 시커멓고 커다란 까마귀 같은 신부들을 만들어 내지요. 그들은 주님의 영광을 다양한 목소리로 노래하는 작은 새들의 즐겁고 순진한 지저귐을 죄악이라고 생각하고 있어요."

"캣, 쓸데없는 소리 하지 마라!"

돈 까밀로가 소리쳤다.

"이게 진실이에요, 존경하는 신부님. 기타를 치면서 주님의 영광을 노래했던 '미소 짓는 수녀'*와 그 노래를 듣고 감동한 수많은 사람을 보세요. 누가 그 수녀님의 두건을 벗기고 교회

* 미소 짓는 수녀(Suor Sorriso) : 1960년대 큰 인기를 누렸던 노래하는 수녀 잔느-폴 마리 데커스(Jeanne-Paule Marie Deckers)를 지칭한다. 벨기에 태생으로 도미니코회 수녀였던 그녀는 기타를 치며 직접 만든 노래를 불렀다.

에서 쫓아냈을까요? 시커멓고 커다란 까마귀들이 그 노래하는 천사를 쫓아낸 것 아니었나요? 돈 프란치스코, 신부님은 그러실 수 있으시겠어요? 젊고, 지적이고, 교양 있고, 현대적인 신부님이 즐겁게 주님을 찬양하는 노래를 부르는 그 나이팅게일을 막으실 생각이세요?"

"절대 아닙니다!"

흥분한 돈 키키가 외쳤다. 그리고 그는 캣이 부드러운 모직 외투를 입고 있었지만 어깨 위에 한 쌍의 순수한 날개를 갖고 있는 것을 보고는 깜짝 놀랐다. 분명 천사를 위한 옷에는 날개가 빠져나갈 수 있는 두 개의 구멍이 나 있었다.

사랑스러운 목소리로 캣이 계속 말했다.

"돈 프란치스코, 늙은 신부는 계속 송장이나 치우는 일을 하게 그냥 두세요. 쓸데없이 오래 살아온 인생길에 남은 것은 그것뿐이니까요. 포스터를 그냥 붙이게 하세요. 시대에 뒤처진 몇몇 사람들이 11월 4일 미사에 오겠지요. 하지만 죽은 헝가리인들을 위한 미사에는 아무도 오지 않을 거예요. 그러면 늙은 신부는 산 사람들이 아닌 죽은 사람들을 위한 미사는 더 이상 소용없다는 것을 깨닫게 되겠죠. 제가 완전히, 열정적으로, 헌신적으로 당신의 생각에 동의한다는 걸 알아주세요. 그게 신부님께 위안이 될지 모르겠지만요."

"그만 됐습니다!"

돈 키키는 다시 일을 시작하면서 말했다.

세상에서 가장 못된 조카를 멍하니 보고 있던 돈 까밀로를 향해 캣이 말했다.

"삼촌, 냉장고는 어디에 둘까요?"

"어디에 두든지 난 관심 없다."

돈 까밀로가 악을 썼다.

"삼촌 방에 둘게요. 침대 대신 매일 밤 냉장고 안에 들어가 주무시면 되겠네요. 그러면 시체가 더 잘 보존될 테니까요. 성당에서는 보존 상태가 좋은 시체가 필요하잖아요."

그 말에 돈 키키는 신 나게 웃어댔다.

돈 까밀로는 냉장고 내리는 작업을 보고 있었다. 그리고 캣이 짐차에 다시 오를 준비를 하자 그녀의 한쪽 어깨를 움켜잡았다.

"캣, 지금 네가 돈 키키에게 하려는 짓이 어떤 건지 알고 있느냐?"

돈 까밀로가 낮은 목소리로 말했다.

"그에게 냉장고를 팔려고요."

캣은 간단히 대답했다.

"제발 멀리 가거라! 나와 주교님을 곤경에 빠뜨리지 말고!"

"걱정하지 마세요, 삼촌. 주교님께도 냉장고를 팔 테니까요."

못된 캣이 히죽대며 말했다.

"농담이라도 그런 말은 말아라."

"왜요? 누이에게 선물하라고 주교님의 비서에게도 냉장고를 팔았는데, 주교님께 팔지 말라는 법은 없잖아요?"

캣이 짐차를 타고 재빨리 떠나는 동안 돈 까밀로는 하늘을 올려다보며 부르짖었다.

"예수님, 이 일을 어떻게 생각하십니까?"

"잘 모르겠구나. 나는 냉장고에 관심이 없어서 말이다."

멀리서 예수님의 목소리가 희미하게 들려왔다.

*

헝가리에서 전사한 사람들을 위한 미사를 드리기 전날 밤, 돈 까밀로는 한 통의 편지를 받았다. 주교님을 대신해서 비서 신부가 보낸 편지에는 정치적으로 부적절한 그 미사에 동의하지 않는다는 내용이 적혀있었다.

그리고 작은 상자 하나가 도착했다. 그 안에는 잘 짜 맞춘 민첸티 추기경의 컬러 사진과 명함 하나가 들어 있었다.

'캣 전자제품 회사 기증'

돈 까밀로는 편지를 벽난로에 던져버렸다. 그리고 성당 입구에 있는 포스터 아래 그 사진을 붙이러 갔다. 돈 키키는 그가 하는 대로 내버려 두었다. 돈 까밀로가 사진을 붙이고 사다리에서 내려오자, 돈 키키는 헝가리 추기경의 사진을 보면서 말했다.

"왜 이런 수난을 당하시는 걸까요. 저분도 국가의 힘으로 살아가는 방법을 찾을 수 있을 텐데요."

돈 키키의 말이 끝나자마자 돈 까밀로가 작은 목소리로 중얼거렸다.

"그분을 불쌍히 여겨야 하네. 예수님을 십자가에 못 박았던 사람들과 똑같은, 극단주의자들로 인해 희생당한 분이니까."

이상한 미사였다. 거룩한 예식을 하는 곳이라면 어디라도 열성적으로 몰려드는 몇몇 할머니들을 제외하고 그 미사에 참석한 성직자들은 아무도 없었다. 공산당과 교회 사이의 대화와 긴장완화 분위기를 해치는 미사에 동의하지 않는다는 것을 보여주기 위해서였다.

대신 사회주의자들이 전부 참석했다. 그들은 마르크스주의자로서 공산주의자들과는 다르다는 것을 보여주고자 했다.

빼뽀네 역시 그의 무리와 함께 미사에 참석했다. 그들은 공산주의자로서 마오쩌둥주의를 신봉하는 극단주의자들과는 다르다는 걸 보여주고자 했다.

돈 까밀로는 말을 아껴가며 강론했다.

"형제 여러분. 우리는 가끔씩 서로 반대편에서 마주 보고 서 있는 사람들 사이에도 대화가 필요하다고 합니다. 우리가 오늘 추모하는 영혼들은 죽음의 편에 서서 말하고 있습니다. 삶의 편에 서 있는 우리에게 말입니다. 그들이 우리에게 진정으로 하고 싶은 말은 무엇입니까? 그들이 하는 말에 귀 기울여 봅시다. 그러면 우리 마음속에서 올바른 답을 찾을 수 있을는지도 모릅니다. 아멘."

여러 날 동안 내린 비 때문인지, 뽀 강은 흙탕물로 가득 차올라 있었다. 미사를 마치고 나온 사람들은 금방이라도 터질 것 같은 강둑으로 다가갔다.

그들 중의 몇몇은 돈 까밀로의 짧은 강론을 곱씹으며 흐르는 강물 위에 어린 핏빛 붉은 노을을 오랫동안 바라보고 있었다.

천사를 만난 소년

키가 작고 비쩍 마른 소년 하나가 누더기를 걸친 채 맨 발로 진흙 길을 힘들게 걸어가고 있었다. 그 소년의 앙상한 어깨 위에는 꽤 무거워 보이는 자루가 메어 있었다. 그 모습은 마치 '레 미제라블'의 등장인물, 코제트를 연상시켰다. 헐벗은 나무들이 짙은 안갯속의 유령처럼 거무튀튀하게 조용히 서 있었다.

그 소년 옆으로 자동차 한 대가 멈춰 서더니, 돈 키키가 창문을 내리고 말을 걸었다.

"너 어디로 가니?"

"안젤로 농장으로요."

소년은 길가의 웅덩이 옆에 자루를 내려놓으면서 대답했다.

"이렇게 추운 날씨에 멀리 가는구나."

"괜찮아요."

소년은 수줍은 미소를 띠면서 말했다.

"저는 안갯속을 혼자 걷는 게 좋아요. 그러면 천사들하고 이야기할 수 있거든요."

돈 키키는 소년을 차에 태우고 자루도 함께 실었다.

"신부님, 꽤 무겁지요?"

소년이 말했다.

"그거 감자인데요. 농부 아저씨들이 돼지 주려고 모아둔 건데 제가 허드렛일을 하고 받아온 거예요. 어떨 때는 호박을 받아 오기도 해요. 끓인 호박은 아주 달아서 제 동생 모두가 그걸 좋아하거든요."

"형제들이 많니?"

"여자 남매가 다섯 있고, 남자 형제가 넷 있어요. 제일 큰 누나 체티는 도시에 나가 일을 하고 있어요. 누나는 벌써 열여섯 살이거든요."

"아버지는 무얼 하시니?"

"우리는 엄마랑 살아요, 아버지는 안 계세요."

"그럼, 생활은 어떻게 꾸려나가지?"

"우리는 몰라요, 신부님. 좋으신 하느님만이 아시죠. 하지만 그분이 알고 계시다는 것만으로도 충분하지요…. 여기서 오른

쪽으로 가요. 우리 집은 저 아래 노란 집이에요."

그것은 집이라고 할 수 없는 다 쓰러져가는 움막이었다. 안에는 방이 딱 하나 있었는데, 포도 상자로 쌓아 올린 벽이 방을 두 칸으로 나누고 있었다.

거기에는 일곱 명의 아이들이 한 여인을 둘러싸고 놀고 있었다. 30대가량으로 보이는 여인은 풍만한 육체가 거의 다 드러나는 누더기 같은 옷을 입고 있었다.

방에는 침대 대신 짚으로 만든 돗자리가 하나 깔려 있을 뿐이었다. 가구는 아예 없었다. 대신 낡은 포장용 상자가 눈에 띄었다. 방 안에서 그나마 상태가 가장 나은 물건은 금방이라도 쓰러질 듯한 무쇠 난로였다. 어떤 고물상에서 몰래 훔쳐온 것이 분명했다.

돈 키키는 마음이 서글퍼지다 못해 분노가 솟아올랐다. 그는 사람이 이렇게 돼지우리처럼 불결한 곳에서 살아가는 것은 결코 있어서는 안 되는 일이라고 탄식했다.

"신부님."

누더기 여인이 말했다.

"우리는 아무렇지도 않아요. 다만 집주인이 비가 새는 지붕만 고쳐 주고, 벽에다 창문 하나만 내 주면 정말 좋겠어요. 여기는 낮에도 항상 밤처럼 어둡거든요."

안젤로의 집은 멀지 않았다. 돈 키키는 분노에 가득 차서 그곳으로 차를 몰았다. 그는 외양간에서 늙은 농부를 찾아냈다.

돈 키키는 곧바로 공격을 개시했다.

"저 불쌍한 사람들에게 뭔가를 해 주어야 할 의무가 있다고 생각하지 않습니까?"

안젤로가 팔을 벌리며 대답했다.

"내가 무엇을 할 수 있겠소, 신부님? 나는 읍사무소에도 가 보고 경찰서에도 갔었소. 모두 나보고 알아서 처리하라더군요. 이제 남아 있는 일은 그 집의 지붕을 벗겨내 버리는 것뿐이오. 하지만 봄이 올 때까지는 그 일을 미뤄 둘 작정이오."

"지붕을 벗겨낸다고요?"

돈 키키는 충격을 받고 부르짖었다.

"영감님의 의무는 저 지붕을 수리하고, 창문을 내 주고, 위생 시설을 해 주는 것입니다. 다시 말해서 저들이 살 수 있도록 오두막집을 고쳐주라는 것이지요."

안젤로는 어이없다는 듯이 입을 딱 벌리고 신부를 쳐다보았다.

"어느 날 밤, 저 매춘부가 자식새끼 아홉 명을 데리고 이곳으로 기어들어 왔소. 이튿날 아침, 나는 헛간에서 잠자고 있는 그들을 발견했다오. 그들을 헛간에서 쫓아내려고 하자, 그 여자는 홍수 피해를 본 수재민을 도와 달라고 눈물을 떨어뜨리며 애원했소. 게다가 아이들은 내가 마치 저희들 창자를 찢어놓기라도 한 것처럼 울어댔지요. 그래서 당분간 내버려 둘 수밖에 없었다오."

"그럼 영감님은 그 참혹한 홍수로 모든 재산을 잃어버린 저 불쌍한 사람들에 대한 최소한의 의무감도 느끼지 않는다는 말입니까? 텔레비전에서 수해지역의 처참하고 끔찍스러운 광경을 보지 않았습니까?"

"물론 보았소."

안젤로가 소리쳤다.

"그러나 홍수는 2년 전 10월과 11월 사이에 일어났소. 그런데 저 인간들이 이 동네에 굴러들어온 건 작년 6월이었단 말이오!"

"영감님, 불행은 해마다 일어납니다!"

돈 키키는 단언하듯 말했다.

"여기 아홉이나 되는 자식을 데리고 있는 한 사람의 과부가 있습니다. 그리고 사회는 저 불쌍한 사람들을 도와야 할 명백한 의무가 있습니다."

"하지만 나는 사회가 아니잖소!"

안젤로가 고함쳤다.

"난 사회의 구성원 중 하나일 뿐이오. 나 혼자 사회의 모든 짐을 져야 할 의무는 없소. 우리 농장 헛간에서 제멋대로 살고 있는 저 망할 인간들은 내 과수원에서 도둑질을 일삼고 있소. 그들은 내 닭을 잡아먹고, 내 장작을 때고, 내 소들의 젖을 짜 먹고, 내 옷을 훔쳐다 입고 있소. 그런데도 내게 그들의 지붕을 고쳐주고, 그들의 벽에다 창문을 내주고, 헛간을 살기에 안락하게 만들어 주라고 하는 거요? 신부님, 내 말 좀 들어보시오. 우리는 그동안 악착같이 발버둥 쳐서 이만큼의 재산을 모았소. 나와 내 마누라와 딸들은 이 농장에서 노예처럼 일했고…."

돈 키키가 말했다.

"저 불쌍한 과부는 젊고 건강합니다. 그녀에게 돈을 벌 수 있는 일거리를 주는 건 어떻겠습니까?"

안젤로가 구슬픈 목소리로 대답했다.

"신부님, 지난여름 토마토 수확기에 나는 그녀와 아이들에게 일거리를 주고, 적지 않은 임금을 지불했소. 그런데 저 배은망덕한 것들이 무슨 짓을 했는지 아시오? 과부와 고아들을 착취했다고 나를 당국에 고발해 버렸소. 그리하여 노동 감독관이 이곳으로 들이닥쳤다오. 그 바람에 벌금과 저 애들의 식사대로 암소 한 마리 값이 들었소. 나도 가만히 있을 수는 없어서 경찰에 헛간이 강제로 점거되었다고 신고했지요. 그건 저들의 고소에서 나를 방어하기 위해서였소. 그랬더니 노동청에서는 도리어 내게 임금과 입주 고용인의 계약서, 노동증명서, 건강보험, 이익배당, 기타 등등 온갖 잡동사니 서류들을 제출하지 않았다며 기소하겠다지 뭡니까."

"노동자의 권익을 보호하는 것은 국가의 당연한 의무입니다."

돈 키키가 대답했다.

"말씀은 좋소만, 나는 저 몹쓸 인간들이 살기 위해서 자기 배에 자해도 서슴지 않는, 아무짝에도 쓸모없는 불량배와 다름없다고 믿고 있소."

"하느님은 말씀하셨습니다. '고용인들에게 정당한 품삯을 주지 않는 자에게 화가 있으리라' 고요."

"나도 알고 있소."

안젤로가 큰 소리로 말했다.

"그러나 하느님께서는 정당한 품삯(mercede)을 지적하신 것이지 메르세데스(Mercedes)*를 사주라고 말씀하신 게 아니오! 신부님네 농장에 포도를 따러 들어 온 노동자들이 작업에 필요한 차량이 아닌 메르세데스 벤츠를 달라고 요구한다고 해도 들어주실 생각이오?"

돈 키키는 분개해 하며 소리쳤다.

"부끄러운 줄 아세요! 가난한 노동자를 두고 조롱하다니!"

그는 떠났다. 왜냐하면 안젤로 영감의 손에는 쇠스랑이 들려 있었는데, 돈 키키가 무슨 말을 하느냐에 따라 그것을 휘둘러 댈지도 몰랐기 때문이다.

*

돈 키키는 자신이 하느님으로부터 성스러운 임무를 부여받

* 유사 단어를 이용한 말장난. mercede는 이탈리아어로 '품삯, 보수' 라는 뜻이고, Mercedes는 독일 다임러 벤츠 사가 만든 고급 자동차를 의미한다.

았다고 느꼈다. 그래서 돈 까밀로에게 과부와 아이들이 처한 참혹한 불행을 설명한 뒤, 이렇게 말했다.

"돈 까밀로 신부님, 우리는 많은 점에서 의견이 일치하지 않습니다. 그러나 이 일에 대해서는 저와 생각을 같이하실 줄로 압니다. 성당은 가능한 한, 저 불쌍한 사람들을 도와주어야 하니까요."

"돈 프란치스코."

돈 까밀로가 말했다.

"거기에 관해서는 한두 가지 할 얘기가 있지만 참겠네. 지금 그녀에게는 자녀가 아홉 명이나 있네. 우리는 그 불쌍한 아이들을 성당의 보육원에 넣을 수도 있어. 물론 깨끗한 옷과 빵을 무료로 줄 수도 있고 말이야."

"신부님, 그것도 썩 좋은 생각입니다. 하지만 저는 천사들과 얘기하면서 맨발로 걸어 다니는 그 소년에 대해서 생각했습니다. 그 애는 아주 총명하고 똑똑해 보였어요. 소년을 우리와 함께 지내게 하시죠. 그 소년을 복사로 쓸 수도 있고, 신자들에게 소식을 전하게 할 수도 있고, 성당과 사제관을 청소하는 일도 시킬 수 있습니다. 그리고 성당에서 그 아이에게 옷과 음식, 그리고 약간의 돈도 줄 수 있겠지요. 신부님, 제가 생활은 어떻게 하느냐고 물었을 때, 그 아이가 뭐라고 대답했는지 아십니까? '저는 그런 것은 몰라요, 신부님. 오직 좋으신 하느님만이 아시겠죠. 하지만 하느님이 알고 계시다는 것만으로도 만족해요.'

가난과 굶주림은 그 소년의 마음을 비뚤어지게 하지 못했습니다. 오히려 가난은 그 아이에게 신앙심을 가져다주고 천사들과 이야기하게 해 준 것 같습니다. 만일 우리가 소년을 돕는다면, 그 애는 소명감을 느껴 장차 훌륭한 사제가 될 수도 있지 않을까요? 가난한 자를 위한 신부 말입니다. 왜냐하면 그 애는 가난 속에서 태어나고 자랐으니까요. 신부님, 예수님께서 당신 자신을 가난한 이들과 동일시했던 마태오 복음서의 말씀을 기억하시지요? '너희는 내가 굶주렸을 때 먹을 것을 주었고 목말랐을 때에 마실 것을 주었으며… 또 헐벗었을 때에 입을 것을 주었으며… 너희가 여기 있는 형제 중에 가장 보잘것없는 사람 하나에게 해준 것이 곧 내게 해준 것이다.' 돈 까밀로 신부님, 마태오뿐만 아니라 마르코, 루카, 요한복음도 기억하실 겁니다. '누구든지 내 이름으로 이런 어린이 하나를 받아들이는 사람은 곧 나를 받아들이는 사람이다….' "

돈 까밀로는 마태오, 마르코, 루카, 요한 복음서를 떠올렸다. 그러나 나머지는 깡그리 잊어버렸다.

*

마르첼리노는 돈 키키가 말한 그대로였다. 복사일도 훌륭하게 해냈고, 성가대에서는 맑은 목소리로 주님을 찬양했다. 그 애는 언제라도 심부름을 갈 수 있도록 하루 종일 사제관 주위를 서성거리면서 자전거에 올라탈 준비를 하고 있었다. 게다가 마르첼리노는 항상 예의 발랐고 표정도 점잖았다.

주일마다 좌석들 사이로 헌금 바구니를 돌릴 때, 그 애의 미소는 어찌나 천진하던지 제아무리 인색한 신자도 돈을 안 낼 수가 없었다. 소년은 오랫동안 천사와 얘기를 나누기도 하고 혹은 돈 키키가 빌려준 책을 읽기도 하면서 시간을 보냈다.

어느 일요일 아침, 미사가 끝난 뒤 그 애는 제의실에 있던 돈 까밀로를 찾아왔다. 그러고는 돈이 가득 들어 있는 헌금바구니를 내밀며 부드럽고 겸손한 목소리로 말했다.

"신부님, 이제 수당에 대해 말씀을 하실 때가 된 것 같은데요."

"수당? 무슨 수당?"

"그야 당연히 제 수당이죠."

마르첼리노가 미소를 띠며 대답했다.

"제가 돈을 거뒀으니 나눌 권리가 있습니다. 저는 50퍼센트를 가질 자격이 있지만…. 뭐 신부님은 좋은 분이시니까, 45퍼센트로 깎아드릴게요."

돈 까밀로는 당황해서 입을 딱 벌리고 멍하니 소년을 쳐다보았다.

"마르첼리노, 천사들이 그렇게 하라고 가르쳐 주더냐?"

마침내 그가 물었다.

"아니요, 신부님. 천사들과는 다른 일에 대해 의논했어요."

소년이 대답했다.

"요즘 천사들은 재물에 대해서도 가르치나 걱정했다."

돈 까밀로는 마르첼리노의 엉덩이를 발로 힘껏 걷어찼다. 그리고 문을 가리키면서 말했다.

"다시는 이 근처에 얼씬거리지도 마라!"

마르첼리노는 한마디 말도 없이 사라졌다. 그러나 그날 오후가 되자 그의 어머니가 나타났다. 그녀는 무슨 전쟁이라도 벌일 요량인지 단단히 싸울 채비를 갖추고 있었다. 팔에는 제일 어린 갓난아이가 안겨 있고, 네 살과 다섯 살짜리 딸들은 옆구리에 매달려 있고, 다른 아이들 네 명은 그 뒤를 둥그렇게 둘러쌌다. 그들은 사제관으로 밀고 들어왔다. 그리고 그녀는 손가락으로 어린 자식들을 가리키며 말했다.

"신부님, 마르첼리노를 내보내서 우리를 굶겨 죽일 작정이세요? 우리 딸 치티가 도시에서 일자리를 잃은 판에 그러실 수가 있어요?"

돈 까밀로는 분명한 목소리로 상황을 설명했다.

"그애는 일자리를 잃은 게 아니라 열네 번째의 직장을 잃은 거지. 아마 곧 다른 일자리를 찾게 될 거야."

그 당시에는 이런저런 구호가 많이 유행했다. 그중에서 가장 유명한 것은 '고용주는 항상 나쁘다'는 구호였다. 그런 이유로 인해 앞에서 말한 치티 같은 사람들이 생겨났다. 일단 고용되면 일부러 눈 밖에 나는 짓을 해서 고용주가 해고하지 않을 수 없게끔 하였다. 해고당하면 즉시 실업위원회로 달려가 고용주가 노동법을 위반해 부당 이익을 얻고 노동자를 착취한다고 고발하곤 했다. 그러면 실업위원회 공무원들이 사업장으로 달려와 각종 장부를 압수하고, 심지어는 고용주의 침대까지 뒤져 위법행위들을 밝혔다. 그리고 엄청난 벌금과 해고된 노동자들을 위한 '정당한 배상금'을 부과했다. 그것은 일하지 않고도 수입을 잡을 수 있는 매우 편리한 방법이었다. 치티는 이런 재주를 열네 번이나 부렸고 그때마다 항상 성공했다. 그러나 이제는 소문이 나서 아무도 그녀를 고용하지 않게 되었다.

"그 애 잘못이 아니에요. 불쌍한 것. 치티는 항상 못된 주인들만 만났어요."

그녀가 항의했다.

"암튼 신부님이 그렇게 마르첼리노를 쫓아내시면 곤란해요. 나는 아이가 아홉 명이나 달린 과부라고요!"

"아무도 강제로 그애 들을 태어나게 하지는 않았소."

돈 까밀로가 지적했다.

"신부님, 나는 피임약이나 사용하는 매춘부가 아니에요!"

여자가 분개해서 말했다.

"내 생각에…."

돈 까밀로는 조용히 말했다.

"당신은 한 명의 남편도 없이 아홉 명의 자식을 낳은 진짜 매춘부요. 그래놓고 사회가 당신을 부양해야 한다고 뻔뻔스럽게 주장하고 있소. 썩 나가시오!"

그녀는 일곱 아이의 비명과 울음소리에 힘입어 더욱더 큰 소리를 지르며 사제관을 떠나갔다.

돈 키키는 아무 말 없이 그 모습을 바라보았다. 그들이 가고 난 뒤, 돈 까밀로에게 따지고 들었다.

"신부님, 어린 자식들을 보살피는 어머니에게 그렇게 마구 대하시면 안 됩니다."

"그 여자는 불쌍한 여자도 아니고, 자식을 보호하는 것도 아니네. 오히려 자식을 담보로 해서 보호를 받으려 하고 있지. 너무나 많은 사람이 자식들의 굶주림과 고통 뒤에 숨어 먹고 살려고 아이들을 낳고 있네. 이 얼마나 추악한 일인가?"

"하지만 그건 아이들의 잘못이 아닙니다."

"나 역시 아이들에게 잘못이 있다고 생각하지는 않네."

돈 까밀로가 말했다.

"나는 단지 그들의 부모에게 칭찬해 주거나, 나쁘다, 좋다, 격려할 필요가 없다는 걸 말하고 싶은 거야. 어쨌거나 우리가 해야 할 일은 그들의 자식들을 사회의 적이 되지 않도록 만드는 일일세."

*

이틀 뒤, 노동 위원회 관리가 사제관에 들이닥쳤다. 그는 굳은 얼굴로 돈 까밀로에게 따졌다.

"신부님은 열세 살짜리 미성년자를 고용했고, 공휴일까지 노동을 시켰다지요?"

"미사를 드리는 건 노동이 아닙니다. 그것은 종교의식에 대한 자발적 참여지요."

돈 까밀로가 말했다.

"무언가를 생산하는 활동은 모두 노동입니다."

관리가 주장했다.

"미사는 물질적인 재화들을 생산해 내는 일이 아니오. 그것은 영적인 표현입니다."

"허, 극장의 영화 역시 손으로 만질 수 있는 것은 아닙니다. 하지만 즐거움을 생산해 내는 것이라 법률이 정한 바에 따라서 보호받는 배우들의 노동조합 같은 것도 존재하는 것입니다. 노동 위원회의 입장에서 말씀드린다면 미사도 일종의 영화라고 할 수 있습니다. 그 소년은 성당에서 중요한 역할을 수행했으니 노동에 대한 정당한 보수를 받았어야 했습니다. 또 공휴일에 근무한 정당한 수당과 해고에 대한 퇴직금을 받았어야만 했습니다. 그리고 건강보험에도 들었어야 했고요."

그 관리는 고용주들을 기죽이는 데 익숙한 전형적인 공무원이었다. 그는 고압적인 자세로 돈 까밀로의 기를 죽이려 들었다. 그러나 돈 까밀로는 꿈쩍하지 않고 턱으로 문을 가리키며 말했다.

"당신 입장을 충분히 이해하겠소. 내가 선생을 위해서 기도하리다."

"그런 말씀하지 마십시오, 신부님! 그런 궤변으로 이 문제를 얼렁뚱땅 넘길 수 있을 줄 아십니까?"

관리가 언성을 높였다.

"인간은 누구나 실수를 하는 법이오."

돈 까밀로는 점잖게 말하고 난 뒤, 관리를 문밖으로 밀어냈다. 그리고 그의 코앞에서 문을 쾅 닫아버렸다.

당연히, 이러한 돈 까밀로의 처사는 인민의 집 게시판에 큼지막하게 나붙었다. 성당의 신부가 입으로는 이웃에 대한 사랑을 설교하면서 뒤로는 불쌍한 소년을 정당한 보수도 주지 않고 쫓아냈고 가엾은 과부까지 냉정하게 몰아냈다는 신랄한 내용이었다.

빼뽀네는 그 공격으로 만족하지 않았다. 그는 당장 마르첼리노를 자기 전자제품 가게의 점원으로 채용했다. 빼뽀네는 노동위원회에서 정한 고용조건을 충실히 이행했으며 보험도 들어주었다. 그리고 그는 마을 사람들이 모두 그 일을 알고 있으리라고 생각하며 우쭐해 했다.

마르첼리노는 마치 천사처럼 행동했다. 그래서 돈 키키는 돈 까밀로에게 그 사실을 알려주며 빈정거렸다.

"잘 보셨지요, 신부님? 제 말이 맞잖습니까. 마르첼리노는 모범적인 소년인데 신부님 혼자서 잘못 보신 겁니다."

"그럴 수도 있는 일이지."

돈 까밀로가 고개를 끄덕이며 말했다.

"다만, 나는 그 애가 냉장고와 세탁기 사이에서 천사를 만나지나 않을까 염려스러울 뿐일세."

사실 마르첼리노는 더 이상 천사를 만나진 못했지만 여전히 셈이 빠르고 영악했다. 어느 날, 전자제품 사이를 청소하던 소년은 뻬뽀네가 세탁기 뒤에 교묘하게 숨겨 놓은 '비밀장부'를 찾아, 그것을 집으로 가지고 갔다.

마르첼리노의 어머니는 뻬뽀네에게 15만 리라를 주지 않으면 '비밀장부'를 노동 위원회 소속 담당 검사에게 가져다주겠다고 협박했다. 그는 노동자에 대한 자기의 의무를 저버릴 수가 없었다. 속으로는 무지하게 화가 났지만 뻬뽀네 동지는 마리첼리노의 어머니에게 돈을 주고 그 장부를 찾아올 수밖에 없었다.

그리고 얼마 뒤, 마르첼리노의 어머니는 이 세상에 또 다른 선물 하나를 내놓았다. 바로 아버지가 누군지도 모르는 열 번째 아이였다.

뽀 강이 들려주는 이야기

어느 금요일 밤 11시에 캣은 전화 한 통을 받았다. 전갈파 여자 친구인 토타한테서 였다.

"캣, 너 링고에게 무슨 짓을 했니?"

"날 성가시게 하길래, 뽀 강에나 뛰어들라고 했지."

캣이 깔깔대며 설명했다.

"걘 지금 제정신이 아니야. 복수하겠대. 벨레노의 졸개들이 어디 사는지 아니까, 거기로 쳐들어가서 박살을 내버리겠대. 공격날짜는 내일 아침이야. 걔들이 떠나는 즉시 알려줄게."

캣은 링고가 화를 내면 얼마나 포악해지는지 잘 알고 있었다.

그래서 벨레노의 세 부하에게 이 소식을 알리러 달려갔다.

세 명의 시골 깡패는 어깨를 으쓱하곤 거기에 대해 어떻게 대응해야 할지 모르겠다고 대답했다.

"그럼, 지금 당장 모두에게 그 소식을 알려. 내일 아침 7시에 정확히 마키오네에서 나를 기다리라고 말이야."

캣은 집으로 돌아가기 전에 빼뽀네의 집 대문을 두드렸다. 그는 막 잠자리에 들려던 참이라, 지금처럼 늦은 시간에 전자제품 얘기는 하고 싶지 않다고 딱 잘라 말했다.

"그런 얘기하러 온 게 아녜요. 제게 벨레노의 검은 가죽 재킷을 주시고 그이의 오토바이를 제 트럭에 실어주세요. 내일 아침 일찍 전갈파 일당이 쳐들어올 거예요."

빼뽀네의 귓불이 금세 빨개졌다.

"뭐라고? 그 미친놈들이 또 여기로 몰려온다고? 군부대에 알려서 전부 잡아넣어야 하겠구나."

"참견하지 마세요."

캣이 말했다.

"이건 우리 일이에요. 그 재킷과 오토바이나 건네주시고 주무세요. 그리고 스탈린 꿈이나 꾸세요. 그분이 로또복권에 당첨시켜줄지도 모르잖아요."

*

다음 날 아침 7시, 시골의 장발족 패거리들이 황폐한 마키오

네 골짜기로 모여들었다. 벨레노가 없는 그들은 무력한 촌뜨기들에 지나지 않았다. 날은 얼어붙을 만큼 추웠다. 녀석들은 나뭇가지를 주워다 불을 피웠다. 그러나 그런 모닥불로는 뼛속 깊이 솟아나는 두려움까지 몰아낼 수는 없었다. 그들은 서로 고개를 마주 대고 한 시간 동안 의논한 뒤에야 결정을 내렸다. 하지만 그 결론이란 게 고작 오토바이를 타고 언덕 쪽으로 피신하자는 것이었다.

바로 그때, 우렁차고 귀에 익숙한 오토바이 소리가 들려왔다. 모두 벌떡 일어났다.

캣은 벨레노의 커다란 재킷을 입고 오토바이 위에 멋지게 앉아 있었다. 그 광경을 보자마자 뭔가 모를 전율이 흐르는 동시에 용기가 불끈 솟아났다.

"놈들이 지금 막 출발했대!"

캣은 소식을 알렸다.

"서른 명이니까 숫자는 우리와 같아. 아무도 눈치채지 못하게 각기 다른 길로 오고 있어. 그런데 걔들은 큰 길이 나타나는 스트라다차 중간에서 합세할 계획이래. 그러니까 우리는 제방 뒤에 숨어 있다가 놈들이 나타나면 일제히 공격하는 거다. 알겠니? 그러니 빨리 오토바이에 올라타라!"

캣은 숨을 몰아쉬었다. 그녀는 갑자기 벨레노보다 멋지고 위험한 회전 묘기를 선보였다. 이어 캣이 큰길로 달려가자, 그녀의 등 뒤로 흰 해골 그림과 '벨레노'라고 쓰인 글씨가 나타났다. 그러자 시골 깡패들의 사기가 충천해졌다. 그들은 한 명도 빠짐없이 오토바이에 시동을 걸었다. 마치 금방이라도 온 세상을 부숴버릴 듯한 기세였다.

정보는 정확했다. 맨 먼저 스트라다차에 도착한 전갈파 선봉대는 순식간에 처리되었다. 그러나 본대가 도착해 합세하자 싸움은 거칠어졌다. 캣은 강둑 위에서 시골 깡패들을 지휘하고 있었다. 강둑 옆으로 돌멩이가 가득 들어 있는 통 몇 개가 캣의 눈에 들어왔다. 그것은 제방을 보수하기 위해 쌓아둔 돌멩이였다. 그렇지 않아도 부하들이 차츰 밀리는 상황이라, 그녀는 그것들을 사용하기로 결심했다. 부하 네 사람을 불러 절단기 하나씩 나눠주며 큰 소리로 명령했다.

"저 엉킨 줄들을 잘라! 저 아래로 이 돌 대포를 발사해!"

네 명의 시골 장발족들은, 프랑스 왕실 근위대가 나폴레옹에게 복종하듯이 캣의 지시를 따랐다. 그것은 분명히 이 전투의 전환점이 될 작전이었다.

"애들아."

캣은 부하들이 수박만큼이나 커다란 돌덩이를 손에 들고 있는 것을 보자 소리쳤다.

"비듬 잔뜩 낀 머리털로 덮여 있는, 저 풍선 대가리의 머리통을 겨눠라!"

"캣!"

강둑 아래서 링고가 소리쳤다.

"경고하겠는데, 내 손에 잡히면, 그날은 바로 네 제삿날이 될 거야."

큰 돌멩이 하나가 그의 귀 옆을 스치고 지나갔다. 오른쪽으로 3센티미터만 더 갔어도, 전갈파 두목 링고의 머리통은 박살 났을 것이다. 링고의 얼굴에서 핏기가 싹 가셨다.

"그래, 좋아! 진짜 나와 싸우고 싶단 말이지. 그럼 우리도 당하고 있을 수만은 없지. 어이 칼을 꺼내라!"

전갈파들은 날이 시퍼런 칼을 뽑았다. 그러자 시골 깡패들은 뒤로 한 발짝 물러서더니 자전거 체인을 꺼내 들었다. 누가 죽게 될지도 모르는 일촉즉발의 상황이었다. 두 패거리는 캣과 링고로부터 공격 개시 명령을 기다리면서 긴장된 모습으로 서로 대치하고 있었다. 하지만 명령은 떨어지지 않았다. 천둥 같은 목소리가 침묵을 깨뜨렸기 때문이었다.

"손에 들고 있는 그 더러운 물건을 전부 땅에 내려놔라!"

뻬뽀네와 그의 부하들이 2연발 총을 들고 강둑 위에 나타났다.

"훌륭하셔! 싸움을 말리기 위해 우릴 모두 죽일 작정이오?"

링고가 빈정거렸다.

"누가 너희를 죽이고 싶어 하겠느냐?"

뻬뽀네가 어른답게 말했다.

"우리 총에는 소금 탄환이 장전되어 있다. 소금이 어떤 효과를 나타내는지 아직 잊지 않았을 테지? 먼젓번에도 그 맛을 보았지 않았느냐? 그러니, 어서 그 쓰레기들을 던져버려라. 그렇지 않으면 당장에 소금총 맛을 보여 줄 테니까."

바로 그때, 돈 까밀로가 둑 위에 모습을 나타냈다.

"신부님은 빠지시오. 이 일은 당신과는 아무 관계 없으니까!"

뻬뽀네가 으르렁거렸다.

"아니, 관계있는 일일세. 이 바보 중 하나라도 죽는다면, 자네가 종부성사*를 줄 수야 없지 않은가."

돈 까밀로가 외쳤다.

"무기를 버려라!"

뻬뽀네는 큰소리쳤으나, 속으로는 걱정이 되었다. 자신이 차마 저들에게 총을 쏘아 몸에 바람구멍을 낼 수 없으리란 걸 잘 알고 있었기 때문이었다.

캣이 뻬뽀네의 마음을 눈치채고 재촉했다.

"소리만 지르지 말고 어서 쏘세요!"

그녀는 읍장의 손에서 총을 빼앗아 링고를 겨누었다.

장발머리는 얼굴이 하얗게 질려서 칼을 떨어뜨렸다.

"총을 빼앗으세요. 저 애는 장난하는 게 아닙니다. 진짜 쏠 거예요. 난 저 애를 알죠. 그렇지 않았다면, 내 여자로 찍지는 않았을 겁니다."

링고가 소리쳤다.

---

* 가톨릭에서 이르는 일곱 가지 성사의 하나. 병이 들거나 늙어서 죽을 위험이 있는 신자를 하느님에게 맡겨 구원을 비는 성사.

캣은 깔깔거리며 말했다.

"이 바보 같은 자식! 나는 네 여자였던 적도 없고, 앞으로도 그럴 일은 없을 거야. 난 내가 고른 사람의 여자가 될 거야."

링고는 웃기 시작했다.

"시건방진 계집애! 우리 전갈파 대원 중 누구든 한 여자애를 자기 걸로 찍으면, 그 애는 찍은 사람 것이 되는 거야. 다른 누구도 손을 댈 수 없어. 그런데 등에 해골바가지를 그리고 다니는 그 촌뜨기는 내가 찍은 여자를 넘볼 정도로 바보였냐? 그렇다면 그놈의 패거리 전체가 대가를 지불해야 마땅해!"

"사실대로 말하자면, 캣이 저 바보 같은 벨레노를 찍은 거라네."

돈 까밀로가 링고의 말을 정정했다.

"어쨌든 그렇다고 해서 자네 패거리를 몽땅 끌고 와서 이런 소동을 일으킬 것까지야 없지 않겠나."

"충분한 이유가 되고도 남아요."

링고가 큰소리로 대꾸했다.

"한 대원에 대한 모욕은 전갈파 전부에 대한 모욕과 똑같습니다. 그게 우리의 법이에요. 그런데 너의 덩치 큰 영웅은 어째서 안 보이는 거지?"

"그이는 더 훌륭한 일을 해야 하니까 이런 곳에 있을 수가 없어. 그리고 너 같은 대마초 중독자를 없애는 것쯤은 나 하나로도 충분해!"

캣은 방아쇠를 당기며 외쳤다.

돈 까밀로는 이런 식으로 끝장이 나리라고 예상하고 있었다. 그래서 만반의 준비를 하고 있다가 그 커다란 손으로 총구를 붙잡고 재빨리 아래로 숙였다. 발사된 소금 탄환은 땅 위에 먼지를 일으키며 두 패거리를 갈라놓았다.

놀란 장발족들은 양쪽 다 무기를 버렸다. 스미르초는 강둑을 내려와 칼과 자전거 체인을 주워 모았다.

돈 까밀로가 물었다.

"그래, 너희가 아직 젊고 반항기가 철철 넘쳐흐르는 얼간이라고 해두자. 하지만 고작 이따위 소동을 피우려고 여기 온 게냐?"

"물론이에요. 당신네 같은 썩어빠진 구세대의 법을 없애고 우리만의 법을 세울 겁니다."

"그 대단한 법이 대체 뭔데?"

빼뽀네가 물었다.

"적자생존의 법칙, 즉 자연의 법이죠. 약한 자들은 사라져야 해요."

링고가 대답했다.

"오호라, 나도 어제 자기를 성가시게 군다고 열여덟 살짜리 소년이 부모를 살해했다는 뉴스를 보았지."

돈 까밀로는 재빨리 응수했다.

"그런 놈은 우리 편이 아닙니다!"

링고는 선언하듯 말했다.

"왜냐하면, 우리에게 부모란 이미 죽은 것과 마찬가지 존재니까요. 그저 걷고 말하는 시체들일 뿐이에요. 하긴 당신네들의 법도 죽은 자를 살해하는 것을 금하고 있지 않아요? 시체 모독죄인가 뭔가 하는 걸로요."

"어디 말해 봐라, 누가 살아 있는 시체인지."

뻬뽀네가 펄쩍 뛰며 물었다.

"마흔 살이 되면 인간은 누구나 타락하기 시작하는 거예요."

링고가 대답했다.

"내가 보기에 이 근처에서 타락한 사람이라고는 너 하나밖에 없는 것 같은데."

돈 까밀로도 큰 소리로 대답했다.

링고가 한 발 앞으로 나서며 말했다.

"이것 보세요, 난 치마 같은 신부복을 걸치고 다니는 사람을 존경하지 않아요. 내가 당신을 두들겨 패지 않는 이유는 오직 당신이 너무 불쌍해 보여서라고요."

"다른 사람 같으면 고맙게 여겼겠지만, 불행하게도 너는 아직도 녹슬지 않은 내 강철 심장을 건드렸어."

돈 까밀로는 재빨리 강둑 밑으로 뛰어 내려갔다.

링고는 권투 선수로, 유도와 가라테까지 할 줄 알았지만, 돈 까밀로의 주먹 한 방에 아무것도 기억하지 못할 만큼 정신을 잃고 말았다.

돈 까밀로는 양손으로 그의 긴 머리를 낚아채서 오른쪽 어깨에 들쳐 메었다. 조용한 곳으로 끌고 가서 흠씬 두들겨 주려는 심산이었다. 그때 캣이 끼어들었다.

"그만두세요, 아저씨. 개를 혼내주는 것은 벨레노의 몫이니까요!"

"하긴 젊은 사람들도 그들만의 권리가 있지."

돈 까밀로가 마지 못해 링고를 땅바닥에 내려놓았다. 그러고는 다시 강둑 위로 올라가 큰소리로 외쳤다.

"너희가 뼛속까지 썩어빠진 건달이 아니라면, 또 더러운 세상에 대한 진정한 반항을 원한다면, 이런 전쟁놀음을 집어치고 건설적인 일을 하는 게 좋겠구나. 이를테면 홍수로 모든 것을 잃은 불쌍한 사람들을 위한 봉사 같은 것 말이다."

"모두 저 뽀 강물에 빠져 죽어 버리라지!"

링고가 일어나며 대꾸했다.

"진정한 반항아인 너희가 나서지 않는다면, 정말 그렇게 될지도 모르지."

돈 까밀로는 하늘을 보며 응답했다.

그날은 이탈리아 전역을 강타한 어마어마한 홍수가 일어난지 이틀째 되는 날이었다. 물에 잠긴 집 지붕 위에 놀란 병아리처럼 모여 앉은 수재민들은 구조의 손길을 애타게 기다리고 있었다.

"이 망할 놈의 세상이 그렇게 맘에 안 든다면, 입으로만 떠들어대는 정치인들한테 반항해라! 안락의자와 이기심 속에서 뒹

굶고 있는 부르주아들을 즐겁게 해 주는 방송국의 TV 쇼 제작자들한테 반항해! 과감하게 흙탕물에 뛰어들어가 불쌍한 영혼들을 구해 보란 말이야. 그래서 자칭 애국자들과 시시한 관료들의 코를 납작하게 만들어 놓으란 말이다. 이런 게 진짜 반항이 아니냐?"

돈 까밀로가 말했다.

"대체 뭘, 어떻게 하라는 겁니까?"

링고가 눈빛을 반짝이며 물었다.

"홍수 지역까지 헤엄쳐 가서 길이 물에 잠겼는지, 씻겨 내려갔는지 살펴보기라도 할까요?"

"아니, 꼭 그러라는 건 아니야. 우리 읍장이 유능한 사람이라면, 따뜻한 옷가지와 담요 그리고 먹을 것들을 모아서 큰 보트에 나누어 싣고, 물에 잠긴 마을을 도와줄 텐데 말이야…."

"읍장은 유능하오!"

뻬뽀네가 소리쳤다.

"알고 있네, 동지. 하지만 자네는 조금만 움직이려 해도 스탈린이나 크렘린의 허락을 받아야 하잖나?"

"그건 그렇지 않소. 문제는, 신부님 힘으로는 더 이상 누구에게서든지 그 무엇도 얻어낼 수 없다는 거요. 사람들은 자기네가 내놓은 물건들이 어디에 쓰였는지를 늘 보아왔으니까."

"천만에, 읍장 동지. 만일 우리가 직접 물건을 나누어 준다고 맹세한다면, 그들은 기꺼이 내놓을 걸세."

"우리라뇨?"

"자네와 나 말일세. 신부를 믿지 못하는 사람은 읍장 얼굴을 보고 믿을 거고, 읍장을 믿지 못하는 사람이라도 신부까지 의심하지는 않겠지."

빼뽀네는 장발족을 향해 돌아섰다.

"이봐, 너희 중 세발자전거나 타고 놀고 싶은 겁쟁이들은 집으로 가라. 방구석에 주저앉아 레코드판을 틀어 놓고 반항의 노래나 즐겨. 그게 싫은 놈만 날 따라와라."

"나도 끼워주세요. 아니, 우리 전부 끼워주세요."

캣이 졸개들에게 시선을 던지며 말했다.

"솔직히 홍수엔 별다른 관심이 없지만, 누군가를 속여 넘기는 일이라면 나도 한몫 끼겠어요!"

링고도 나섰다. 그러자 나머지 전갈파도 입을 모아 소리쳤다.

"우리도 끼겠어!"

묘한 일로 휴전이 성립되었다. 머릿수를 세어보니, 양쪽 각각 스무 명씩이나 되었다. 나머지 열 명은 머리통이 깨지고, 갈비뼈가 부러진 부상자들이었다. 그들은 병원으로 보내졌다.

*

빼뽀네는 트럭 옆자리에 돈 까밀로를 태우고 함께 읍내를 서너 바퀴 돌았다. 그들이 입버릇처럼 되풀이 한 말은 '돈은 말고, 옷가지나 담요와 먹을 것만!' 달라는 거였다. 그것은 이치에 맞는 말이었다. 왜냐하면 농부들은 단돈 1리라보다는 차라리 밀가루 한 부대를 내놓으려고 했기 때문이다. 그들은 15년 전 이 마을을 강타했던 태풍과 2년 전의 홍수를 생생하게 기억하고 있었다. 그래서인지 물건을 순순히 잘 내놓았다.

돈 까밀로와 뻬뽀네가 구호품을 모으는 동안 비지오와 브루스코 그리고 스미르초는 장발족들의 도움으로 배를 준비했다.

그들은 모래와 자갈을 운반하는 모터가 달린 큰 짐배 두 척, 또 예인선에 끌려 강을 가로질러 트럭을 운반할 짐배 두 척을 구했다.

트럭과 트랙터를 배에 실었다. 그리고 구호품이 모여지자, 방수 플라스틱 가방으로 잘 싸서 네 척의 운반선에 나누어 실었다. 정말 고된 작업이었다.

뻬뽀네는 링고 일당 스무 명이 탄 배를 지휘했다. 돈 까밀로가 지휘하는 다른 한 척의 배에는 캣과 그의 부하 스무 명이 꽉 들어찼다. 돈 키키도 그 원정대에 끼고 싶어 안달했다. 그러나 돈 까밀로는 성당을 비워둘 수 없다는 사실을 강조하며 이렇게 덧붙였다.

"나는 원래 이런 일에 이력이 난 신부지만, 자네가 이런 험한 일을 하면 몸살이 날걸."

그들은 한밤중이 지나서 출항했다. 그때까지도 비는 추적추적 내리고 있었다. 배에 탄 일행은 온몸이 멍투성이인 데다 굉장히 피로했으므로 방수 천막 속에 눕자마자 곧바로 곯아 떨어졌다.

돈 까밀로의 배가 선두에 섰고, 빼뽀네의 배가 뒤를 따랐다. 서로 연결된 운반선은 예인선에 연결되어 두 배를 따라갔다. 밝은 탐조등이 장치된 작고 빠른 쾌속정이 길을 안내했다.

오전 10시가 되자 비가 그치고 날씨가 개기 시작했다. 당연히 돈 까밀로가 이것을 놓칠 리가 없었다. 어쨌든 그날은 주일이었으니까.

그는 통조림이 가득 든 상자를 모아놓고 그 위에 야외용 제대를 설치하고, 미사를 올렸다.

빼뽀네의 배에 탄 사람들은 천막 속에서 잠을 자고 있었다.

"흥, 못 말릴 신부로군!"

빼뽀네가 으르렁거렸다.

"그저 아무 데서고 저놈의 음악 공연을 해대니 말이야."

링고가 낄낄거리며 웃기 시작했다. 그런데 갑자기 모터가 꺼지자 사방이 조용해졌다.

이 외딴곳에서 신부의 높고 낮은 미사소리는 진흙탕투성이가 된 뽀 강 위로 끝없이 퍼져 나갔다. 링고도 낄낄거릴 기분이 사라졌는지 입을 꾹 다물었다.

기타 없는 장발족이란 총 없이 전쟁에 나가는 군인과도 같다. 당연히 전갈파 대원들은 기타를 가지고 있었다. 그들은 성체 거양을 할 때가 되자 '올드 맨 리버'를 불렀다. 그리고 성찬식이 진행되는 동안에는 휘파람으로 구슬픈 가락을 불러댔다.

돈 까밀로가 투덜댔다.

"예수님, 어째서 저들의 입을 막지 않으십니까. 어째서 저들이 불경스런 노래로 이 성스러운 시간을 욕되게 하는 것을 방치하십니까."

멀리서 예수님의 목소리가 들려왔다.

"돈 까밀로야, 그들은 모두 최선을 다해 주님을 찬양하는 노래를 부르고 있느니라."

"그럴지도 모르지만, 들어보십시오. 저들은 휘파람을 불기까지 합니다."

"때로는 휘파람으로 주님을 찬양할 수도 있느니라."

예수님이 말씀하셨다.

"예수님, 이 모든 게 언제쯤 끝이 날까요. 가련한 시골 신부가 유행가 미사를 드릴 줄 누가 상상이나 했겠습니까?"

"나는 알고 있었다, 돈 까밀로."

미사가 끝나자 비가 다시 내렸다. 모터가 다시 가동되기 시작했고, 모두 비를 피해 천막 아래로 모여들었다.

*

돈 까밀로 일행은 마침내 홍수 시역에 도착했다. 물에 잠긴 집들의 지붕 끝이 보이기 시작하자 그들의 활동이 곧바로 시작되었다.

그들이 팀을 편성하고 있을 때, 정부에서 나온 공무원들이 수해 현황을 진단하고 구조 작업을 지시하기 위해 속속 도착했다. 그리고 그들을 감독하기 위해 더 높은 관리들도 하나둘씩 도착하고 있었다. 그동안 수재민들은 지붕꼭대기에 모여서 구조를 기다리고 있었다. 그런데 공무원과 관리들로 가득 찬 모터보트 한 대가 돈 까밀로의 일행을 막아 세우고 소리쳤다.

"당신들은 누구요? 여기서 뭘 하시오? 소속이 어디요? 무엇을 가져왔소? 아무런 요청도 안 했는데, 왜 이런 물건들을 가져왔소?"

"저자들은 우리가 운행 허가증이 없다는 사실을 확인하면 아마도 큰 벌금을 물릴 걸요!"

캣이 화를 내며 중얼거렸다.

"조용히 하거라."

돈 까밀로가 말했다.

"아직도 이해하지 못했니? 정부는 정부가 해야 할 일을 개인이 하면 싫어한다는 걸 말이야."

장발족들이 화를 내기 시작했다. 링고는 모터보트에 구멍을 뚫고 고관들과 공무원들을 물속에 처넣자고 제안했다. 좋은 생각이긴 했지만, 실행에 옮길 필요는 없었다. 상당 시간 구조 활동을 벌이던 관리들이 민간인 구조대와 협력해야 일이 빨리 끝나겠다고 결정했기 때문이다. 그래서 돈 까밀로의 선단은 다시 엔진을 가동하고 계속 전진했다. 장발족들은 수재민들의 집, 지붕 위로 올라가 그들이 배로 옮겨 타는 걸 도와주었다. 그들은 주민들을 고지대로 데려가 몸을 말리게 하고, 따뜻한 옷과 먹을 것을 주었다. 그런 다음 링고와 캣이 트럭과 트랙터에 수재민들을 태우고 수해를 입지 않은 마을로 옮겼다.

수재민들은 거기서 식량과 담요 한 벌 그리고 새 옷을 받았다. 일을 거의 끝낸 일동은 마지막으로 빨간 대문집의 구조에 착수했다.

그 오두막은 1층 천장까지 물에 잠겨 있었다. 키가 자그마한 노부부가 가재도구와 함께 양지바른 지붕 위로 안전하게 대피해 있었다. 그러나 그들은 집과 재산을 버리려고 하지 않았다. 아무리 설득해도 소용이 없었다. 그러자 뻬뽀네는 설득을 포기하고 링고에게 명령을 내렸다.

"저 두 늙은이와 자질구레한 물건들을 깡그리 배에 실어라!"

전갈파는 폭력을 사랑했으므로 두말없이 복종했다. 두 노인의 항변에도 불구하고 그들의 모든 것을 배에다 실었다. 그 집에서 겨우 몇 미터 떨어진 곳으로 배가 물러났을 때, 그 비참한 뼈대만 남은 오두막은 한참 뒤뚱거리더니, 끝내 흙탕물 속으로 사라지고 말았다.

"흑흑… 자네들은 기분이 좋겠구먼!"

노인은 울음 섞인 목소리로 말했다.

"기분 좋을 사람은 우리가 아니라 할아버지와 할머니 아뇨?"

화가 난 링고가 소리쳤다.

"우리가 잠시만 지체했어도 당신네는 이미 물에 빠져 죽은 몸이었을 겁니다."

"정말!"

할멈은 엉엉 소리 내어 울었다.

"그럼, 모든 게 다 끝장나 버렸다는 말이군. 이제 우리는 집도, 텃밭도, 닭장도 없이 어떻게 살아가란 말이냐?"

"정부에서 도와줄 거예요."

링고가 대답했다.

"정부라고?"

노인은 으르렁거렸다.

"정부는 우릴 양로원에 가두겠지. 그럼 우리는 따로 떨어져 살아가게 될 거야. 우리를 가만히 내버려뒀다면 저기 우리 집에서 함께 죽었을 텐데 말이야."

"흥! 혼자 죽으나, 함께 죽으나 죽는 건 마찬가지라고요."

링고가 비웃었다.

"이봐, 젊은이. 자네는 앞으로 살날이 더 많지만, 우리는 살아온 날이 더 많은 사람들일세. 자네도 언젠가는 알게 되겠지만, 문제는 얼마나 잘 사느냐가 아니라, 얼마나 잘 죽느냐 일세."

노인이 대답했다.

두 배는 아주 가까이 있었으므로, 돈 까밀로는 노인의 말을 확실하게 들을 수 있었다. 그는 큰소리로 외쳤다.

"영감님, 난 영감님을 이해합니다. 하지만 젊은이들은 이해하지 못할 겁니다. 저 애들은 노인들이 어떻게 죽어 가는지 관심조차 없으니까요. 저 애들이 원하는 건 우리가 빨리 죽어 없어지는 거랍니다."

"그렇다면 왜 우릴 죽게 내버려두지 않았어?"

할멈은 다시 엉엉 울었다.

"그렇게 죽고 싶으시다면 배에서 뛰어내리시지 그래요. 아무도 말리지 않을 테니까요!"

링고가 악을 쓰듯 외쳤다.

"우리에게 생명을 주신 분만이 우리의 생명을 거둬갈 수가 있지. 아마 자넨 모르겠지만 신부님은 아실 게야."

할멈이 대답했다.

"시동을 걸어라. 임무를 달성했으니 집으로 돌아가자."

돈 까밀로가 외쳤다.

"저 노인네들은 어떻게 하지요?"

뻬뽀네가 낮은 소리로 물었다.

"저분들이 비참한 꼴을 당한 데에는 우리도 책임이 있네. 나는 저분들을 내 소유 별장으로 데려갈 생각이네. 집은 꽤 낡았지만, 쓸 만한 방이 몇 개 있지. 그리고 약간의 땅도 있으니까, 거기를 깨끗하게 정리해 드릴 거야. 그러면 뜰도 가꾸고, 닭장도 들여놓을 수 있을 거야."

할멈의 눈이 반짝였다.

"닭장이라고요?"

그녀는 기쁨에 넘쳐서 외쳤다. 하지만 이내 슬픈 기색을 지었다.

"내 불쌍한 병아리들이 모두 물에 떠내려갔으니…."

"스페인 범선, 좌현에 출현!"

캣이 외쳤다.

그녀가 가리키는 쪽에 쓰레기로 가득 찬 네모난 형태의 큼지막한 닭장 하나가 김을 모락모락 내면서 떠내려오고 있었다. 그 꼭대기엔 스무 마리 남짓한 병아리들이 애처롭게 짚더미 사이에서 퍼덕거리며 발톱을 긁어대고 있었다.

"벵갈 호랑이들 승선!"

캣이 명령을 내리자마자, 장발족들은 닭장 쪽으로 다가갔다. 그리고 갈고리로 끌어당겨 병아리들을 배에 실었다.

"이제 병아리도 얻으셨군요."

링고가 노부부를 향해 소리쳤다.

"더 원하시는 건 없으신지요?"

"선하신 우리 주님께 감사드립니다."

할멈이 양팔을 벌리며 대답했다.

"할머니, 그런 말씀은 옆 가게를 이용하시죠."

링고가 웃으며 말했다.

마침 모터에서 커다란 굉음이 울려서 돈 까밀로는 링고의 말을 들을 수 없었다. 예수님은 그 말을 들으셨지만, 화를 내시지는 않았다. 그분도 젊었을 적에는 링고처럼 장발족이셨으니까 말이다. 예수님도 십자가 위에서 희생되기 전까지 자신의 반항으로 수많은 사람을 당황하게 했던 시절이 있었다.

돌진하는 키키

자기 생각이 뚜렷한 돈 키키는 어느 날 돈 까밀로에게 이렇게 말했다.

"정체되었던 오랜 세월 동안 교회는 신부들을 무관심한 관료주의자들로 바꾸어놓았습니다. 신부들은 사람들이 결혼을 하고, 아이의 세례를 받고, 장례식을 치르기 위해 성당으로 찾아오기를 가만히 앉아 기다리고만 있습니다. 하지만 양떼와 목자 사이의 이런 오래된 규칙은 이제 사라졌습니다. 진보는 관습과 정신을 바꾸어놓았습니다. 목자가 모든 양을 올리브 동산으로 데려가기 위해 종을 울리기만 하면 되던 시절은 다 지났단 말입니다. 신부님은 아직도 종을 울리고 싶으시겠지요. 한때 성당의 종소리는 거대한 침묵 속에서 강력하고 단호하게 울려 퍼지는 유일한 소리였습니다. 오늘날 거대한 침묵은 오토바이의 굉음과 고함, 확성기의 음악 소리에 사라져버렸습니다. 그리고 종소리는 이제 우리의 귀청을 찢는 수만 가지의 소음들 중 하나에 불과해졌습니다. 엄숙한 경고가 아니라 그저 신경을 건드리는 소리일 뿐이지요. 생산적인 열망과 진보의 새로운 요구에 사로잡힌 양떼들은 이제 교회의 부름을 듣지 못합니다. 예전에 잃어버린 양 한 마리를 찾기 위해 양떼를 버렸던 착한 목자는 이제 텅 빈 올리브 동산에 혼자 남았습니다. 다른 양들까지 다 잃어버렸으니까요. 아시겠습니까?"

"알겠네. 그러니까 자네는 목자의 역할을 버리고 더 생산적인 활동을 하겠다는, 뭐 그런 생각인가?"

돈 까밀로가 물었다.

"그게 무슨 말씀이십니까. 제 말은 만일 양들이 목자의 부름에 더 이상 응답하지 않는다면 목자가 양 한 마리 한 마리를 직접 찾아나서야 한다는 말이지요. 우리 양들이 올리브 동산에 와 영적인 양식을 쌓지 않는다면 우리가 그들에게 양식을 가져다 주어야 합니다."

돈 키키가 항변했다.

"옳은 말이네. 식료품 가게를 예로 들어보자면, 음식을 배달해 주어야 한다는 말 아닌가."

돈 까밀로가 동의하며 말했다.

"아닙니다, 신부님. 예전처럼, 고통 받는 사람들에게 구원의 말씀을 들려주시던 예수님과 그 제자들처럼 해야 한다는 말입니다. 집집마다 돌아다니면서 문을 두드리고, 신자들의 모든 문제에 관심을 갖고, 가능한 한 적극적으로 개입해야 합니다. 관료주의적인 신부가 아니라 친구 같은 신부로 바뀌어야 합니다. 제가 하고 싶은 일은 바로 이런 것입니다."

돈 키키가 말했다.

그가 말한 것은 틀리지 않았다. 돈 까밀로에게는 무엇보다 돈 키키로부터 자유로워질 수 있는 절호의 기회였다. 그래서 돈 까밀로의 전폭적인 지지를 얻게 된 돈 키키는 열성적으로 그 일을 시작했다. 예상대로 대부분의 사람들은 굳은 얼굴로 자기들은 성당이 어디에 있는지 잘 알고 있으며, 만약 신부가 필요하다면 부르러 갈 것이라고 돈 키키를 모질게 내쳤다. 하지만 그를 친절하게 맞이하면서 마음을 여는 사람도 있었다.

젤린다 브루냐치 역시 그런 사람 중 하나로, 그녀는 마을 대저택의 임차인이었다. 어느 날 젤린다는 근심이 가득한 얼굴로 돈 키키에게 속내를 털어놓았다.

"신부님은 지금 상황이 어떤지 잘 아실 거예요. 요즘 젊은 것들은 더 이상 농사일을 배우려 하지 않아요. 도시로 도망치려는 것을 잡아두려면 그 애들의 환심을 사야만 하지요. 그래서 우리 부부는 엄청난 희생을 감수하면서 아이들에게 자동차를 사주었답니다. 가난한 농부가 자동차 한 대를 사는 일은 정말 보통 일이 아니지요. 하지만 우리는 차를 사주었어요. 이제 그 할부금을 내려면 허리띠를 더욱 졸라매야만 하겠지요. 그런데 톨리니 영감님이 돌아가시는 바람에 불행이 겹쳤답니다. 그는 좋은 사람이었지만 그의 아들은 전혀 다른 사람이에요."

젤린다는 한숨을 쉬며 이야기를 시작했다. 한때 톨리니 영감의 소작인이었던 브루냐치 부부는 몇 년 전부터 임차인이 되었다. 그래서 가축과 기계, 농기구 외에도 농사에 필요한 것들을 조금씩 빌려 썼다. 그리고 농장 주인인 톨리니 영감에게 매번 조금씩 돈을 갚아왔다. 이미 어느 정도의 임대료는 지불된 상태였다. 그런데 자동차 할부금까지 내야 하는 이 시점에 톨리니 영감이 죽자, 그의 아들이 나머지 금액을 한꺼번에 다 갚으라고 요구했다는 것이었다.

젤린다는 울먹이며 말했다.

"신부님, 며칠 안으로 200만 리라를 갚아야 한답니다. 우리가 어디에서 그렇게 큰돈을 마련하겠어요."

톨리니 농장은 대저택에서 그 이름을 따왔다. 톨리니 영감은 전쟁이 일어나기 몇 년 전에 임대인들의 거주지에서 약 5킬로미터 떨어진 곳에 저택을 지었다. 아주 크고 아름다우며 주위에 넓은 정원이 있는 한적한 저택이었다. 시골 대지주의 집으로는 안성맞춤이었다. 저택에서 풍겨나오는 안락함에는 거만함마저 배어 있어 오히려 불쾌하게 느껴지는 집이었다.

마을 사람들은 그 저택을 바라보면서 거기에 살게 된 행운아들을 향해 이렇게 말했다.

"하느님, 저곳에 엄청난 벼락을 내려주소서!"

왜냐하면 톨리니 영감은 집 꼭대기에 무수히 많은 피뢰침을 세워두었기 때문이다.

한 번도 저택이 벼락을 맞은 적은 없었지만 가난한 농부들은 마음속으로 정말 그렇게 되기를 바라고 있었다.

"톨리니 영감의 아들은 모든 것을 상속받았으니 그것으로 충분하지 않을까요? 그런데 왜 아침부터 밤까지 억척스럽게 피땀 흘려가며 일하는 불쌍한 사람들을 더 힘들게 하려는 걸까요?"

젤린다가 말했다.

이야기를 듣고 몹시 화가 난 돈 키키는 가엾은 젤린다를 진정시키고 나서 대저택으로 달려갔다.

톨리니 부인은 심드렁하게 돈 키키를 맞았다. 그녀는 65세 정도로 아주 마르고 건강이 나빠 보였다. 돈 키키가 아들을 만나고 싶다고 하자 그녀는 그를 2층으로 안내했다.

"날씨가 갑자기 추워져 저 아이의 몸이 많이 상했답니다. 의사가 침대에서 꼼짝도 하지 말라고 했지요."

그녀가 말했다.

대저택의 내부도 훌륭했다. 조금 저속해 보이지만 튼튼하고 값비싼 가구들로 꾸며져 있었다. 그 집의 서른다섯 살 된 아들은 깡마른 체구에 벌써 흰머리가 잔뜩 섞여 있었고, 얼굴에는 깊은 주름이 패어져 있었다. 돈 키키는 주저 없이 그것이 방탕

한 생활의 흔적이라고 생각했다. 이런저런 이야기를 나누다가 돈 키키는 본론으로 들어갔다.

"불쌍한 브루냐치 부부에게 당신이 친절을 베풀어주셨으면 합니다."

돈 키키가 말했다.

"브루냐치 부부요? 그들이 원하는 게 뭡니까?"

젊은 톨리니는 깜짝 놀라며 말했다.

"돌아가신 아버님과 한 채무 계약 말입니다. 지금 당장 지불할 수 없을 것 같습니다."

톨리니는 무척 지쳐 보였다. 하지만 비아냥거릴 힘은 남아있는 것 같았다.

"신부님, 농담하십니까! 그들은 돈을 낼 수도 있고, 또 내야 합니다. 250만 리라 중에서 그들이 지난 15년 동안 갚은 돈은 겨우 50만 리라입니다. 게다가 지금 돈의 가치는 15년 전에 비해 절반밖에 되지 않아요."

"대신 당신 땅값은 15년 전에 비해 두 배로 늘어나지 않았습니까. 모든 일에는 항상 보상이 따르지요. 하느님의 섭리가 당신에게 이런 멋진 집과 불쌍한 브루냐치 부부가 20년 동안 일해 온 멋진 농장을 선물로 주지 않았습니까."

돈 키키가 말했다.

"하느님의 섭리는 아무것도 선물해 주지 않았습니다."

상속인 톨리니는 화를 내며 말을 가로막았다.

"이 농장은 내 아버지와 어머니가 정직하게 일하고 희생해서 얻은 것입니다. 노년에 빵 한 조각이라도 더 얻을 수 있을 거라고 착각하시면서요. 신부님이 말씀하신 섭리라는 것이 준 선물은 고작 내가 도시에서 힘들게 세운 무역회사를 정리하라고 나를 압박하는 것뿐이었습니다. 그리고 이제는 내 불쌍한 어머니에게 의지해 여기서 살라고 강요하고 있어요. 섭리가 내려준 선물이란 없습니다. 우리는 항상 일만 해온 사람들이라고요!"

"노동은 가장 기본적인 의무 중 하나입니다. 바오로 사도가 테살로니카인들에게 보낸 두 번째 편지를 기억하시지요? '일하지 않는 자는 먹지도 말라'."

돈 키키가 응수했다.

"나는 더 이상 일할 수도 없습니다. 나는 환자란 말이오. 내 불쌍한 어머니가 세금과 소작료와 다른 것들 때문에 줄어든, 이젠 얼마 되는 않는 임대료로 그나마 텃밭과 닭장이라도 유지하지 못하신다면 우리는 굶어 죽을 거란 말이오."

상속인은 숨을 헐떡이면서 반박했다.

돈 키키는 신세대 신부였다. 그러니 이런 말에 쉽게 동요할 리 없었다.

"빈곤하여 울고 있는 가난한 자의 공연은 슬프지요. 하지만 부자가 빈곤으로 울고 있는 모습은 소름이 끼칠 정도로 더 끔찍하군요. 하느님께서나 알고 계실 법한 엄청난 재산을 상속받은 사람이 어찌 굶어 죽을 수 있겠소."

"정확하게 9천700만 리라요. 세무서에서 계산한 재산이 그 정도 된다고 하더군요. 그래서 나는 상속세로 3천500만 리라를 내야 합니다."

상속인이 말했다.

"세금은 가난한 사람들뿐 아니라 부자들도 내야지요. 우는소리 하지 마십시오. 농장을 팔고, 정당하게 세금을 내세요. 그래도 당신에게는 6천만 리라가 남지 않습니까. 그 돈은 결코 적은 돈이 아니오."

돈 키키는 단호하게 말했다.

"물론 6천만 리라는 큰돈입니다. 문제는 새로운 법이 임대인에게 농장을 팔라고 강요한다는 데 있지요. 그 불쌍한 임대인, 15년 전부터 갚아야 하는 200만 리라를 갚을 수 없다는 그 임대인은 일정 수수료가 붙은 가격의 농장을 현금으로 즉시 살 준비가 되어 있단 말입니다. 무려 3천만 리라를 내면서 말이오. 그러니 내가 받은 상속은 결국 빚만 나에게 남기는 셈입니다."

상속인은 피곤한 목소리로 말했다.

돈 키키는 단호하게 그의 말을 반박했다.

"톨리니 씨, 무능력한 척하지 마시오. 저에게 동화 같은 얘길 꾸며낼 생각은 마시라고요!"

"신부님은 우선매입권에 대한 법을 모르시는군요."

"잘 알고 있고, 그 법이 아주 정당하다는 것도 알고 있습니다. 브루냐치 씨는 오랜 세월 동안 자기가 노력해서 땅을 일구어 왔습니다. 그는 누구보다 그 땅을 가질 절대적인 권리가 있어요. 그 땅을 정복한 사람은 그 사람이니까요. 당신처럼 그는 땅을 선물로 받은 것이 아닙니다. 당신이 그 땅에 대한 권리를 갖기 위해 한 일이 뭐가 있습니까?"

돈 키키가 소리쳤다.

상속인은 숨을 쉬기도 힘들어했다.

"이 농장은 내 아버지와 어머니의 노력에 대한 대가입니다."

그는 간신히 항변했다.

"하느님께서는 모든 사람들을 위한 양식을 제공해 주는 대지를 창조하셨습니다. 대지는 공기와 빛, 물처럼 모든 인류의 것입니다. 누구도 그것을 개인적으로 소유할 수 없습니다. 비록 그것이 합법적이라 하더라도 그것은 도둑질입니다."

"그럼 브루냐치 부부는요? 어째서 그들은 땅을 가져도 된단 말입니까?"

상속인이 물었다.

"그들은 직접 땅을 일구어왔으니까요. 모두를 위해 빵을 만들어왔으니까요. 결정적으로 그들은 20년 동안 힘들었지만, 정직하게 일한 수확물을 공동체에 바치고자 합니다. 힘겹게, 그리고 정직하게 공동체를 위해 계속해서 일할 수 있는 권리를 얻기 위해 말입니다."

"그럼 내 아버지는 공동체를 위해서 힘들게, 그리고 정직하게 일하지 않았단 말입니까"

"당신 아버지는 이미 돌아가셨소. 그의 영혼은 평화로워졌으니 이 일과는 무관합니다. 그분은 이미 공동묘지에 자기의 땅을 가지고 있지 않소."

"하지만 어머니는 살아 계십니다. 고약한 브루냐치 부부는 여기에 들어와 살려고 우리를 쫓아낼 겁니다. 집도, 생계 수단도 없이 우리는 어떻게 살라는 말입니까?"

상속인은 기운을 차리며 소리쳤다.

"사회가 당신들을 돌봐줄 겁니다. 민주주의 사회는 시민들이 내는 세금을 현명하게 사용하고 있고, 노인들과 아픈 사람들을 돌보고 있소. 당신들도 가난을 겪어보십시오. 가난이 부유하게 살았던 과거의 잘못에서 당신들을 구원해 줄 것이오. 사회의 정의는 그렇게 실현되는 거니까. 그리고 당신은 새로운 시대의 흐름을 막아서는 안 됩니다. 당신 아버지의 채무관계를 포기함으로써 저 불쌍한 농민들을 도와주십시오. 그래야만 부끄러움 없이 하느님께 말할 수 있을 것입니다. '저희에게 잘못한 이를 저희가 용서하오니 저희 죄를 용서하소서' 하고 말이오."

돈 키키가 말했다.

젊은 톨리니는 침대에 일어나 앉았다. 그리고 머리맡에 둔 물병을 움켜쥐며 부르짖었다.

"이 저주받을 까마귀 같은 놈, 네 머리통을 박살 내 주마!"

돈 키키는 번개처럼 도망쳤다. 아들을 보려고 방으로 들어오던 노모가 그를 말리며 애원했다.

"진정해라, 얘야! 너는 환자야. 다시 자리에 눕거라. 그리고 아무 걱정하지 마라. 브루냐치 부부는 돈을 갚을 거고, 여기에는 결코 들어오지 못할 거야. 아무도 이 집을 우리한테서 뺏어 가진 못할 게야. 이 집은 우리 집이니까."

*

돈 키키는 돈 까밀로에게 자신의 분노를 털어놓으려고 달려왔다.

그는 자신의 드라마틱한 모험담을 이야기하고는 이렇게 결론지었다.

"신부님, 부자들의 무자비한 이기주의는 이 사회에서 제일 먼저 몰아내야 할 적입니다. 쇄신한 교회의 첫 번째 목표는 부자들과 싸우는 것이 될 것입니다. 부는 사탄의 창조물이니, 부와 싸우는 일은 곧 사탄과의 전쟁을 의미합니다. 예수님께서 가난하게 태어나신 이유가 바로 여기에 있습니다. 우리가 노동자 예수님의 군사가 되어야 하는 까닭도 여기에 있고요!"

"정확하게 말하면 예수님은 노동자가 아니라 목수셨네."

돈 까밀로가 침착하게 말했다.

"노동자이든 목수이든 그건 중요치 않습니다!"

돈 키키가 외쳤다.

"중요하지. 우리는 노동조합원들과 이상적인 관계를 유지하면서 사회의 새로운 흐름에 능동적으로 개입해야 하니까."

"신부님은 이 상황에서도 농담이 나오시는군요. 저 고약한 톨리니 씨가 내 머리에 물병을 던지겠다고 위협했다니까요. 겨우 날아오는 물병을 피해 도망칠 수 있었습니다."

돈 키키가 화를 내며 말했다.

그러자 돈 까밀로는 이렇게 말했다.

"톨리니는 정말 어리석은 행동을 했네. 자네를 협박할 게 아니라 물병을 곧바로 집어던졌어야 했어. 그랬다면 자네가 도망칠 수 없었을 테지."

며칠 후 아들 톨리니가 죽었다. 노모인 톨리니 부인이 장례식 문제로 사제관을 찾아왔다.

그녀는 돈 키키를 가리키며 말했다.

"신부님, 우리 아이에게 마지막으로 충격을 준 자가 바로 저 저주받을 사람이에요. 제가 저 보좌 신부의 꼴을 보지 않도록 모든 장례 절차를 신부님이 맡아주세요. 그렇지 않으면 제 아이의 장례는 세속적인 방식으로 하겠어요."

"부인, 감히 그런 말을 하시다니요! 언젠가는 부인 역시 하느님의 심판대에 오르셔야 한다는 것을 잊지 마시오."

돈 키키가 벌떡 일어서며 말했다.

"잘 알고 있어요. 하지만 나는 두렵지 않아요. 당신은 그 심판에 끼지 못할 테니까요."

노부인은 낮은 소리로 대답했다.

장례식 날, 돈 까밀로는 쓸데없는 잡음을 피하기 위해 돈 키키를 도시로 보냈다. 그리고 모든 일은 잘 진행되었다.

전형적인 11월의 안개 끼고 추운 오후였다. 톨리니 부인은 아들을 묻고 쓸쓸히 집으로 돌아왔다. 그녀는 집으로 돌아와 출입문과 1층의 창문을 닫고, 접착테이프로 창문들을 모두 봉했다. 저녁이 되자 아침에 가져다 놓는 두 개의 커다란 탄화수소통을 부엌으로 가져왔다. 그녀는 가스를 틀고 어둠 속에서 2층 침실로 올라갔다. 그리고 계단으로 오르는 문을 닫고 문틈에 접착테이프를 붙였다.

부엌은 침실 바로 아래에 있었고, 노부인은 가스통에서 가스 새는 소리를 듣고 있었다. 더 이상 그 소리가 들리지 않게 되자 그녀는 이렇게 중얼거렸다.

"브루냐치 부부는 절대 우리 집을 뺏을 수 없을 거다, 불쌍한 아들아!"

그러고 나서 노부인은 곧바로 경보장치의 버튼을 눌렀다.

탄화수소는 그 당시 인간이 발견한 가장 무시무시한 기체였다. 누구나 알고 있듯이, 그것은 다이너마이트보다 훨씬 강력한 폭발력을 가지고 있었다. 어마어마한 폭발이 일어났다. 주변의 모든 것이 다 산산이 조각나버렸다. 가구들도, 집도, 노부인까지도. 정원의 전나무를 패놓은 장작들이 있던 헛간도 불에 타 재만 남았다. 집이 폭발하면서 일어난 벽돌 돌풍은 브루냐치 부부의 차고 문을 부수고 그들이 애지중지하던 반짝반짝 빛나는 자동차까지도 박살 내 버렸다. 그것이 우연인지, 아니면 하느님이 노부인의 잘못된 선택을 안타깝게 여기셨기 때문인지는 아무도 모른다.

*

이 소식을 듣고 도시에서 서둘러 돌아온 돈 키키는 아주 흥분한 어조로 말했다.

"왜 아침에 가스통 두 개를 집에 가져다 놓았을까요? 게다가 잿더미에서 발견된 가스 튜브가 고장 난 것이 아니라 분명 열려 있었다는 게 무슨 뜻이겠습니까? 이 일은 신부님의 말씀처럼 재앙이 아닙니다. 이건 두말할 나위가 없는 자살입니다. 그러니 부인의 유품들은 축복받은 땅에 묻힐 권리가 없습니다."

돈 까밀로는 그를 쳐다보다가 말했다.

"흠, 자네 말이 맞을지도 모르지. 하지만 톨리니 부인이 성당의 장례식을 반대하는 바람에 내가 화가 나 그녀의 엉덩이를 걷어찼고, 그것이 그녀를 죽음에 이르게 했다면, 부인의 유품은 축복받은 땅에 묻힐 권리가 있지 않겠나."

돈 키키는 돈 까밀로가 절대로 그런 일을 할 리가 없다는 것을 너무나도 잘 알고 있었다. 하지만 돈 까밀로는 그 일을 조용히 덮어두고 싶어 하는 눈치였다. 그래서 그는 더 이상 반대하지 않았다.

"뜻대로 하십시오! 신부님이 본당 주임이시니까요. 저는 자전거를 타고 강가로 산책이나 다녀오겠습니다."

"그래, 그게 좋겠군."

돈 까밀로가 말했다.

돈 키키는 현관문을 나서다 말고 이렇게 소리쳤다.

"하지만 부르주아들은 결코 내놓을 줄 모른다는 말은 아직도 유효합니다!"

"그 말은 부르주아의 적들이 뺏을 방법을 모른다는 말도 되겠구먼. 어쨌든 자네 친구인 브루냐치 부부에게 전하게. 그들이 빚진 200만 리라는 내일까지 갚아야 한다고 말이야. 톨리니 부인이 돌아가시기 전에 빈민 구호소에 전해 달라고 나에게 200만 리라짜리 수표를 맡겼거든."

돈 까밀로는 침착하게 대꾸했다.

돈 키키는 강둑에서 캣의 트럭과 맞닥뜨렸다. 캣은 그를 보자 차를 세웠다. 돈 키키는 아주 풀이 죽어 있었다. 피도 눈물도 없는 캣은 비열하게도, 그가 마음이 약해진 틈을 노려 물건을 팔았다. 성탄절 때 누이와 사촌에게 선물하라고 세탁기와 전기청소기를 할부로 사게 했던 것이다.

물건을 팔고 나서 캣은 순결한 천사의 날개에 대해 돈 키키와 이런저런 이야기를 나누다가 어두워가는 하늘을 부드럽게 날아 지평선 너머로 사라져버렸다.

실제로 그런 모습이었는지는 알 수 없다. 하지만 적어도 돈키키에게 그렇게 보였던 것만은 틀림없다. 순결하고 아름다운 천사에게서 세탁기와 전기청소기를 샀다는 사실이 그에게는 적지 않은 위안을 주었으니까.

3인의 강도

바야흐로 번영의 시대가 찾아왔다. 어떻게 해서 그런 시대가 도래했는지는 잘 모르겠다. 어쨌든 사람들이 일은 덜하면서 돈은 더 많이 벌게 된 번영의 시대가 도래한 것만은 분명한 사실이었다.

사람들은 많이 벌수록, 점점 적게 일했다. 그리하여 번영과 더불어 변화의 물결이 밀려왔다. 카바레, 디스코장, 스트립쇼, 추잡한 영화, 록 뮤직, 소울 뮤직 등이 생겨났다. 심지어 록과 소울로 진행되는 미사까지 탄생했다.

어머니들은 더 이상 아기들에게 젖을 먹이지 않고 대신 깡통에 들어 있는 음식물을 먹였다. 거기엔 냉동음식, 햄버거, 핫도 그, 찬 고깃덩어리, 프렌치프라이 등이 들어 있었다. 이러한 번영의 물결에 휩쓸린 사람들은 집집마다 자동차와 TV 그리고 엄청난 양의 전자제품 따위를 들여놓게 되었다. 그리고 주말마다 그들의 넓은 집을 빠져나가 바닷가에서, 산속에서, 요트 위에서, 여름휴가를 보내게 되었다. 이 모두가 번영의 시대에 생겨난 유행이었다.

그러나 그런 멋진 것들을 즐기려면 돈이 많이 들 수밖에 없었다. 그래서 생계를 위해 일을 하는 노동자들은 임금 인상을 위해 종종 파업을 일으켰다. 직업이 없는 사람들은 다른 방법들을 사용하기 시작했다. 예를 들면, 나일론 스타킹을 머리에 뒤집어쓰고 보석상이나 은행, 우체국 같은 곳을 터는 방법 말이다.

크리스마스 며칠 전이었다. 번영의 물결로 말미암아, 이 기간에는 상당한 유흥비가 필요하게 되었으므로, 강도사건도 늘어났다.

그러던 어느 날 오후, 돈 까밀로의 마을에도 강도사건이 발생했다.

우체국이 막 문을 닫으려는 순간, 눈에까지 검은 목도리를 둘러쓴 복면 괴한 두 명이 침입했다. 덩치 큰 괴한이 현금 창구 앞에서 총을 들고 우체국 직원을 위협하는 동안 다른 한 명은 눈 깜짝할 사이에 금고를 털었다.

그런 다음, 두 괴한은 재빨리 밖으로 달려나가 우체국 앞에 세워둔 오토바이를 타고 바람처럼 사라졌다.

불쌍한 우체국장은 한동안 말을 잃고 멍하니 서 있었다. 그러나 다행히도 그의 시력이나 청력에는 아무런 문제가 없었으므로 그 괴한들이 링고와 루키라는 사실을 알아차릴 수 있었다. 금고 터는 일에 흥분한 나머지 그들이 서로의 이름을 불렀던 것이다. 링고는 검은 머리였고, 루키는 붉은 머리였다.

그들이 타고 달아난 오토바이의 번호판도 잘 보였다. 그러니 링고와 루키가 악명 높은 전갈파의 두목과 부두목이라는 사실을 밝혀내는 건 명탐정이 아니더라도 금세 알 수 있는 일이었다. 게다가 그 추측을 뒷받침해주려는 듯 링고와 루키는 그날부터 종적을 감춰 버리고 말았다.

경찰은 전갈파에 관해서라면 훤히 알고 있었다. 그래서 링고의 여자 친구가 살고 있다는 바싸 마을에 흥미를 가졌다. 그들은 즉시 캣을 잡으러 달려왔다. 낌새를 알아차린 캣은 잽싸게 돈 까밀로의 날개 밑으로 찾아가 숨었지만, 경찰은 그녀를 찾아 사제관까지 쫓아왔다.

"너, 링고의 여자 친구지?"

경찰서장은 단정하듯 말했다.

"서까지 함께 가실까요, 착한 아가씨?"

캣은 침착하게 말했다.

"먼저, 나는 납세자로 투표권이 있는 성인이에요. 그러니까 다시는 나한테 그런 식으로 말하지 마세요. 그리고 또 하나, 난 요즘 링고나 그 애들과는 통 만나지 않았어요. 지금은 상공회의소의 허가를 받아 전자제품을 팔고 있어요. 그러니까 내가 무엇을 하고 다녔는지 전부 증명할 수도 있어요. 그리고, 왜 서장님이 링고를 찾고 있는지 이해가 안 돼요. 전갈파는 절대로 남의 물건을 훔치는 도둑질 따위는 하지 않는답니다."

경찰서장은 캣이 어떤 아이인지 잘 알고 있었으므로 그녀의 말에 눈 하나 깜짝하지 않았다.

"그러면 이상한데."

서장이 빈정대며 대꾸했다.

"그 두 놈의 강도는 서로를 링고와 루키라고 불렀다고 하네. 게다가 링고와 루키처럼 검고 붉은 머리를 했고, 또 링고와 루키의 오토바이를 타고 달아난 건 어떻게 해석해야 할까?"

"글쎄요, 걔들이 우체국에 자필 흔적을 남기지 않은 게 더 이상하네요? 그리고 자기들이 누구라는 걸 경찰에게 다 알려가면서 도둑질을 하다니 그건 더 이상하군요."

캣이 대꾸했다.

"좋아! 그렇다면 링고와 루키는 어디 있나? 왜 행방을 감췄지?"

서장은 으르렁거렸다.

"경찰에게 물어보세요. 그들은 모든 걸 다 알고 있을 테니까. 전 전자제품이나 파는 불쌍한 소녀랍니다."

"그만하면 충분해."

서장은 험악하게 말했다.

"우리와 함께 가자. 경찰서에서 조사를 더 해 봐야겠으니까."

돈 까밀로가 끼어들었다.

"서장, 난 저 아이의 삼촌이요. 만일 그 아이를 때리고 싶다면, 여기서 하셔도 대환영입니다."

"신부님! 우리는 아무도 고문하지 않습니다. 더구나 신부님의 조카딸에게 폭력을 행사할 마음은 조금도 없습니다!"

서장이 항의했다.

"거 아쉽네."

돈 까밀로는 몹시 실망해서 한숨을 지었다.

"이런 좋은 기회는 평생 다시 오진 않을 텐데 말씀이야."

경찰서장은 캣을 아침 9시에 데리고 갔다가 그날 밤 9시에 택시를 태워 돌려보냈다.

"어찌 됐느냐?"

돈 까밀로가 물었다.

"글쎄요, 거룩한 아저씨. 그 사람들이 잔뜩 겁을 주더군요. 그래서 저도 조금 관계가 있다고 했죠."

캣이 대답했다.

"뭐라고? 넌 그 사건과 아무런 관계가 없지 않느냐."

"그래서 그렇게 답변한 거예요. 결백한 사람이 어떻게 자기를 변호할 수 있겠어요? 진실이란 너무나 따분한 것이어서 어느 누구도 납득시키기가 힘든 거예요. 만일 거짓말을 하지 않았다면, 틀림없이 거기서 빠져나올 수 없었을 겁니다."

"그래서, 거짓 증언을 했다는 게냐?"
돈 까밀로가 소리쳤다.
"물론이죠. 그 방법 외에 어떻게 내가 진실을 말하고 있다는 걸 증명할 수 있겠어요?"
"이런 멍청이! 경찰이 너를 미행할 거야."
"저도 그러길 바라요."
캣이 대답했다.
"전 링고와 루키에게 냉장고 한 대, 세탁기 두 대, 식기 세척기와 전기 청소기를 팔았어요. 어쨌든 그 애들은 저를 걱정하고 있을 걸요. 불쌍한 녀석들."
"넌 뻔뻔스럽게도 그 도둑놈들을 걱정하는 게냐?"
캣은 머리를 흔들었다.
"존경하옵는 아저씨, 아저씬 안타깝게도 직업을 잘못 택하신 것 같군요. 경찰이 되셨어야 했는데 말이에요. 그 직업은 아저씨한테 딱 맞는 일이니까요. 나쁜 신부는 나쁜 경찰보다 더 좋지 않은 법이에요."

*

그날 새벽 2시, 누군가 막대기로 돈 까밀로의 침실 창문을 톡톡 두들겼다. 돈 까밀로는 창밖을 내려다보더니 총을 꺼내 들고, 1층으로 내려와 문을 열었다. 그러자 고장 난 자전거 두 대를 힘겹게 끌고서 링고와 루키가 사제관으로 들어왔다. 그들은 잔뜩 지쳐 있었다. 시퍼렇게 멍든 얼굴에 걸레처럼 해진 옷을 입고, 땀에 푹 절어 있는 모습이 보기가 딱했다.

돈 까밀로는 그들을 총으로 막으면서 쌀쌀맞게 물었다.

"무엇하러 여기 왔느냐?"

링고가 피곤한 미소를 지으며 대답했다.

"우리는 춥고, 배고프고, 뼛속까지 지쳤습니다. 사흘 낮과 밤을 들개처럼 숨어 지냈어야 했어요."

"들개가 아니라 늑대처럼 다녔겠지!"

돈 까밀로가 말을 막았다.

"어쨌든 내 유일한 의무는 경찰에 신고하는 거야."

"마음대로 하세요. 우리는 자전거에 다시 올라탈 기운도 없으니까."

링고는 거칠게 대답했다.

"대신 먹을 거나 좀 주십시오."

"감옥에도 먹을 것은 있어."

돈 까밀로는 전화기 쪽으로 다가서면서 말했다.

"쓸데없는 짓 하지 마세요, 아저씨."

한 목소리가 그의 뒤에서 말했다.

"제가 벌써 줄을 끊었어요."

만약의 사태를 대비한 캣이 만반의 준비를 하고 방으로 들어와 돈 까밀로의 총과 두 사람 사이를 가로막았다.

"저 애들한테 먹을 걸 주겠어요."

그녀는 말했다.

"차고에 내 트럭이 있으니 너희는 가서 그걸 끌어내! 그리고 차를 타고 나를 기다리고 있어."

"캣!"

돈 까밀로가 쉰 목소리로 말했다.

"썩 비켜나거라. 이 강도 놈들의 일에 말려들지 말고."

"전 아저씨 같은 뚱뚱한 신부가 아니에요. 판결을 내리기 전에 재들의 말을 들어보고 싶어요."

"캣, 잊어버려."

링고가 말했다.

"신부님 말씀이 맞아, 넌 이 일에 끼어들지 마. 빵 한 조각과 어깨에 두를 만한 담요만 주면 우린 곧장 떠날 테니까."

장발의 두 청년은 진짜 비참한 몰골을 하고 있었다. 돈 까밀로는 총을 들고 있는 자신이 어리석은 바보 멍청이같이 느껴져 맥이 풀렸다.

잠깐 빈틈을 보인 사이, 어처구니없게도 캣이 슬쩍 다가와 손으로 총구를 잡아버리고 말았다.

돈 까밀로는 힘없이 총구를 내렸다.

"불을 피우고 먹을 것을 갖다 주거라. 나도 얘길 듣지 않고서는 누구에게도 유죄판결을 내리고 싶지 않다. 하지만 저 저주받을 녀석들이 무슨 말을 할지 모르겠구나."

"우리는 그 더러운 사건과는 아무런 관련이 없어요, 신부님."

통나무 장작이 벽난로에서 활활 타오르기 시작하자 링고가 말했다.

"어떤 비열한 놈이 우리에게 뒤집어씌운 겁니다. 그놈들이 우리 오토바이를 훔치고 모든 일을 우리가 한 것처럼 꾸민 거예요."

"거 보세요. 제가 경찰에서 진술한 그대로예요."

캣이 빵과 햄, 포도주를 가져오면서 말했다.

"말도 안 되는 소리!"

돈 까밀로가 선언하듯 말했다.

"그렇다면, 경찰서에 도난신고를 했어야지. 그랬다면 지금처럼 곤경에 빠지진 않았을 것 아니냐?"

불을 쬐고 포도주를 마시고 난 두 젊은이는 기운이 다시 솟아난 듯했다. 링고가 코웃음을 치며 말했다.

"신부님, 농담하세요? 전갈파 두목과 부두목이 자기들 코앞에서 오토바이를 잃어버리고, 경찰에 가서 우는 소리로 사정하라고요? 우리가 뭐 엄마 품에서 자라는 부르주아 꼬맹이들입니까? 돈 까밀로! 우리도 자존심이 있어요. 우리는 어른들의 썩어빠진 사고방식을 경멸합니다. 우리가 믿는 정의는 우리 자신의 힘으로 이룩할 거라고요. 이번 사건은 전갈파와 누군지도 모르는 그 두 도둑놈 사이의 일이니까 신부님은 제발 빠져주세요."

"셋이야!"

캣이 정정했다.

"틀림없어. 두 놈은 금고를 턴 뒤, 차 안에서 대기하던 또 다른 한 놈과 만난 거야. 그놈들은 오토바이를 도랑에 처넣고, 조용히 차로 빠져나간 거라고. 멍청한 경찰과 뚱보 신부만이 이렇게 간단한 원리를 몰랐을 뿐이지."

돈 까밀로는 법과 질서에 대단한 존경심을 품고 있는 사람이었다. 그러나 어리석은 경찰과 비교된 것이 그를 화나게 했다. 돈 까밀로는 매우 당황하여 두 장발족을 유심히 살펴보았다. 수재민들을 구하기 위해 위험을 마다치 않던 그들의 모습이 떠올랐다. 길고 헝클어진 머리에 긴 수염, 또 더럽고 지저분한 옷 때문에 그들은 산적처럼 보였다. 하지만 돈 까밀로는 알고 있었다. 진짜 산적은 얼굴에 산적이라고 써 붙이고 다니지 않는다는 것을….

"너희의 결백을 증명해 보일 수 있는 사람이 누가 있느냐?"

"우리 둘이죠."

두 사람이 대답했다.

"그것만으론 충분하지 않아."

돈 까밀로가 말했다.

"너희가 거짓말을 하는 게 아니라는 하느님의 보증이 필요해."

"그럴 필요 없어요."

링고가 항의했다.

"하느님에겐 하느님의 문제가 있고, 우리에겐 우리 문제가 있어요. 일종의 평화공존이에요."

"그런 헛소리는 집어치우고, 이것 하나는 분명하게 해두자."

돈 까밀로가 격분한 듯이 말했다.

"너희는 하느님의 존재를 믿느냐? 믿지 않느냐?"

링고가 웃으며 대답했다.

"우리가 하느님의 존재를 부정한다면 우리 자신의 문제도 온 우주의 존재도 부정하는 게 됩니다. 우리는 반항아들입니다. 하지만 우린 더러운 인간들에게 반항하는 것이지 하느님께 반항하는 건 아니에요."

과연 돈 까밀로는 오페라의 본고장 출신다웠다. 그가 이런 극적인 기회를 놓칠 리가 없었다.

"나를 따라오너라!"

돈 까밀로는 링고와 루키를 향해 손짓하며 발걸음을 옮겼다.

성당은 봉헌된 촛불 몇 자루만 깜박거리고 있을 뿐이어서 어두컴컴했다. 무언가 깊은 신비감이 성당 안을 채우고 있었다. 그는 오래된 높은 제단 앞에 멈추어 서서 비장한 목소리로 명령했다.

"성호를 그어라!"

그들은 두말없이 복종했다.

"너희가 정말 그 강도사건과 관계가 없다는 것을 십자가 앞에서 맹세할 수 있겠느냐?"

"맹세합니다."

두 사람은 조금도 망설이지 않고 대답했다.

그들은 다시 사제관으로 돌아갔다.

"왜 굳이 그런 맹세를 하도록 해야만 해요?"

캣이 사나운 기세로 물었다.

"아저씨는 저 애들이 그 낡은 나무 막대기 앞에서 거짓 맹세를 할 수 없으리라고 믿는 건 아닐 테지요?"

"물론 그럴 수도 있겠지."

돈 까밀로는 침울한 표정을 지으며 인정했다.

"하지만 거짓 맹세만으로도 그 사람은 하느님과 어떤 식으로든 관계를 맺게 된단다. 불쌍한 시골 신부를 속이는 것은 하느님을 속이는 짓과 마찬가지야."

"흥, 우린 누구도 속이지 않아요."

링고가 말했다.

"그건 그렇고 우리는 이제 어떻게 하죠?"

"당분간 여기 머물거라. 하지만 그런 옷차림으론 안 된다. 내가 점잖은 옷을 사다 줄 테니 머리나 깎고 있어."

"제발 머리 깎는 일만은 말아주세요."

링고가 재빨리 대답했다.

"누구든 너희들 장발을 발견하면, 우리가 모두 궁지에 빠진다는 걸 아직도 모른단 말이냐?"

"물론 알아요. 하지만 머리를 깎느니, 차라리 잡히는 편을 택하겠어요."

돈 까밀로는 절충안을 냈다. 그들을 종탑 끝에 있는 방에 숨겨두기로 한 것이다.

"돈 키키는 어떻게 하죠? 그는 워낙 참견을 잘하는 사람이라 저 애들을 어떻게든 찾아낼 텐데요."

캣이 걱정스럽게 말했다.

"그 사람은 찾아낼 수 없을 거다. 내가 먼저 말할 테니까."

그는 캣을 안심시켰다.

"배반하지 않을까요?"

링고가 애가 타서 물었다.

"아니야, 너희가 진짜 도둑이라고 믿게 하면 돼. 너희가 사회의 불의에 저항하기 위해서 강도 짓을 했다고 믿게끔 말만 잘하면 문제없어. 그러면 오히려 돈 키키는 최선을 다해 너희를 변호해 줄 거야. 중요한 건 너희가 결백하다는 걸 그가 눈치채지 못하게 하는 일이야."

"걱정하지 마세요, 아저씨."

캣이 활짝 웃으면서 말했다.

"제가 돈 키키에게 모든 상황을 설명할게요. 전 그런 종류의 진보적인 신부들에 대해선 속속들이 알고 있다고요. 그보다도 나머지 문제에 대해서 생각해봐요. 우체국장이 경보를 울렸을 때, 경찰은 모든 도로를 차단했지만, 오토바이를 본 사람은 아무도 없었어요. 그러니까 두 대의 오토바이는 틀림없이 마을 어딘가에 있을 거예요. 우린 그걸 찾아내야 해요."

캣은 벨레노의 일당을 소집해서 명령을 내렸다.

"마을 곳곳을 샅샅이 뒤져서 오토바이 두 대를 찾아라. 오토바이를 발견하면 손대지 말고 곧바로 나한테 알려줘."

*

위대한 뽀 강은 마침내 사나운 발작을 멈추기 시작했다. 강물이 금방이라도 넘칠 듯 제방 꼭대기까지 차오르며 넘실대다가 서서히 물러났다. 제방 꼭대기에서 강가 편편한 곳까지 가는 작은 길 안쪽에 물웅덩이 하나가 있었는데 그곳에 오토바이 두 대가 버려져 있었다.

캣이 그 사실을 알리자마자 경찰은 즉시 출동했다. 그것은 범행에 사용된 오토바이들로, 가방 안에는 검은색과 붉은색의 가발, 권총 두 자루, 그리고 검은 목도리 두 개가 들어 있었다.

돈 까밀로는 종탑으로 달려가 그 소식을 전했다.

"신부님, 만일 우리가 신부님 말씀대로 머리를 깎았더라면, 그리고 녀석들이 우릴 찾아냈더라면, 우린 또 다른 곤경에 빠졌겠지요."

링고가 환하게 웃으며 말했다.

그다음 날, 도난당한 자동차가 읍 외곽지대에서 발견되었다. 그 안에는 범인들이 금고에서 급히 돈을 꺼내느라고 돈과 함께 빼낸 서류가 들어 있었다.

범인들은 달아나면서 카스텔레토 주유소에 들러 급유를 했기 때문에, 주유소 직원은 차에 타고 있던 세 사람의 얼굴을 정확하게 기억하고 있었다.

그들은 도시의 유명한 전문털이범이었다. 경찰을 그들을 체포해 자백을 받았다. 사건의 전모가 신문의 첫 면에 큼지막하게 소개되었다.

돈 까밀로는 종탑으로 올라가 두 장발에게 아래층에 내려와도 좋다고 허락했다.

"이제 자네들은 경찰서에 가서 모든 걸 분명하게 밝힐 수 있게 되었네."

돈 까밀로가 권유하자, 링고는 머리를 좌우로 저었다.

"경찰들이나 자기네가 저지른 잘못을 분명하고 확실하게 처리하라고 하세요. 우린 그 더러운 속임수를 쓴 도둑놈들하고 따로 해야 할 계산이 남아 있으니까요. 이제 우리는 놈들이 누군지 알게 됐어요. 하지만 놈들은 이 링고와 루키가 어떤 인간인지 아직 몰라요. 이제 곧 충분히 알게 될 겁니다."

"감옥을 부수고 놈들을 혼내줄 작정이냐?"

돈 까밀로가 물었다.

"몇 달만 참으면 되는 문제인 걸요. 다음번 사면이 가까워지면, 놈들이 나올 때를 기다렸다가 적당히 손봐줄 겁니다."

그러자 돈 키키가 옆에 있다가 재빨리 끼어들었다.

"너희들, 그래선 안 돼! 그 불행한 세 사람은 사회적 불평등의 희생자들이라고. 그들의 행위는 부자의 이기주의에 대한 정당한 반항이란 것을 잊지 말게."

"이건 또 뭐야! 11번째 계명인가?"

링고가 '흥' 하고 콧방귀를 뀌며 소리쳤다.

"하여튼 걱정하지 마십시오, 신부님. 우린 신부님의 말씀을 마음에 새기고, 그놈들의 뼈를 으스러뜨릴 때 부드러운 몽둥이를 사용할 것을 약속드릴게요."

"그것참 훌륭한 생각이로구나."

돈 까밀로가 인정했다.

"떠나기 전에 성당에 들러, 너희를 도와주신 하느님께 감사의 인사를 드리는 게 훨씬 더 훌륭한 생각이 아닐까?"

"그럴 필요가 없어요. 본부로 돌아가서 처리할 겁니다. 감사 인사도요. 신부님도 아시다시피 하느님은 도시에도 계시잖아요."

링고가 명쾌하게 대답했다.

"오, 그러냐?"

돈 까밀로가 반색했다.

이런저런 곡절들이 있었지만 장발족이 갑작스럽게 뱉은 엉뚱한 말 한마디는 돈 까밀로의 마음을 훈훈한 감동으로 가득 채웠다.

돈 까밀로는 그제야 요즘처럼 흥청망청 거리는 번영의 시대에도, 시골과 도시의 구분 없이, 하느님을 믿고 따르는 신실한 사람들이 여전히 존재한다는 사실을 진심으로 믿게 되었다.

궁벽한 시골 마을 신부, 돈 까밀로의 입가에는 그 자신도 모르는 사이에 잔잔한 미소가 감돌고 있었다.

영광스러운 마지막 시편들

빼뽀네는 손가락으로 툭 건드리기만 해도 곧 폭발해 버릴 정도로 화가 나 있었다.

얼마 전까지만 해도 빼뽀네와 그의 부하들은 바싸 마을 구석구석을 탈 없이 잘 다스려왔다. 그 이유는 공산당과 사회당을 합친 숫자가 사회민주당과 기독교민주당을 합친 숫자보다 배하고도 하나가 더 많았기 때문이다.

그런데 로카의 젊고 광적인 보노니 의사가 빼뽀네의 부하들을 빼돌려 '마오쩌둥주의' 자치구역을 새로 조직한 것이다.

그 조직은 빼뽀네 일당과 노선을 달리해 왔던 읍 평의회 위원이며 의사인 보노니가 주동하고 있었다.

게다가 이탈리아 전역을 휩쓴 홍수가 지나간 뒤 사회당과 기독교당이 서로 통합하여 당을 재편성한 터라, 뻬뽀네와 그의 일당은 고립될 수밖에 없는 처지였다.

이제 예상 득표수는 신부가 낀 사회당과 정확히 똑같아졌다.

이런 상황 속에서 중재자 역할을 할 수 있는 사람은 약사인 보뇨니의 아내밖에 없었다. 그녀의 한 표는 이제 힘의 균형을 어느 쪽으로든 기울게 할 수 있는 무게추가 되었다.

자식들이 지은 죄에 대한 벌은 언제나 그 부모들에게 돌아오는 법이다.

젊은 보뇨니 부인은 벨레노가 그녀에게 강제로 간유 반병을 마시게 해서 크게 고생한 적이 있었으므로 뻬뽀네가 계획하는 일이라면 무조건 반대하는 것을 큰 낙으로 생각하고 있었다. 뻬뽀네도 눈에 쌍심지를 켜고 열심히 싸웠지만, 어느 순간 모든 걸 체념하고 당과 신부와 약사들이 마음대로 날뛰도록 내버려두기로 결정한 상태였다.

읍장 하나가 사퇴한다고 해서 이 세상이 끝장나는 것은 아니다. 그러나 뻬뽀네는 아주 특별한 읍장이었다. 그는 전쟁 직후의 혼란 속에서 풍랑에 흔들리는 마을의 키잡이였다. 비록 붉은 깃발을 치켜들기는 했지만 뻬뽀네는 바싸 마을이라는 작은 배가 똑바로 항해하도록 조정했던 것이다.

그런 이유로 선거 때만 되면 공산당을 죽으라 싫어했던 사람들조차도 주저 없이 그에게 투표해 왔다.

빼뽀네가 사퇴한다는 소문이 떠돌자 사람들은 걱정하기 시작했다. 외부에서 온 두 명의 사업가는 이 마을에 합판 공장과 플라스틱 공장을 건설하려는 계획을 세우고 읍에서 제공한 부지에 건물의 기초공사를 시작했다. 그러나 빼뽀네가 사퇴한다는 소문을 듣자 공사를 중단하고 집으로 돌아가 버렸다. 농기구 업자는 즉시 위험성이 낮은 다른 마을로 사업장을 옮기기 시작했다.

상황이 이쯤 되자, 돈 까밀로는 빼뽀네가 마음을 바꾸도록 그를 설득하기 시작했다.

"읍장 동무, 그 자리는 자네의 당이 아니라, 투표자의 과반수가 준 것이네."

"과반수가 나를 뽑았을지라도 결정을 내리는 것은 당이오. 더구나 난 그 바보 같은 약사 여편네에게 사정할 순 없소."

빼뽀네는 한번 결심한 것은 탱크처럼 밀고 나가는 사람이었다. 제아무리 멍청한 사람일지라도 탱크와 논쟁하기가 얼마나 힘든지는 알고 있는 법이다.

돈 까밀로는 약국으로 보뇨니 부인을 찾아가서 혁명을 끝내고, 예전으로 되돌아가라고 설득해 보았다.

마오쩌둥주의자 여당원의 입술이 일그러졌다.

"나를 설득하도록 신부를 보냈다는 단지 그 사실만으로도 빼뽀네가 레닌의 이상과 노동자들을 배반했다는 사실이 증명되는 셈이에요. 아예 그 사람을 성당지기로 고용하시지 그래요?"

여자들이 정치를 논할 때 그들과 논쟁하는 것은 탱크와 논쟁하는 것보다 몇 배는 더 힘이 든다. 돈 까밀로는 그녀와의 논쟁에 시간을 허비하진 않았다.

그는 곧바로 벨리키를 찾아갔다. 그는 얼마 전까지만 해도 뻬뽀네와 함께 활동했던 사회주의자였다.

벨리키는 돈 까밀로의 설명을 듣고 나서, 약간 경멸적이며 불만 섞인 목소리로 말했다.

"신부가 공산주의자를 도우려 하다니…. 매우 수치스런 일이군요."

"난 마을이 잘 운영되도록 도우려는 생각일세."

돈 까밀로가 대답했다.

"마을 운영 좋아하시는구려."

벨리키가 단호하게 외쳤다.

"중요한 것은 오직 당뿐이오."

"정치가들이 하수도 처리시설에 관해 전혀 모른다는 건 너무 잘못된 일이네. 그렇지 않다면 하수도 처리시설 없이도 마을을 빠져나갈 수 있을 텐데 말일세. 공장 두 곳은 어떤가? 그리고 그 농기구 제조업자는? 250명의 노동자를 위한 일자리가 달린 일이네."

벨리키는 웃으며 말했다.

"세 명의 더러운 기업인을 돕는 것보다는 250명의 노동자들이 일자리를 잃는 편이 낫지. 우리가 권력을 잡으면 새 경제 계획으로 만사를 해결할 것이오."

사회주의자는 매우 융통성이 없는 사람들이다. 그래서 돈 까밀로는 양팔을 벌리며 물었다.

"질문 하나 해도 되겠나?"

"그러시오."

"오늘 밤같이 어두울 때 누군가 숨어 있다가 자네 등짝을 몽둥이로 내려친다면, 뭐라고 할 텐가?"

벨리키는 웃음을 터뜨렸다.

"신부님, 아무도 뻬뽀네를 두려워하지 않아요. 공산주의자들은 이미 피둥피둥한 부르주아가 돼버렸으니까요."

"하지만 나는 아니거든."

돈 까밀로가 반박했다.

"그럼 신부님은 뻬뽀네를 위해 날 못살게 구는 거요?"

"아니, 나를 위해서야, 벨리키 동지. 옛날 내가 돈 키키처럼 좌파 신부였을 때 자넨 검은 셔츠를 입고 열나게 뛰어다닌 파시스트가 아니었나? 그러던 어느 날 밤, 자넨 몰래 숨어 있다가 나에게 몽둥이세례를 퍼부었어. 나는 언제든지 그 일에 대해 복수할 용의가 있네. 그것도 나 혼자 힘으로 말이야. 자네처럼 세 놈씩이나 몰고 오지 않고서도 말일세."

벨리키는 당황해서 어쩔 줄 몰라 했다.

"신부님, 유치하게 굴지 마시오. 그건 다 지나간 일 아니오. 과거사는 묻어둡시다. 그런 일을 누가 기억이나 하겠소?"

"나는 기억하네. 가해자는 쉽게 잊어도 피해자는 절대로 잊지 못하는 법이거든."

돈 까밀로가 대답했다.

"하지만 그때 나는 철모르는 소년이었고, 레지스탕스에 가담해서 속죄했다고요."

"그래, 그 일도 기억하네. 하지만 내가 복수하고 싶은 것은 레지스탕스에 가담하기 전의 자네야."

돈 까밀로가 벨리키의 멱살을 움켜잡자 그의 얼굴은 사색이 되었다.

"이러지 마세요. 그때 내가 이중첩자 노릇을 했다는 것은 모두가 알고 있는 사실이라고요!"

"난 모르는데."

돈 까밀로는 벨리키를 벽으로 밀어붙이면서 소리쳤다.

"좋아요. 그럼 신부님은 내게서 뭘 원하는 거요?"

그 가련한 남자는 더듬거리면서 말했다.

"사회당에서 나가 공산당에 합류하게."

돈 까밀로는 권유하듯 말했다.

"정말 그런 짓을 하란 거요? 당신이, 신부가?"

"내가 생각하는 건, 마르크스주의자들은 깡그리 지옥으로 던져져야 할 거라는 사실일세. 그러니 자네가 프라이팬에서 튀겨지든, 냄비에서 끓여지든 나와는 아무런 상관이 없어."

돈 까밀로가 대답했다.

돈 까밀로는 열과 성을 다해, 가끔은 주먹을 들이대기도 하면서 벨리키를 설득했다. 그래서 그는 프라이팬에서 냄비로 넘어가기로 결정했다.

이 일로 해서 뻬뽀네는 확실한 과반수를 차지했고 그에 반대하는 보뇨니 부부와 마오쩌둥주의자들은 패배하고 말았다.

물론, 돈 까밀로는 모든 일을 가능한 한 비밀리에 추진했다. 그러나 뻬뽀네는 그 일을 벌써 알고 있었다. 그래서 베트남전쟁 반대를 위한 연설을 할 때 도시 행정의 민주적 방식을 저해하는 성직자의 음모를 공개적으로 비난함으로써 돈 까밀로에게 깊은 감사의 뜻을 표시했다.

돈 까밀로의 입이 쩍 벌어질 만큼 아주 훌륭한 연설이었다.

캣과 함께 연설을 듣던 돈 까밀로가 감탄하며 소리쳤다.

"저런 시골뜨기가 이렇게 멋진 연설을 하다니! 도대체 알 수가 없구나."

"저분은 연설문을 읽기만 했어요. 읍장님은 제게 몇 가지 기본 생각만 알려주셨고, 제가 써드렸지요."

캣은 예의 그 악마 같은 미소를 띠며 설명했다.

"뭐라고! 네가 어떻게 성 베드로와 성 아우구스티누스, 성 토

---

* 노동헌장(Rerum Novarum) 1891년 5월 15일 교황 레오 13세가 발표한 사회문제에 관한 회칙서. '노동헌장' 으로 번역되며 '노동조건에 관하여' 라는 부제가 붙어있으며, 기본 자본주의 질서 내에서 노동자의 다양한 권리를 인정해 가톨릭이 노동자의 권리와 사회문제에 관심을 갖도록 한 회칙이다.

마스 그리고 노동 헌장*과 요한 교황님의 말씀을 알아냈지?"

"돈 키키가 유익한 목적을 위해 봉사해 주셨죠."

"이 망할 것, 또다시 내게 대들겠다는 거냐?"

돈 까밀로가 소리 질렀다.

"천만에요. 존경하옵는 아저씨, 전 그저 미래의 제 자식들의 할아버지를 돕고 있는 것뿐이랍니다."

돈 까밀로는 그녀를 불쌍한 듯이 쳐다보았다.

"너는 정말 벨레노가 너와 결혼할 만큼 어리석다고 생각하니?"

"그 사람이 아저씨하고 무슨 상관이 있죠? 결혼은 '제'가 '그 사람' 하고 하는 거예요!"

"그렇다면 말해 봐라. 그 애는 네가 결혼하기로 결정한 걸 알고 있느냐?"

"물론이죠. 제가 그이에게 편지를 썼고, 그이는 아주 만족한다는 답장을 보내왔어요."

"거짓말! 난 이 세상에 그런 멍청한 녀석이 있다는 걸 인정할 수 없구나. 네가 그 답장을 읽어주기 전엔 절대로."

"그건 기술적으로 불가능한 일이에요. 우체국이 파업하고 있거든요. 그래서 저는 시간 낭비를 하지 않으려고 제가 직접 편지를 전했고, 그 사람은 구두로 대답했어요."

돈 까밀로는 펄쩍 뛰었다.

"그렇게까지 하다니! 그래 네 엄마도 좋다고 허락하더냐?"

"엄마요?"

소녀는 킥킥 웃으며 대꾸했다.

"하루 종일 집에서 수다만 떨면서, 내가 해서는 안 될 것들만 주문하는 그 성가신 부인네 말씀인가요?"

"농담이 아니야! 네 어머니가 너의 결혼에 대해 아시느냐, 모르느시냐?"

"아마 조금 뒤면 알게 될 거예요. 이 세상에는 수다쟁이들이 무척 많으니까요."

돈 까밀로는 캣을 집어 들어 벽에다 던져버리고 싶은 충동에 사로잡혔다.

"흥, 결국 이 지경까지 이르렀구나! 이젠 계집애들이 제 어미에게 알리지도 않고 결혼을 한단 말이지?"

돈 까밀로가 소리쳤다.

"제 생각엔, 엄마도 결혼할 때 나한테 알리지 않은 것 같은데요."

그 뻔뻔스러운 여자아이는 깔깔거리더니 덧붙였다.

"아저씨가 좋아하시든 말든, 전 미니스커트를 입고 식을 올리겠어요."

"좋아하든 말든, 너는 품위 있는 옷차림을 하고, 단정한 얼굴로 성당으로 와야 한다."

돈 까밀로가 응수했다.

"제가 남자애들 앞에서 수녀 같은 옷차림으로 나타났다고 상상해 보세요."

"남자애들에 대해선 걱정하지 마라. 그 시끄러운 장발족들은 성당 근처에 얼씬거리지 못할 테니까. 그것들이 제아무리 결혼식을 하찮은 것으로 생각한다 해도 결혼식은 역시 중대사니까."

캣은 기분이 상해 소리쳤다.

"나는 내가 입고 싶은 옷을 입고, 내가 좋아하는 손님들을 초대할 거예요. 그렇게 못한다면 차라리 읍사무소에서 결혼식을 올리겠어요!"

"얘야!"

돈 까밀로가 한쪽 발을 들어 그녀 앞에서 흔들어대며 말했다.

"내 구두 사이즈가 보이냐? 만일 5초 안에 여기서 꺼지지 않는다면, 네 등짝에 이 곰발바닥만 한 구두 자국이 나게 될걸!"

캣은 로켓처럼 튀어 도망쳤다.

그것으로 토론은 일단 끝난 것처럼 보였으나, 일주일 뒤 캣의 결혼식 문제가 다시 토론의 주제로 불거졌다. 그 문제를 제기한 것은 돈 키키였다.

"신부님, 조카 따님은 충동적이긴 하지만, 적어도 상식 있는 여성입니다. 그러니 다시 한 번 심사숙고해 보십시오. 그녀는 주님으로부터 축복받는 결혼식을 하고 싶어 합니다. 당연히 그녀 자신이 고안해 낸 독특하고도 개성적인 결혼식을 원하고 있다는 말이지요."

"그게 무슨 뜻인가?"

"그녀는 스카이다이버입니다. 그 약혼자는 낙하산병이고요. 그들은 비행기에서 뛰어내린 다음 곧 혼인서약의 대답을 외칠 겁니다. 그런 결혼식은 이미 다른 곳에서도 있었으니 걱정하실 필요는 없습니다. 전 무척 멋진 결혼식이라고 생각하는데요. 생각해 보십시오. 지상의 추악함에서 멀리 떨어진 하늘 위에서 장엄한 서약이 이루어지리라는 걸. 자유로운 하늘 저 먼 곳, 하느님에게 더 가까운 곳에서 말입니다."

"글쎄."

돈 까밀로는 자신감 없는 목소리로 대꾸했다.

"그럼, 사제는 땅에서 쌍안경으로 그들을 보면서 결혼 주례를 서야 할 것 같네."

"아닙니다. 사제도 그들과 함께 뛰어내리는 거죠. 저는 내일부터 스카이다이빙을 배울 작정입니다."

"오, 그래."

돈 까밀로는 큰 목소리로 으르렁거렸다.

"자네는 그 애에게 설득당한 모양이군."

"아뇨, 오히려 제가 원한 일이었습니다. 생각해 보세요. 신랑의 비행 중대 친구들이 결혼식에 참여해서 함께 뛰어내리는 겁니다. 맑고 푸른 창공에 하얀 꽃봉오리들이 벌써부터 눈에 선합니다. 네, 진행도 시처럼 근사하게 할 겁니다. 전 착륙 지점에 야외 제단을 만들고, 그곳에서 스카이다이버 복장을 하고 미사를 집전하겠습니다. 믿어주십시오, 신부님. 교회는 이런 방식으로 새로워질 것이고 현대사회의 발전에 적응해 나갈 겁니다."

돈 까밀로는 무겁게 고개를 끄덕였다.

"획기적인 혼배미사가 되겠구먼."

그로부터 한 달 동안 코빼기도 보이지 않던 캣이 갑자기 명랑한 모습을 하고 나타났다.

"아저씨, 우리는 우리의 뜻을 반대하는 교회의 요구를 모두 받아들이기로 결정했어요. 하지만 평범한 결혼식은 결코 아니에요. 돈 키키는 정말 놀라워요. 벌써 첫 번째 점프를 했다니까요. 정말 썩 잘하고 있어요. 전 그분이 그 중요한 날에 대비해 모든 걸 철저히 준비하시리라 확신하고 있어요. 현대의 신부들은 마땅히 그래야죠…. 현대적이고, 박력 있고, 결혼식을 더욱 인상 깊게 하려고 우리는 3천 미터 상공에서 뛰어내릴 거예요. 우리는 하강하는 동안 계속 서로 손을 잡고 있을 생각이에요. '네' 라고 대답할 시간도 충분해요. 1천500 미터에서 돈 키키가 낙하산을 펴고 떨어져 나갑니다. 1천 미터에선 벨레노가 펴고, 800미터에선 제가 펴죠. 얼마나 멋진 결혼식이에요."

캣은 신이 나서 말했다.

"낙하산이 아예 펼쳐지지 않는다면 훨씬 더 볼 만할 텐데."

돈 까밀로는 성난 소리로 말했다.

"너와 혼인하려는 그 바보 녀석 말이다, 그 녀석도 이 일에 찬성한 거냐?"

"물론이죠."

"증인들도 뛰어내리게 할 셈이냐?"

"당연하죠! 벨레노는 모든 준비가 다 되어 있어요. 그쪽 증인은 비행 중대의 부관과 또 다른 군인 한 사람이거든요. 제 증인은 전갈파의 부두목인 루키와 벨레노의 부두목인 클릭이에요. 그 애들도 스카이다이빙 연습을 하고 있어요."

*

군 복무를 마친 벨레노가 집으로 돌아왔다. 그러고는 곧바로 캣을 데리고 사제관으로 돈 까밀로를 찾아왔다.

그는 당황하고 있었다.

"신부님, 캣과 결혼할 생각입니다."

벨레노가 더듬거리며 말했다.

돈 까밀로가 대답했다.

"내가 주례를 설 수 없어서 유감이구나. 사실 이 나이에 3천 미터 상공에서 뛰어내리는 일은 좀 무리라서 말이야."

벨레노는 미심쩍은 표정으로 캣을 쳐다보고 나서 말했다.

"예? 3천 미터 상공에서 뛰어내리다니 무슨 말씀이세요?"

"나중에 얘기하고 어서 가요!"

캣이 벨레노의 옷자락을 잡아당기며 말했다.

"여하튼 신부님, 묘기를 꼭 보여주셔야 해요."

"묘기 너무 좋아하지 마라. 그런 미친 짓을 했다간 너희 둘 다 틀림없이 후회하고 말 거야."

*

벨레노는 사흘 뒤에 다시 성당으로 찾아왔다.

"여기서 식을 올릴 수 있을까요, 토요일 아침에?"

"그럼!"

돈 까밀로가 대답했다.

"신부의 증인은 루키와 클릭으로 정할 거냐?"

"네, 여전히."

벨레노는 우울한 말투로 대답했다.

"하지만 아직 닷새가 남았으니까요."

그는 오른쪽 뺨에 깊게 할퀸 자국이 나 있어 잔뜩 약이 오른 수고양이처럼 보였다. 돈 까밀로는 더 이상 묻지 않았다.

토요일 아침, 돈 까밀로가 성물방을 지나 성당 안으로 들어섰다. 이미 성당 안에는 축하객들이 자리를 꽉 메우고 있었다.

캣이 그녀의 숙부 손에 이끌려 제단 앞으로 걸어 나오는 것을 본 돈 까밀로의 심장은 일순간 멎는 듯했다.

그뿐만이 아니었다. 그녀는 미니스커트가 아니라, 우아하고 긴 하얀 드레스 자락을 땅에 질질 끌며 입장하고 있었다. 그 보상인 듯, 벨레노의 왼쪽 뺨엔 더 깊은 상처가 나 있었다.

캣의 증인들이 행진해 들어올 땐, 완전히 숨이 멎을 지경이었다. 깨끗한 예복에 잘 빗어 넘긴 머리, 루키와 클릭도 썩 훌륭한 모습이었다.

"우리가 캣에게 주는 결혼 선물입니다."

루키가 짧게 자른 자기 머리를 긁적이며 낮은 목소리로 속삭였다.

돈 까밀로는 저 고약한 두 녀석이 이 결혼 선물을 위해 치렀을 엄청난 대가를 생각하자 등에 소름이 돋았다.

하지만 가장 두려운 순간은 혼인 서약을 할 때였다. 돈 까밀로는 마음속으로 황급히 기도했다.

'주님, 부디 도와주십시오. 저 아이는 날 골탕먹이려고, "아니오"라고 대답할 겁니다.'

'걱정하지 말아라.'

멀리서 예수님의 목소리가 들려왔다. 진짜 그랬다. 캣은 조금도 망설이지 않고, 크고 확실하게 '네' 라고 대답한 것이다.

바로 이 무렵, 무슨 일이고 끝까지 분투하는 돈 키키는 몹시 분개해 하며 3천 미터 상공에서 혼자 뛰어내리고 있었다. 완벽한 낙하였다. 하지만 지상 가까이에서 심한 돌개바람이 불어와 그만 낙하산이 미루나무 꼭대기에 걸리고 말았다.

게다가 낙하산 끈까지 나무에 엉키는 바람에 소방관들이 사다리차를 타고 올라가 돈 키키를 구조해야 했다.

그는 한참이나 공중에 대롱대롱 매달려 있었다. 그에게 남은 유일한 위안은 신혼부부를 태운 차가 오토바이를 탄 여든 명의 장발족들을 이끌고, 미루나무 아래를 지나서 국도를 향해 쏜살같이 달리는 모습을 바라본 것이었다.

돈 키키는 나지막한 목소리로 이제 갓 부부가 된 두 사람의 미래를 축복했다.

"저 아름다운 말썽꾸러기 아가씨가 돈 까밀로 신부님의 속 좀 그만 썩이고 행복하게 살기를…."

윤소영 | 옮긴이

1974년 대구에서 태어나 대구가톨릭대학교 이탈리아어과를 졸업하고 한국외국어대학교에서 이탈리아어과 석사과정과 비교문학 박사과정을 수료했다. 현재 대구가톨릭대학교에 출강하고 있으며 이탈리아 노벨라에 관한 박사학위 논문을 준비 중이다.

*신부님 우리들의 신부님 9

돈 까밀로와 지옥의 천사들

1판 10쇄 발행 | 2012년 01월 20일
개정 2쇄 발행 | 2019년 11월 15일

지은이 | 조반니노 과레스키
옮긴이 | 윤소영
펴낸이 | 김정동
펴낸곳 | 서교출판사

주소 | 서울시 마포구 성지길 25-20 덕준빌딩 2층
전화 | 3142-1471(대) 팩스 | 6499-1471
등록번호 | 제10-1534호
등록일 | 1991. 09. 25

Email | seokyodong1@naver.com
Blog | https://blog.naver.com/seokyobooks

ISBN 979-11-89729-18-9 04860